名探偵のはらわた

名侦探原田亘

〔日〕白井智之 著

吕文开 译

人民文学出版社

著作权合同登记号 图字 01-2021-3236

Original Japanese title:MEITANTEI NO HARAWATA by SHIRAI Tomoyuki
Copyright©Tomoyuki Shirai 2020
Original Japanese edition published by SHINCHOSHA Publishing Co.,Ltd.
Simplified Chinese translation right arranged with SHINCHOSHA Publishing Co.,Ltd.
through The English Agency (Japan) Ltd.
Simplified Chinese translation copyrights©2022 by Shanghai 99 Readers' Culture Co.,Ltd.

图书在版编目(CIP)数据

名侦探原田亘／（日）白井智之著；吕文开译．——北京：人民文学出版社，2022（2025.10重印）
（黑猫文库）
ISBN 978-7-02-015848-5

Ⅰ．①名… Ⅱ．①白… ②吕… Ⅲ．①长篇小说－日本－现代 Ⅳ．①I313.45

中国版本图书馆 CIP 数据核字（2021）第 242012 号

责任编辑	朱卫净 张玉贞
封面设计	钱 珺

出版发行　人民文学出版社
社　　址　北京市朝内大街166号
邮政编码　100705

印　　刷　上海盛通时代印刷有限公司
经　　销　全国新华书店等

字　　数　184千字
开　　本　889毫米×1194毫米　1/32
印　　张　8.875
版　　次　2022年1月北京第1版
印　　次　2025年10月第3次印刷

书　　号　978-7-02-015848-5
定　　价　59.00元

如有印装质量问题，请与本社图书销售中心调换。电话：010-65233595

事情不如意

都井睦雄

目录

记录	1
神咒寺案	3
八重定案	96
农药可乐案	140
津山案	198
尾声	273
参考文献	279

记　录

玉池碎尸案

　　一九三二年三月七日，东京府南葛饰郡赤线地区的污水沟发现了单层和服以及牛皮纸包裹的男性前胸、腰部、头部、手腕。受害人身份不明，调查一度陷入僵局。同年十月，滨川龙太郎和他的弟弟妹妹被捕。在之后的供述中，滨川承认自己杀害了与其妹妹姘居的男子，并分解遗弃了尸体。

八重定案

　　一九三六年五月十八日，东京市荒川区尾原町的待合旅馆，八重定勒死她的情夫石本吉藏，并阉割了他。报纸广播大肆报道，只要一出现与八重定相似的女性，就会使该地居民陷入惊慌。案发两天后，八重定在江户川区投宿的旅馆被发现并被逮捕。

津山案

　　一九三八年五月二十一日，冈山县苫田郡木慈谷村的青年向井鸧雄杀害祖母后，相继杀入村里的各户，用猎枪和武士刀屠杀村民，受害者达到三十人。犯罪后，向井在荒又岭写下遗书，用猎枪击中自己的心脏，自杀身亡。

青银堂案

一九四八年一月二十七日傍晚，一名自称是厚生省技术官员的男子来到东京都丰岛区珠宝店，命令职员吃下痢疾预防药物。吃下药物的十六名职员中有十二人死亡，男子抢走现金宝石后逃走。同年八月，一名画家被捕，但他在公审中主张无罪。他被判死刑后，直至一九八七年去世前一直坚持上诉。

椿产科医院案

一九四四年至一九四八年间，东京都新宿区柳町的椿产科医院的大久保院长夫妇受没时间看管孩子的父母之托，帮忙照顾孩子。二人不给孩子喂食，导致一百多个孩子死亡。他们向孩子的父母收取高额托管费，并把产科医院的配给品卖到黑市换钱。

四叶银行人质案

一九七九年一月二十六日，松野俊之持猎枪闯入大阪市住吉区的四叶银行支行，把顾客和职员扣作人质据守银行。其间射杀了四名警察，还让人质脱光衣服当人肉盾牌。案发四十二个小时后，机动部队攻入银行，击毙松野。

农药可乐案

一九八五年四月至十一月期间，有人把混有有机磷杀虫剂的可乐放到自动贩卖机上，导致东京都、千叶县、埼玉县出现十二名死者。因为缺少物证，直到二〇〇〇年过了追诉期，案子仍悬而未决。

（选自日本犯罪总录）

神咒寺案

1

"我挠脸的意思不是痒,是指黑社会。"

美代子话音一落,晚间中餐馆里的喧闹声戛然而止。邻桌一位长相酷似蛤蟆仙人的老头儿刚才还在吃着担担面,他的视线离开了美代子,开始狠狠地咳嗽了起来。

这天是二〇一五年十二月二十四日。虽然是平安夜,但是那些常客大叔们一如既往地一杯啤酒接一杯烧酒,喝得烂醉。

"是指黑社会?"原田亘用美代子的话回应她。

"对,黑社会。"美代子说话略带鼻音,她再一次用食指挠了挠自己的脸颊,据说这个手势的意思表示黑社会。

"你是黑社会?"

"才不是!"美代子语气中夹杂着愤怒,膝盖向前挪了挪,"人家才不是黑社会,人家的老爸是。"

"黑社会?"

"对。"

美代子说着就叹了口气,靠向椅背。

原田本想说几句安慰美代子的话,但是想来想去不知道该说些什么好。如果同情地说"你真不容易"就显得太不自然。如果说"我根本不在乎那些"来展示自己宽广的胸襟则未免太过恶心。原田伤脑筋该说什么，最后像自言自语似的小声嘟囔了一句："好家伙……"

原田的女朋友美代子是东京大学文学系四年级的学生，在社会心理学研究室学习，她曾是学校剑道部的主力，之前在中餐馆"猪百戒"打工。

他们是在原田到侦探事务所工作不久后相遇的。领到第一份工资的原田高兴地来到猪百戒，点了一份盐味拉面套餐吃了起来。那时，邻桌的一名红脸大叔开始摸起了服务员的屁股。这名服务员很漂亮，就跟时尚杂志上的模特一个模子刻出来似的。看到这一幕，原田既羡慕又愤懑，他借着酒劲用蛮力把红脸大叔一路推到了中餐馆对面那栋公寓的垃圾堆里。可能是因为强烈的吊桥效应①，这名服务员，也就是美代子从那之后就开始和原田交往，到现在已经有三年了。

三个小时前，美代子发信息跟原田说她有重要的事要讲。原田虽然不谙世事，但是也猜到了"重要的事"肯定不轻松。美代子终于要说分手了吗？但是为什么呢？原田觉得一定是因为他们性格不合。比如原田特别喜欢可乐，但是美代子只喝红茶；原田只靠猪百戒的盐味拉面就能生活，但是美代子喜欢的菜肴都是听都没听过的洋文名字；原田喜欢读左门我泥的小说，美代子却只

---

① 吊桥效应，是指当一个人提心吊胆地过吊桥的时候，会不由自主地心跳加快。如果这个时候，碰巧遇见另一个人，那么他会错把由这种情境引起的心跳加快理解为对方使自己心动才产生的生理反应，故而对对方滋生出爱慕的情愫。

对横沟正史感兴趣。

不对，既然要结束这段持续了三年的恋情，应该有更为深层的原因。美代子的外表像时尚杂志上的模特，但仍会风雨无阻地去剑道馆训练。她的挎包里装满了艰深的德语书、法语书，脑子里总想着科学杂志《牛顿》、商业报纸《日本经济新闻》或者文学杂志《文艺春秋》那些对原田来说不知所云的东西。他们刚开始交往的时候，原田还问美代子为什么这么努力。美代子像个洞察世事的老婆婆一样板着脸回答道："因为人没有来世啊。"就是说她不想在有限的人生中留有遗憾。

在那之后的三年里，原田开始渐渐理解美代子的想法了。美代子在小学毕业前一直生活在冈山县的某个不知名的小山村，她特别讨厌那里。原田猜她这么努力学习，在东京学习知识、结交人脉就是为了让自己扎根在远离家乡的地方吧。

与美代子不同，原田在他过去的二十一年里逃避努力，怀着对来世的极大期待活到了今天，所以美代子也一定注意到了两人并不般配。

原田一口气喝完了一罐啤酒，头脑冷静下来后，迈步走进了中野站前的猪百戒，但是接下来发生的事在他意料之外。

"我老爸是黑社会组织松功会的小头目，还是松功会下属组织松脂组的组长。"

美代子一吐块垒，双肘支在桌子上，双手抵在自己的太阳穴处。

原田对松功会的名号也有点印象。松功会是以冈山为据点的黑社会团体，虽然人数不多，但一直与企图扩大地方势力的黑社会组织发生激烈冲突，松功会作为日本首屈一指的崇尚武力的黑社会组织，令人闻风丧胆。

"叔叔是组长的话，会经常杀人？"

"我怎么知道，但是他没有因违抗组织而断指。"

美代子一脸不悦，紧握双手后又张开手心。

"你和黑社会成员关系不错？"

"那怎么可能，我和老爸一年也就见一两次面，松脂组里也就只有领导层的人知道我，我是黑社会组长的女儿，一旦他们大打出手，肯定会被盯上的。"

原田在想或许美代子她家大到会迷路，那种豪宅或许就是黑社会找人盖的。

"你讨厌老家，就是因为叔叔是黑社会吗？"

"也有那方面的原因，阿亘，一直瞒着你，对不起。"阿亘是原田的绰号。

美代子低头致歉，干枯的刘海垂到了酱油碟子里。

"你不用道歉，我的父母也没好到哪儿去。"

"谢谢，那么我接下来要进入正题了。"

竟然还有别的事，原田吃惊地缩了缩脖子。

"我们交往了三年，明年春天我要毕业了，必须好好考虑将来。所以我生日那天和老爸谈到了你。"

原田突然感到胃不舒服，预感有不好的事要发生。

"是让你和我分手吗？"

"怎么会？只是老爸说：'如果你们在认真交往，就让那小子来见我一面。'"

听到他们的对话，邻桌那位蛤蟆仙人老爷爷把嘴里的担担面都喷了出来。

原田在浦野侦探事务所当侦探助理。大多数侦探事务所的主营业务都是为雇主收集配偶的出轨证据并从抚恤金抽成，但浦野侦探事务所不是这样。

事务所的法人代表浦野灸二十年来协助警方破了许多棘手的案件，是个破案专家。七年前，他发现了黑社会头目授意走私毒品的文件，并将这些头目全部检举，立了大功，有了名气。因此想必有不少黑社会视浦野侦探事务所为眼中钉。

"叔叔知道我是侦探的助手吗？"

"嗯，我说过。"

美代子的表情像是在说："这种事隐瞒也会露馅吧！"

"我想我会被你的黑道父亲杀了。"

"不会的，老爸说，只要不是警察和黑社会，和谁结婚他都不会多说什么。"

那我就放心了……才怪。原田没有学历，三年前还没有正经工作，能称得上长处的就是在小区练出来的腕力和自己的大块头身材而已，但还是远远比不上那些靠武力混饭吃的人。

原田虽然还想和美代子比翼双飞，但那是两码事，被黑社会组长杀了，就死得太冤了。

"好事要趁早，这周末有空吗？"

"这周末？好像有事，是什么事来着……"

原田转过头来想躲开美代子的视线，看向天花板一角的液晶电视，正在播的节目是《冷暖人间》，剧中的老夫妇正在拌嘴，刚要播片尾字幕，画面就切换成了穿着正装的男记者的特写镜头。

"现在为您播报新闻，冈山县津山市木慈谷地区的一所寺庙发生火灾，火在晚间七点多被扑灭，火灾造成四人死亡，三人重伤。从九月起，木慈谷地区相继发生了四起火灾，警方认为是有人蓄意纵火，开始加强警戒。"

屏幕右下方标着"路人提供视频"。画面是被火浪吞噬的木质房屋，房屋四面的墙壁脱落，喷出大量火焰和黑烟。视频影像突然上下晃动，火柱从瓦房顶蹿起。

"不是吧？这是神咒寺。"

美代子小声地嘀咕着，脸上是一副沮丧的表情。津山市是美代子讨厌的老家吧。

原田正不知道说些什么好时，手机十分合时宜地响了。他向美代子示意了一下就接了电话。

"你看新闻了吗？就是那个冈山县的纵火案。"听声音，浦野很严肃。

"看到了。"

"冈山县警局刑警队长与泽邀请我协助办案，我想坐八点三十分东京始发的东海道新干线去。"

"现在？你忙得过来吗？"

浦野现在正在调查保土谷的婴儿拐卖案和心斋桥女高中生被

害案。每隔两天他就要在神奈川和大阪之间往返一次。再多办一件案子，身体就该受不了了。

"没事，已经锁定了保土谷案的嫌疑人住所，心斋桥案的炸肉饼店老板也自首了，剩下就是警察的工作了。"

"阿亘，你能陪我去趟冈山吗？"

"当然可以。"

浦野确认了两人在东京站碰面的地点后就挂断了电话。

"工作来了，我必须走了。"

原田站起身来，美代子一脸不悦，双手托腮。

"发信息告诉我什么时候有空啊！"

"好，一会儿就发。"

原田语气轻松，美代子抓住了他的手腕，身体前倾，像是要和他敲定这件事一样地说道："咱们说好了哟，阿亘，人没有来世。"

邻桌那个蛤蟆仙人老爷爷正咧嘴笑着。

2

原田家的人总因为掉了脑袋而死。

原田呱呱坠地半年后，他的父亲在金属加工厂被切割机切断了头。母亲卧轨，被日本铁路总武线的列车压断了头。得知原田父亲的工伤保险发了，亲戚便纷纷对原田施以援手，但当日本铁路公司要求赔偿时，又都收回了援手。原田辗转多家亲戚，最后由爷爷抚养。

爷爷住在有着四十年房龄的猪首工业小区，靠退休金生活。从原田刚懂事时，爷爷的记性就时好时坏。清醒时会滔滔不绝地讲述自己年轻时的英勇，此外就是连续几个小时盯着墙上的斑点，哭着说："你真是个可怜的孩子。"

原田没有上学，小时候基本都是在猪首工业小区度过的。爷爷的书架上有很多书，原田感到无聊时就会读侦探小说来打发时间。虽然内容只能看懂一半，但他还是喜欢读侦探小说。

在原田十一岁那年夏天的一个闷热的夜晚，他在位于小区一角的广场读左门我泥的《龙与月之骸》。那是一部长篇侦探小说，主人公是活跃在大正至昭和初年的名侦探古城伦道，外号是半脑天才。故事讲的是古城与天鹅绒斗篷连环杀人罪犯之间的较量。

爷爷睡觉鼾声如雷，有时半夜还会突然起来叫嚷。所以当原田想集中注意力读书的时候，他就常来广场。长明的路灯照亮了长椅，穿过公寓间干爽的风让人心情愉快。

"喂，臭小子！"

小说中古城的推理渐入佳境，等原田缓过神来为时已晚。他抬头发现长椅前站了一个男人，这个男人太阳穴处青筋凸起，寸头狐狸眼，浅黑色的手臂很粗壮，体型高大，比大块头的原田还要大上一圈。

猪首站前的大道有一个角落全是酒馆赌场和风俗店。夜深后，会有醉鬼晃荡到猪首工业小区。被酒精麻木大脑的成人一看到小区就仿佛重返少年时，想在小区"历险"一番。

原田本以为又是醉汉误入小区，这次的醉汉看起来却不同，虽然醉酒但身姿挺拔，说话中气十足。

"这书是你偷的吧？"壮汉用下巴指向原田膝盖上的文库本。

原来这壮汉是书店的员工。

"才不是，这是我爷爷的书。"

原田哗哗翻动书页给他看，纸张氧化泛黄，卷边也很明显，根本看不出是本新书。

"肯定没错，都怪你，我被店长打了一顿，还被罚看店到很晚，我有权揍扁你！"

壮汉揪住原田衣领，把他提起来，在原田有所动作之前就踢中了他的肚子。

一阵疼痛让原田失去了几秒钟的意识，当他缓过神来时，发现自己已经仰面倒地。

夜晚的小区暴力事件频发。有成天游手好闲的父亲把自己的孩子当沙包殴打，有有妇之夫掐昏情妇后对其施暴，还有妓女把老父母的头按到浴缸里解气。此类事件多到数不清。除了实在没办法，否则原田都会让自己远离暴力。人总受到暴力攻击就会对疼痛无感，那样就完了。要好好活下去，最重要的是善于逃跑。

"别打了！我不是小偷。"

"你知道因为你们这种臭小子，大家多烦恼吗？我要弄瞎你，让你不能再去捣乱。"

壮汉踩住原田的右手，转而踢向他的左眼，原田像石子一样被踢着。他的视野变得模糊，眼睛流出了液体，分不清是血水还是泪水。

"哈哈哈！知道疼了？这是你自作自受。"壮汉提高嗓门说道。

原田想用右手捂住眼睛，但是手被壮汉踩着使不上力气，他转过头来护住左眼，但是马上又有一脚踢到了他的右眼。眼窝深处十分疼痛，完全看不到四周的东西了。

"你知道错了？"壮汉喊道，"那也不可原谅！"

原田的头被提起，脸撞到了硬物上。原来是壮汉抓起原田的后脑勺，把他的脸撞向长椅的一角。原田失去反抗的力气，四肢瘫软，倒在地上。

壮汉不停地踢原田的脸，直到原田失去意识。

第二天早上，听到爷爷的哭声，原田才睁开眼睛。

听到冰箱的嗡嗡声，他才发现自己在爷爷的房间里，可能是无意识间从广场逃回来了。起初他看不见东西，担心自己的眼球被踢坏了，但渐渐能够看到屋子里的东西了，这才放心了一些。应该是眼皮肿得厉害，视野变窄才看不见东西的。

他照了照镜子，发现自己双眼红肿，脸都被揍花了。

"小亘，你真可怜啊。必须让警察抓到打你的人，爷爷我这就去派出所报案！"

可能是紧急时刻不糊涂，爷爷那天就像换了一个人似的十分清醒。原田想劝阻爷爷，但是爷爷不同意，说不能忍气吞声。他怕爷爷报案时添油加醋，就决定和爷爷一起去派出所。但是从家到派出所，原田自己一个人都要走一个小时，和爷爷一起去怕是要走到日落。正不知如何是好的时候，爷爷从抽屉里取出了驾照和钥匙，步伐利落地走向小区深处的停车场。

"这是你奶奶的车。"

那是一辆浅黄色的小轿车。原田以前和朋友玩的时候多次看到过这辆车,车前盖凹陷,挡风玻璃有裂纹,所以他一直认为这是一辆发生过追尾事故的废弃车。

在附近的自助加油站加过油后,爷爷把车开往猪首站,原田只坐过几次车,也不清楚爷爷的驾驶技术。两个人十五分钟后安全到达了目的地。

爷爷在派出所前停下车,这时从里面走出了两个男人。一个人穿着绀色的警察制服,另一个人穿着灰色的高级西服。

"您有什么事?"警察问道。爷爷下了车。

原田一生也忘不了那一刻自己心灵受到的冲击。

他关上车门的一瞬间,仿佛自己不能呼吸了,原来殴打自己的壮汉正是面前这名穿着制服的警察。

"都怪你,我被店长打了一顿,还被罚看店到很晚。"他又想起了昨晚壮汉的话。

这家伙不是书店员工,而是警察。

"你看看,我孙子被人打成这样。"

警察无视爷爷的大喊大叫,直勾勾地盯着原田。有一瞬间嘴角像是上扬了一些,但是马上就变成警察该有的关切神情。

"伤得真重,你被不良少年打了吧?到所里详细说一下经过吧。"

原田全身的鸡皮疙瘩都起来了。

这名警察完全不慌,因为他知道被打的孩子不会告发眼前的大人。

原田心跳加速，眼睛又疼了起来。

"孩子，你怎么了？"

看到原田站着不肯进屋，警察装模作样地侧头问道。西服男在一旁感到无趣，玩起手机来。

"小亘，你咋了？"爷爷摇了摇原田的肩膀，看起来很不安。

"咦？"

警察屈膝抓住原田的右手，看到食指和中指外侧的第二关节擦破了皮，渗着脓水，这就是被他踩破的伤口。

"击打硬物，手指外侧就会有伤。你是最近打了什么吗？莫非你脸上的伤是自己弄的？"

警察对比着原田的脸和手指。

"你在说什么？"原田从未听过爷爷说话这么大声，"自己怎么会打自己？"

"那也未必，一般来说，自残受伤不会得到理赔，但是受害就会得到理赔，向警察报案说自己受害来骗保的案例可不少。"

"净说没边的话！小亘，你自己说，是不是被壮汉打了？"爷爷看着原田的脸说道。

"您别教唆孩子撒谎。还有我看您这辆车的情况相当差，您带了车检证和驾照吗？"

"啊，当然带了，给你！"

爷爷从裤子的后口袋里拿出了驾照。警察看过后，呆呆地挠了挠头。

"原田竹藏先生，您的驾照五年前就到期了啊，这是情节严重的无证驾驶，还违反车辆检修义务，到所里来接受详细调查吧。"

爷爷无力地张开嘴，神情茫然。

这名警察十分狡猾，自己和爷爷都不是他的对手。就算自己告发他，他也不可能承认。而且一旦自己告发，不仅会被报复，爷爷也要受罚。

原田吞下了胃里反上的苦水。现在还是回去为好。好好活着，最重要的就是会逃跑。

原田竭力装出笑脸说道："对不起，实际上……"

"等等！"一直摆弄手机的西装男插话道，爷爷和警察一同朝他看去。

"广濑巡警，你来猪首站派出所工作有几年了？"

"马上就满一年了。"警察一脸疑惑地回答道。西装男没有回话，而是转向原田。

"孩子，你叫什么？"

"我叫原田亘。"

"阿亘啊，你应该说出真相。"他向上推了一下眼镜，盯着原田的眼睛说道。

"真相？"

"别担心，我只是协助警察破案的，不是警察，说你应该说的。"

原田不知道这个男人为什么这么说，但是觉得他站在自己这一方，突然有了勇气。

原田深呼吸，手指向穿警服的壮汉。

"我是被这个人打的。"

"哎哎，你可饶了我吧，"警察苦笑道，轻轻挥动右手，"我是警察，不可能踢人。"

"别撒谎了，广濑警官，对阿亘施暴的就是你。"西装男面不改色地说道。

这就是原田第一次见到浦野时的场景。

3

"浦野先生，你认为有来世吗？"原田问完后感觉自己的问题很幼稚。

十二月二十五日早上十点，原田和浦野一起坐在警车的后座上。山路崎岖且不平整，每隔几秒钟就要颠簸一次。在驾驶室掌控方向盘的是冈山县的警察犬丸亨。

"我没死过所以不知道，但是如果几百年前的人复活了，看天气肯定想不到现在是十二月。"

浦野的目光穿过头顶的茂林看向天空，蓝天飘浮着棉花状的云彩，仿佛是蝉鸣的季节。今年日本经历了有史以来最严重的暖冬，东京十一月的日平均气温超过十五摄氏度，进入十二月后，冷空气终于南下，气温也下降至寻常年份的同期水平，但是几天前高气压北上，气温再次升高。

"这里昨天也很热吗？"

"是的，昨天傍晚时分起云稍多些，气温偏高。"

犬丸眯着原本就严重下垂的眼角，放下遮阳板。他是木慈谷地区的巡警，今天负责接待浦野。

冈山县警局总部的刑警队长与泽说，犬丸两年前在押解犯人时让犯人逃脱，于是被贬至此。虽然姓氏里带"犬"，但性格更像骡马，性子慢却和蔼可亲。

叫浦野来帮忙的刑警队长与泽正在津山警局组织成立专案组。浦野和原田在冈山市内的一家酒店住了一夜后，先后乘坐日本铁路津山线和观光巴士，最后抵达了木慈谷。

木慈谷位于津山市区以北约十五千米的谷地，是流经中国[①]山地的木慈川沿岸小村庄中的一个，东南方向是天狗头山，西北方向是天狗腹山，村民大约有两百人，曾经是独立的村庄，但在二〇〇五年被编入津山市。虽称作村落，但聚在一起的房屋不过十户左右，剩下的全部分散在山林中、梯田间。美代子童年时期就生活在村中的某栋房子里吧。

发生火灾的神咒寺位于木慈谷中心地区的东南方向通往天狗头山的山路约七百米处。浦野和原田在派出所与犬丸打过招呼后，三人立刻前往了神咒寺。

"咱们到了。"

犬丸把车子熄火，拔下了车钥匙。三人在山门前下车，立刻就闻到了煤烟味。

"就是在这里，我们发现了七名受害者，其中六人死亡，一人

[①] 中国是日本的一个区域，位于日本本州岛西部，由鸟取县、岛根县、冈山县、广岛县、山口县五个县组成。

全身严重烧伤、昏迷不醒。"

二人跟着犬丸穿过了山门，看到了神咒寺大堂已经化为灰烬，烧焦的木材上面堆起了灰烬。

废墟之上，津山警局的刑警正在现场取证，消防局的调查人员也在调查火灾原因。

大堂四周拉起了警戒线，线外有几名当地电视台的记者举着摄像机在拍摄影像。要是在东京，来这里的记者应该是现在的十倍吧。

"阿亘，宣传手册。"

听到浦野这句话，原田立刻从背包里取出神咒寺的宣传手册。这是离开冈山站时从宣传窗口那里拿的，上面用楷书字体写着"天台宗木慈谷神咒寺"，同时还收到了印有当地吉祥物"TOKIO"的团扇，但是他们客气地归还了。

浦野打开宣传手册来看，手册封面印着神咒寺瓦屋顶伸向天空的金黄色装饰物。

"这个东西叫火焰宝珠，是用木板雕刻出的火焰形状来装饰如意宝珠的东西，反倒成为火灾现场的标志物，真是耐人寻味。"浦野压低了声音说，他查看灰烬，但是找不到火焰宝珠埋在了哪里。

观音折[1]的手册上画有神咒寺的简略平面图。二人登上山门的基石，环视神咒寺，正面是大堂燃烧后的残骸，右侧有灯笼和小水池，再向右是石阶，樱花树对面可以看到库房和禅堂的屋顶。

---

[1] 纸张两端按中线对折后再对折。

寺庙屋顶的瓦片七零八落，柱子因为为了方便消防员搜寻生还者而被推倒在地。大堂内部也因此一览无余。

大堂面积大约为五十平方米，平面图上所绘的八根柱子中只剩下了两根，此外的六根柱子连同柱子底部的基石横倒在地上。据说受害者都倒在堂前，也就是图上标着的甬道处，此处烧毁严重，地板变形翘起，灰烬堆在地面上。

大堂的内部，也就是图上标着正殿的地方，没有甬道处烧毁严重，供台和铸台保留了下来，但是须弥坛和莲华座熔化歪斜，高大的神像犹如一块巨型碳石，横倒在地。

浦野把手册递给原田，走下了基石，戴上手套，从灰烬中抽出一块木板。这块木板长约两米，中间嵌有拱形金属物，是神咒寺大堂的门。

浦野沉默了一会儿，突然叫来犬丸问道：

"犬丸警官，你也参加了救援活动吗？"

"是的，因为我是消防队员。"

犬丸摘下帽子，用手帕擦了擦额头。

"七名受害者除了烧伤之外，还有其他的伤吗？"

"我觉得没有其他明显的伤。"

"有没有被捆绑的痕迹？"

"没有，你为什么这么问？"

原田稍作思考，指向了大堂的门。

"这扇门没有上锁，所以这间屋子应该进出自由，而且寺院内也有水池。"

他们三人同时看向右手边的水池，鲤鱼在水中跳跃，激起了水声。

"如果我是受害人中的一人，着火后会立刻逃向外面，即使没有力气，也能够跳入水池中，但是他们没有这样做。没受伤，也没有被绑起来，那他们当时为什么不跑呢？"

"嗯……确实很奇怪。"

犬丸像见了鬼一样，满脸疑惑。

"先等一等尸检结果吧，请把受害者的情况告诉我。"

"好的，包在我身上。"

犬丸从口袋里拿出手账，浦野也从公文包里拿出笔记和钢笔。

"七名受害者都住在木慈谷，其中最年轻的是二十四岁的生野麻里，年纪最大的是三十六岁的大河内宏。他们都是青年团的成员。正月里神咒寺会举行追傩仪式，准备和举办仪式就是他们的任务。"

"所谓'追傩'，是寺庙的祭拜活动吗？"

浦野一边记笔记一边问道。

"是的，这是把鬼怪从村子里赶出去的辟邪仪式，也称作'鬼遣'。因为仪式将在一月二日举行，所以从十二月起就要开始着手准备。最近几天，可以听到从天狗头山传来的鼓声。"

"二十四日的晚上，他们也是为了准备仪式，在神咒寺集合的吗？"

"不是，他们只是在这里聚会，这个聚会他们称之为木木会。"

犬丸把手指向仓库和禅堂。

"在哪间屋？"

"在禅堂，所谓木木会就是木慈谷青年团在周四①举办的聚会。"

宣传手册记载，因为以前的禅堂老化严重，一九八九年香客们集资重建了禅堂，所以比起主堂和仓库，禅堂房顶和外壁的颜色都更为鲜艳。窗户更大，铺了地板的房间也更有开放感。年轻人既然要聚会，自然会选禅堂吧。

浦野在笔记本上画起了神咒寺的平面图，在禅堂的位置上画线并写上了"宴会"。

"因为成员周五各自都有同事聚会，所以青年团周四才有时间聚在一起。村里都是老年人，年轻人平时都感到很压抑。每个月一次，只有年轻人带酒到深山里，从前一天傍晚玩到次日天亮。"

原田点开了手机里的日历，昨天是十二月二十四日，周四；今天是十二月二十五日，周五。

"据说这次的木木会还兼有动员大家准备这次追傩仪式的目的。禅堂里有许多喝剩一半的酒瓶。"

"有人对青年团成员怀恨在心吗？"浦野压低声音问道。

"怎么说呢？青年团里有人是暴脾气，也有人是酒鬼，所以肯定会有人遭人记恨，但是想不到怨恨青年团所有人的动机。"

"青年团内部有纠纷吗？"

"算不上纠纷，就是十一月时有人丢东西，闹出了风波。生野

---

① 日语中周四是"木曜日"。

麻里在木木会上丢了钱包。她称有人偷走了自己的钱包,闹得动静不小。我还帮着在寺院里找钱包来着,但最终还是没找到。"

浦野若有所思地点点头,这确实不像烧死七个人的杀人动机。

"请告诉我发现尸体的经过。"

"稍等,"犬丸舔了一下手指,翻动手账说道,"昨天下午五点四十五分,有村民报警称神咒寺起火。津山消防总部通过无线电通知派出所火灾发生时间与地点,收到通知后,我用喇叭报警,听到警报的消防队员在集合点集合后前往火灾现场。"

"不是每家都有接收防灾通知的无线设备?"

"对,貌似总部没那么多钱。"犬丸觉得自己被责问,神情有些被动。

原田二人半年前也协助警方进行了静冈县连环纵火案的调查,在案发地港町,家家户户都配备了接收防灾通知的无线设备。在老年人多、自然灾害频发、海边山地附近的地区,许多居委会都组织住户配备了这种设备。

"纵火案频发还不采取措施,真是粗心大意呀。也有因为外出巡逻而没听到总部发给派出所的警报的可能性吧。"

"你说得没错,但是村里的一处公共设施也装了一台无线接收设备,平时也让那儿的工作人员留心通知,及时警报,目前还没出现过漏听的情况。"

浦野嘀咕道:"原来如此。"用眼神示意他接着讲下去。

"我们消防队员坐消防车赶到现场开始灭火。晚上七点十五分扑灭火焰,大家一起把掉落的屋顶瓦片搬到院子里后,发现了七名受害者，身上都被浇上了煤油。七人中有四人已经确认死亡，尚有气息的三人被送往了津山的医院。"

严格来说，木慈谷也属于津山市，但当地人只把火车站附近的街区称作津山。

"今天凌晨又有两人死亡，还有一人重伤，昏迷不醒。"

"六名死者都是因一氧化碳中毒而死？"

"恐怕是的，烧伤严重，死因也有可能是烧伤。烧得面目全非也看不出有什么差别，详细情况得等解剖结果出来才能知道。"

不管怎么说，罪犯在活人身上点着了火。

"起火点是在七名受害者倒下的走廊吧。"

"是的，刚才接到消防人员的报告，七人倒下的地方烧损最为严重，火势就是从他们的身体开始蔓延的。"

"煤油是罪犯带来的吗？"

"不，现场发现的汽油桶是其中一名受害者自家使用的，应该是为了在追傩仪式排练的过程中用石油炉给大堂加热升温才带来的。"

浦野搔了搔额头，看着笔记，现在已经捋清了受害者情况和发现尸体的过程。

"能告诉我唯一生还者的详细情况吗？"怀疑唯一生还者是办案的金科玉律。

"他叫锡村蓝志，三十二岁，是 IT 风险公司的技术责任人，青年团领导。"

"IT 风险公司？在这深山里？"

"是的,他正好也是两年前和我同时来到这里的,似乎在开发远程农业操作系统,买了块田做实验基地。详细情况我就不太了解了。"

"你觉得他人怎么样?"

"是个热衷钻研学习的年轻人,有一次看到他半夜打手电走山路,我有点在意,就向他搭话。他说自己要到山里收集蘑菇菌丝,我当时很惊讶。刚搬来两年就被选为青年团的负责人,他在青年团里人缘应该相当好吧。"

"只有他一个人活下来是因为没有其他六个人伤得重吗?"

"七个人的伤势都差不多。虽然这么说不好,但是他全身烧得像怪物一样,死也是早晚的事。"

浦野没再多问,视线离开笔记看向火灾废墟,既然锡村也身负重伤,就很难怀疑他是嫌疑人了。

"现场还发现了什么其他东西吗?"

"倒是发现少了些东西,七个人的钱包都没了。"

浦野一惊,立刻看向犬丸。

"这就有些奇怪了,把七个人点着还要伪装成谋财,这说不通。我实在搞不清罪犯的目的,难道和十一月的失窃风波有关系?"

"之前的纵火案中都有财物丢失,可能罪犯想要伪装成之前的纵火犯所为。"

"啊,是啊。"浦野立刻附和道。

电视上的快讯也报道村子从九月起已经相继发生了四起火灾。

"派出所里有之前纵火案的资料,回去后您要看看吗?"

"要看的,麻烦了。"

浦野点头同意犬丸的建议,但是他眉头紧锁。

三人坐警车回到派出所,犬丸打开柜子上的锁,取出三摞厚得像砖头一样的文件。

"这是三份调查资料的复印件。"

"嗯?我听说一共发生了四起纵火案?"

原田一问,犬丸亲切地笑了。

"十二月二十二日集会所也发生了火灾,因为消防局调查认定是由墙壁插座漏电导致的,所以纵火案只有三起。"

原来是电视台记者调查草率了,原田挠了挠头,说了一句不明所以的话。

"第一起火灾发生在九月三日下午四点半左右,火灾导致村庄西北的天狗腹山山脚下大森正彦与妻子恭子的房子和仓房烧毁。大森夫妇以前是农民,两年前卖了土地,现在靠退休金生活。火灾当天两人在津山医院看病,所以人没事,火灭后发现卧室里衣橱中的贵金属被盗。"

犬丸打开第一本资料,把资料靠中间的一页给两个人看。第一页是烧毁房屋的全景照,第二页是烧黑卧室的照片。

"这张照片上的卧室是起火点吗?"

"对,衣橱里被浇上煤油,我们在现场还找到了火柴残骸,似乎是犯人从中取出贵金属品后,为了清除指纹,点火烧毁衣橱的。"

待浦野看过现场照片，犬丸打开了第二份资料。

"第二起火灾发生在十月十三日下午五点左右，村子的东南方向天狗头山山脚的一家名叫VALLAGE木慈谷的二层公寓起火，大约一小时后全部烧毁。起火点在一〇三号生野麻里的房间，抽屉里的存折和存钱罐被偷，抽屉被浇上煤油用火柴点着，与第一起纵火案犯罪手法相同。"

"生野麻里？"浦野用左手转动钢笔，"我好像听过这个名字。"

"是神咒寺纵火案中的死者，她也是青年团成员，平时在津山化工品工厂打工。"

公寓被烧两个月后自己也葬身火海，真是厄运连连。

"这起火灾中出现了死者，住在一〇一号的八十五岁房东母良田玄德因一氧化碳中毒而死。公寓里的其他两位住客因为外出，所以没有受伤。"

浦野翻了翻资料，看到照片上被火烧而碳化的尸体，尸体上覆盖着红色与黑色的斑纹。脸上的肌肉融化，相互咬合的牙齿裸露出来，手脚扭曲交缠，像比赛中的拳击运动员一样。

"第三起火灾的犯罪手法与之前相同？"

"对，十分相似。"

犬丸打开第三本资料。

"十一月十六日下午四点五十分左右，位于村子西北部的太田洋志家的平房和车库被烧毁。太田今年五十六岁，从津山的伯父那里继承了一家养老院，但自从住在市里的哥哥脑溢血倒下后，就转让了自己的经营权，租了一间公寓照顾哥哥，偶尔回一趟木慈谷。十六日那天他也待在津山的公寓，所以本人没事。"

这就是所谓的福祸相依吧。

"也是财物被盗吗？"

"对，调查平房的事故现场时发现少了二十万日元。"

"在不常住的家里放二十万日元？"

"这就是名副其实的'衣橱存款'，他本人也反省自己不够小心，但应该是忙着照顾哥哥没顾上那么多吧。"

"起火点就是这间屋子吗？"

浦野看向火灾现场的照片，这张照片是从走廊拍摄屋子里的情形。打开拉门，右手边就是烧塌的衣橱，衣橱的木板变黑碳化，表面像鱼鳞一样凹凸不平。

"犯人给衣橱浇了煤油，用火柴引燃，我们在现场找到了火柴渣。下一页是火灾前这个房间的照片。"

浦野翻了一页。在下一页里，一名上了年纪的男子手持花束，笑得有些不好意思。这是太田不再经营养老院时拍摄的纪念照，照片里还有上了漆的高级衣橱。衣橱很深，似乎拉出抽屉后进出房间都成问题。

"这是罪犯的脚印？"

浦野边翻动资料边问道。下一页仍是事故现场照片，内容是通往起火点房间的走廊。地板上有几处烧损较少的地方，留有三处明显的鞋印，分别是右脚脚印、左脚脚印、右脚脚印，所有脚印方向都指向起火房间。

"恐怕是，"犬丸点头说道，"脚印与太田的鞋底形状不一致，我们认为是罪犯进入现场时留下的。"

"直接穿鞋进屋，罪犯真是不客气。"

"鞋子是津山的量贩店就有卖的运动鞋，没法作为锁定罪犯的线索。脚印间距较小应该是罪犯为了找钱，边张望边走路。"

浦野盯着照片看，向上推了一下自己的眼镜。

"为什么脚印的这部分颜色变深了？"

浦野这么一问，确实发现两个右脚脚印前脚掌部分的颜色看起来深一些。

"是煤灰，应该是罪犯在走路过程中踩到了掉到地板上的灰烬。"

犬丸指向照片下方的空白处，鉴定人员在那里写下了"煤灰"二字。

浦野似乎很在意这张照片，面色凝重地看了一会儿后，拜托犬丸说自己要拿走复印件。

"被烧的三家没有共同点，村里就这么大地方，他们当然都相互认识，但是应该没有被谁记恨，我们认为是盗贼所犯，加强了巡逻。"

"但是第四起纵火案情况变了，出现了六名死者。警方认为犯人是木慈谷地区的居民吗？

"是的。"犬丸不安地点头。

"几起案件全部发生在下午四点半到六点半之间。是傍晚时分，并非夜深人静。如果罪犯是村外人，走在村子里会引人注目，所以可以推断罪犯是村里的人，没错吧？"

"我也是这么想的,罪犯专挑没人的房子下手,所以他知道村民的生活习惯,能够不被怀疑而轻松观察目标,我认为就是村里的人。"

犬丸安心地垂下眼角。

"我比较在意的是第四起纵火案,为什么罪犯没在民宅而是在寺院放火?为什么会死了六个人?为什么受害者不从寺院大堂逃走?这些疑问似乎是破案的关键。"

浦野啪一声合上了资料,三个人谁也不知道答案。

下午两点,因为要出席搜查会议,犬丸下山前往警察局。浦野和原田二人前往三起纵火案的现场查看,向附近的居民询问火灾的相关情况,但并没有得到新的线索。

回冈山市区的宾馆要坐晚上八点半的巴士,所以浦野决定在木慈谷的旅馆住一晚。

犬丸介绍的旅店"百百目庄"背靠松林、草房顶,门前摆着狸猫形状的信乐烧和人身大小的当地吉祥物"TOKIO"。吉祥物一眼看上去是穿着可爱学生制服的年轻人,但是仔细观察就可以发现它背着刀和猎枪,嘴里还叼着尖钉。

"听说您是很厉害的侦探,欢迎欢迎,这位是您的助手吗?"

旅馆的老板是一名驼背的童颜老爷爷。

"也可以说是保镖。"原田稍稍耍了些帅气。

"他是我的助手原田亘。阿亘,工作时谎报身份可是诈骗行为。"

浦野说得很夸张,老爷爷眼神慈祥,像看孙子一样看着原田,眯起了眼睛。

浦野把行李放在房间里就去洗澡了，刚冲掉身上的煤灰，旅馆老板就敲门叫他，说是冈山县警察来电话了。浦野急忙擦干身体，穿上单层和服，来到了前台。

从三年前原田成为浦野的助手起，浦野就没有带手机的习惯。他说如果带手机，有人突然打电话委托他办案，他就无法集中手头的工作，所以经常会有找他的人打电话到酒店或旅馆。

原田洗完澡回到房间发现浦野已经先他一步回到房间，泡好了茶在等他。桌子上放着一本眼熟的书。

"那个老板好像是个侦探小说迷，电话桌旁边的书架上摆着左门我泥的小说，他好像乐在其中，见到真正的侦探会十分高兴吧。"

浦野把书的封面给原田看，是左门我泥的《方相氏被杀的原因》。这本书是左门我泥出版的第七部长篇小说，也是他的代表作。书中讲述的故事发生在大正末期的东京，描绘了侦探古城伦道与破戒杀人僧之间的殊死搏斗。

左门我泥的小说有两个特征，一是作品中的人物都是现实世界存在的。小说的主人公是"半脑"天才古城伦道，一九二一年日本出兵西伯利亚时，古城头部负伤，失去了三分之一的大脑。但他康复后发挥自己出色的推理能力成为私家探侦，破了许多难案，是一位传奇人物。书中还出现了聪明的刑警国中亲晴，他后来成为成城警察局的第一任局长，实业家大瓦喜七郎、东京日日新闻记者矶崎修平等人也是实名出场。

小说的另一个特征是作品中的案件都是真实发生过的，美代子喜欢的作家横沟正史的小说中的登场人物金田一耕助和由利麟太郎等人也是真实人物，但书中的案件大半是由作者虚构创作出来的。而在左门我泥的小说中，古城伦道的破案故事都是在作者见闻的基础上改编的。

左门是古城的朋友，从一九二九年开始在侦探事务所当助手，但是一九三六年古城忽然失踪，音信全无。警方表示古城卷入了某起案件而殒命，有人认为那是警方在隐瞒真相，而事实无从知晓，只留下左门一人悲叹。随后，他封存了大量办案资料。

"二战"结束后，侦探小说杂志如雨后春笋发展起来，左门也跃跃欲试，他从仓库中取出资料，将古城侦破的案件整理成小说发表，左门的小说引起热议，古城的名字再次为世人所知晓。

"阿亘，你也把咱们办的案子写成小说怎么样？"

浦野美滋滋地喝了口茶，语气说不上是认真还是开玩笑。

"左门我泥成为小说家是在古城伦道失踪后，你别说不吉利的话。"

"是吗？那就等我到了天堂再期待你的著作吧。"浦野放下茶杯，从公文包里拿出钢笔，"好了！为了不让读者抱怨小说节奏太慢，我们快点破案吧！"

"刚才的电话是犬丸警官打来的吗？"

"不，是与泽刑警队长，他说要共享办案会议的信息，实际上似乎是想看看我们的动向，但是不巧，我们也没有实际进展。"

"与泽队长有什么新线索吗?"

"有一些,神咒寺的背面,天狗头山的山坡上发现了足迹。足迹上虽然有煤,但是没有煤油,应该是罪犯向受害者身上浇了煤油,点着之后从燃烧的大堂后面逃往天狗头山时留下的吧。"

"那就排除了生还者锡村蓝志是罪犯的可能性。"

浦野点点头,脑海中浮现出罪犯跑出神咒寺,逃往山中的景象。

在神咒寺的废墟中发现了许多佛具,搜查总部叫来了第三起纵火案的受害者太田洋治,让他确认这些佛具大堂里是否原来就有。

"为什么要叫太田过来?"

"好像他的父亲是神咒寺最后一任住持,他父亲去世后神咒寺就再也没有住持了。太田有时候会去寺院打理一下,他确认大多数佛具火灾之前就是放在大堂里的,但是多了一件东西——五钴铃。"

浦野翻开神咒寺的宣传手册,其中介绍了寺院的藏品五钴铃。五钴铃呈吊钟形,金色,上面刻有草木花纹。

"五钴铃是金刚铃的一种,是用来吸引佛祖、菩萨注意的密教法具。太田说他应该是把五钴铃放到仓库里面了。"

"也就是说是罪犯把五钴铃带到寺院大堂的?"

"似乎是,但警方半信半疑,也有可能是太田记错了。"

难道是罪犯用五钴铃施妖术把受害者困在了大堂?

"只要命悬一线的锡村恢复意识,案情就会真相大白,但是他的伤势看起来十分严重。冈山大学医学部对六名受害者进行了尸检，确定了他们的死因，其中四人死于一氧化碳中毒，两人死于窒息。不管怎样，火灾发生前六人都还活着。尸体上没有捆绑的痕迹，除了烧伤就没有其他伤痕，尸体也没有检测出药物，我在意的还是他们没从大堂逃走的理由。"

浦野抛出了这个问题，原田刚才一边泡澡一边构思了几个猜想。

"难道是青年团成员集体自杀？犬丸警官也说了村里的年轻人平时都感到很压抑，如果是自己点的火，当然就不会从大堂逃走了。"

"他们浇煤油的理由是什么？"

"那是为了确保自杀成功，只放火他们还是不放心。"

"七个人的钱包为什么没了？"

"那是想伪装成他杀。"

"这说不通，"浦野微微摇头，"这解释不了天狗头山的脚印，确实有人从火灾现场逃走了。"

"是青年团里有人害怕逃走了吧。"

"还是说不通，既然脚印里沾有煤灰，留下脚印的人就是在起火后逃往山里的。如果是青年团成员，那身上也应该有煤油，但是脚印中并没有检测出煤油。"

原田无法反驳，于是换了个想法。

"请忘了刚才我说的话，我还有一种猜想。"

"哦？"

"罪犯为了不让七名受害者逃跑，说不定用猎枪威胁他们不让他们逃跑。"

"罪犯为什么这么做？"

"为了抢劫。青年团成员在禅堂热闹地聚餐时，罪犯闯了进来，持枪抢走了受害者的钱包，又让他们转移到了大堂，命令他们自己浇上煤油，罪犯在点火之后逃走。"

"罪犯为什么让受害者从禅堂转移到大堂呢？"

"禅堂是一九八九年重建的，应该会有灭火设施。"

"原来如此，但是受害者可有七名，难道这期间就没有一个人想逃跑？"

"被人用枪胁迫，一般不会反抗吧。"

"这不好说啊，受害者身上着火了肯定很痛苦，虽然罪犯挥枪威胁，但是他们肯定不会一动不动。即使跑不出大堂，也会痛苦地满地打滚，想要扑灭身上的火才对，但是七名受害者除了烧伤并没有其他伤痕。"

"啊，确实是这样。"

原田放弃了，难道罪犯真的是用巫术困住了受害者吗？

"你有什么思路吗？"

"还没有线索，要解开谜，必须详细了解木慈谷地区。"浦野意味深长地合上了笔记本，"明天去这儿的乡土资料馆看看吧。"

原田给美代子发信息说自己今晚住在木慈谷了，之后就钻到被窝里。

似乎还要花好多工夫才能破案。

*

走向猪首站的人们注意到原田爷爷的汽车后都会停下脚步，觉得自己看到了非法丢弃的垃圾，皱起眉头，然后加快脚步远离派出所。

"广濑警官，对阿亘施暴的就是你。"

浦野用平稳的语气对壮汉广濑如此说道。爷爷一脸惊慌地看着浦野。

"真难办啊，您不信我而选择去相信一个孩子的话吗？"

广濑感到意外，挑起了眉毛，突然产生了一种正在看推理电视剧的感觉。

"你别小看我了，并不是我相信小孩说的话，他们的车停在派出所前的时候，你是怎么想的？"

浦野看向老爷子的小轿车，车的发动机盖坏了，车前窗也有裂纹。

"我的第一反应是这辆车发生了交通事故。一辆旧得生锈的汽车强行上路，很容易出事故。我和你走出派出所的大门时车门开了，一个七十多岁的老爷子和一个十几岁脸上有伤的少年走下车来。发生交通事故的老爷子没有通信设备无法报警，就来到派出所报案，我自然而然就推理出这些。

"但是你对阿亘这么说：'你被不良少年打了吧？'你看了阿亘的情况就认为他肯定是被打的，你为什么认为他不是碰上了交通事故而是被打了?"

广濑还没来得及反驳,浦野就抢先一步接着说下去。

"有几种可能性,你是这条街道的巡警,或许你之前就了解这辆车没有故障可以行驶,所以你知道不是交通事故而是暴力事件。但是老爷子的驾照五年前就过期了,而你一年前才到这里工作。如果你查过这辆车,那当时应该就发现他的驾照已经过期了。除了特殊情况,无照驾驶会被扣二十五分、吊销驾照两年。如果你还记得老爷子,那么早就应该知道他没有驾照。但你让他出示驾照,他还拿出了过期的驾照,也就是说你从来就没有检查过这辆车,所以之前的假说并不成立。你在他们爷孙来到派出所之前就知道阿亘被打,这就是事实。"

浦野锐利的目光从原田身上转向广濑。

"那么你是怎么知道阿亘被打受伤的呢?有两种可能,要么是你无意见到了他被打,要么就是你打的他。但是你把他手上的伤作为依据开始怀疑他是自导自演的。阿亘没有理由弄伤自己并隐瞒事实。所以只有一种可能性,就是你打伤了阿亘。"

浦野的分析就像读事先写好的剧本一般流畅。

原田和爷爷来到派出所、和广濑搭上话不过五分钟。从短短的对话中,浦野就推断出了事实,他究竟是何方神圣。

广濑明显处于下风,他挤出笑脸,慌张地拨弄自己的刘海。

"我看出了不是交通事故而是暴力事件,您就说我是罪犯,这也太看不起警察了吧。警察最强的武器就是在工作中锻炼出来的直觉,我在派出所工作了一年,知道这条街上生活着哪些人、容易发生怎样的案件。我就是凭借自己的直觉判断出这孩子很可能是被打的，就是这么简单。"

"有点羞耻心吧，你还想嫁祸给一个孩子，简直是不打自招。"浦野的声音里掺杂着愤怒。

"被指认时，你说自己是警官不可能踢人，阿亘可从没说过自己是被谁踢的，按照你的逻辑，阿亘手上的伤更可能是自己用拳头打脸时造成的，你为什么会认为他是被踢的，能解释一下吗？"

广濑眼神飘忽。仅看到肿起的脸无法判断是被打出来的还是被踢出来的。广濑沉默了一会儿，缓缓张开了嘴。

"侦探先生，您不是要去猪首第一大厦连环自杀案的现场吗？能别插手我的工作吗？"

"我来这儿是为了调查这条街的连环暴力案。"

广濑的表情大变，就像昨晚一样，用狐狸般的目光盯着浦野。

"三个月来，有越来越多的人在网络留言板上反映猪首站附近少年被殴案件频发。据说是罪犯单方面施暴，不像是不良少年在打群架。但是我去问了县警，得知他们并没有接到报案。

"我曾推测罪犯盯上了那些难以求助警察的不良少年，于是去确认猪首站派出所警官所写的调查书和报告书。结果如我所料，网络留言板上反映目击少年被殴的日子都发生了数起偷窃事件。少年被殴是警察在撒气。我联系了县警察总部的监察办公室，为了掌握证据，来到了猪首站派出所，剩下的事你都知道了。"

"您骗了我？"广濑的声音没有起伏。

"是你自掘坟墓，我的电话十分钟前就接通了监察办公室，你的罪行都露馅了，马上就会有人来支援我逮捕你。"

浦野从口袋里拿出手机，给他看屏幕。广濑沉默数秒后泄了气，乖乖举起了双手。

"是我不对，以后不会再犯了，大事化小吧，我也有自己的生活。"

广濑放低声音，避免浦野的手机把他的话传过去。他走近浦野，突然从口袋里掏出折叠刀，把锋利的刀刃刺向浦野的胸膛。

"啊！"爷爷尖叫起来。

"真是无语，都到这时候了就别给自己挖坑了。"刀刃刺过来的时候，浦野的表情丝毫没有变化。

"混蛋！"

广濑一边呲嘴一边跑向马路，他撞到了一辆出租车后跌倒，右腿被卷入车轮拖行了二十多米，浑身是血地倒在柏油路上，右腿断成 U 型。

"哎呀，看起来很疼吧。"

爷爷神情惊讶。浦野拔出了刺到他胸前的刀，包在手帕里收了起来。他的衬衫有一条竖着的刀口，但是没有流血。

"你怎么被刀刺了还这么淡定。"

"我穿了防刃背心，日本持刀犯罪比较多，所以防刃背心要比防弹背心好用。"

他语气淡定，也就是说如果被枪击那就死定了。浦野抚平了衬衫上的皱纹，向爷孙二人深深地鞠了一躬。

"要是早一天抓到他，阿亘就会没事了，是我能力不足，真是抱歉。"

"这是哪儿的话，"爷爷睁大眼睛摇了摇头，"我们差点就蒙受不白之冤，是你帮助了我们。"

"请问……你是什么人？"

虽然原田觉得自己的说法不礼貌，但是浦野面不改色地回答了：

"我是侦探浦野灸。"

4

"浦野先生！浦野先生！"

十二月二十六日上午六点半，原田被旅馆老板呼喊浦野的声音吵醒。

"又是与泽警官吗？"浦野起身戴上眼镜。

"不，是大阪府警官高槻。"

娃娃脸的老爷爷高兴地说道，看来他真的是侦探小说的狂热粉丝。浦野穿好单层和服，快步向前台走去。大阪府警察应该和木慈谷案没有关系，高槻应该是通过冈山县警察打听到浦野的住址，一大早究竟是什么事呢？

几分钟后，从前台回来的浦野神情慌张，这很罕见。

"心斋桥女高中生被害案又有了新动向，被害者的妹妹在回家的路上遇害了。"

要是那件案子，炸肉饼店的男老板应该已经认罪了。

"是模仿犯罪吗？"

"不知道，难道是我疏漏了什么东西？"

被害人是三姐妹的老大，今年高中一年级，老二初中二年级，老三小学三年级。如果罪犯的目标是三姐妹，那么很可能还会发生惨案。浦野心神不宁，喝了一口昨天晚上的茶。

"这样下去不行，我要去大阪一趟，阿亘你接着调查木慈谷的案子吧。"

"我……我一个人吗？"原田突然没了自信，感到责任重大。自己明明作为助手都不太称职，更不用说接手浦野的调查工作。

"没关系的，我想让你去乡土资料馆查一下木慈谷的历史，这片土地上曾发生过惨绝人寰的杀人案，那起案子到现在应该还影响着当地居民，解决纵火案的关键多半也在于此。"

虽然原田是第一次听到当地还有这样一段往事，但是非常认可，美代子对自己的故乡闭口不谈就是因为杀人案吧。

浦野喝光了茶，从行李中取出衣服。

"你有紧急情况就打电话给大阪府警队，我安顿下来也会联系你。"

"这……"话都说到这个分上，原田不好意思再说什么。

浦野停下穿西服的手问道："怎么了？你说。"

"那个……为了防备罪犯偷袭，你能把那件背心借给我吗？"

就是原田第一次在猪首站派出所与浦野相遇时保护浦野安全的那件防刃背心。

浦野眨眨眼睛，笑了。

"可以。"

他从行李中取出防刃背心递给了原田，背心比原田想象中还要轻便柔软。

"子弹能打穿，你可别被枪击中啊。"

浦野套上西裤，穿上夹克，跑出了旅馆。等原田缓过神来，房间里只剩下他一个人了，他呆呆地看着空茶杯和黑色的背心。

上午九点四十分，原田穿好防刃背心，外面套上衬衫出门了。他向旅馆老板打听了去乡土资料馆的路，老爷爷在传单的背面给他画了一张地图并说道："去之前先买一包香烟。"

老爷爷就像游戏里给予玩家线索的角色一样。原田询问理由，老爷爷只是笑着说："你买就是。"原田只好去卖烟的地方买了一包烟后再前往乡土资料馆。

原田按照地图在休耕田间的小路穿行，脖子上都是汗。山上吹来风，天气闷热。他能够闻到脚边湿润的土地与青草的香味，这根本不像十二月的天气。

因为是周六，所以随处可以听到从住户家中传来的电视机的声音。看到在窗边美滋滋吸烟的大叔的身影，原田有些羡慕。

沿着木慈川向东北方向走十分钟左右，就能看见一座粗木做的桥，过了桥就是乡土资料馆。旅馆老板说这座木桥是在建乡土资料馆时架起来的。虽然乡土资料馆多次重建，但是木桥一直保持原样。这座木桥像竹席一样弱不禁风，每走一步就会发出吱吱的响声，让人感觉很不吉利。原田尽量不看脚下，过了桥。

乡土资料馆是奶白色的平房，外观与宽敞的民宅无异。上午十点到下午六点开馆，原田看了一眼手机，确认已经过了十点，就推开了乡土资料馆那扇对开的门。一进门就是亚麻油毡的走廊，左手边有一个小窗口，亚克力板上放射状的空洞传来一名男子的愤怒声。他看向办公室里面，发现了一名男子在打电话。"你装什么傻！""用用脑子吧！""我揍扁你！"——男子骂声不断，他头发花白，留着八字胡，面露凶相，年龄在六十岁左右。

男子注意到原田后，手里还握着电话把脸靠近窗口说："不好意思，麻烦您稍等一下。"

声音还是很大但动作像在轻声细语一般，隔着亚克力板都能闻到他嘴里的烟味。原田站在原地，马上就又听到了"我揍扁你！"的咒骂声。

原田感觉待在这里很不自在，在等男子打完电话的过程中，他发现脚下的地毯表面凹了一块下去。就是那种大楼入口处常见的绿色擦鞋地毯，那上面好像放过圆形的东西，正中间的纤维凹下去一块，凹面形成了直径为八十厘米左右的圆，地毯上只有圆形处受日照比较少，颜色还比较鲜艳。这块地毯上放置过一人高的TOKIO塑像吧。

"你死了也活该。"原田听到这句激动的话后回过神来，这里真的是乡土资料馆吗？窗口里面的房间大约十平方米左右，两张桌子面对面摆着，桌子上有笔记本电脑和固定电话，柜子上有防灾无线接收装置，看上去不像黑社会的办公室。

男子又怒声说了五分钟之后，说了句"有客人来了，这次就先饶了你"，就挂断了电话。

"对不起，我们的临时工在昨天的火灾中死了。我一个人忙不过来，就打电话求市里给我派人来。"

那是求人的语气吗？

"来这儿有何贵干？"男子打开了小窗户，在柜台上用手撑着脸。

"啊，给您这个。"

原田递上了香烟，男子见到香烟开心得像个孩子："小伙子，收人礼物可是难为我了啊。"他打开烟盒，动作麻利地取出一支，用打火机点上了火，香烟的味道弥漫开来。

"我看上去多大岁数？"

"六十五岁左右？"

"我今年可是五十八，别看我这一把年纪，最近才开始吸烟的，上个月和卖烟的老太婆打赌输了，买了她的烟一吸，感觉不错，小伙子不来一支？"

年近花甲才开始吸烟真是罕见，原田礼貌地拒绝了。

"所以你有何贵干？"

"我是来自东京的记者，来采访两天前火灾的事，想多了解一些有关当地的事。"

这是原田事先想好的一套说辞。虽然他刚被浦野教育，不能瞒报自己的身份，但觉得说自己是侦探的助手有些太怪了，这次就权且撒个谎吧。男子瞬间面露惊色，随后立刻干劲十足地点起头来，从窗口旁边的门里走了出来。

"我明白了。我是馆长六车，请到这边来。"

六车慌张地带路，向走廊深处走去。走廊弥漫着他身上的香烟味。原田看了眼墙上的指示板，走廊的转角处有一间小休息室，休息室的正前方就是常设展览室，右手边是资料保管室。六车伸手去开休息室右手边的门。

"嗯，那个……"原田声音尖锐，因为那里是资料保管室。

"去常设展览室就行。"

"啊，是吗？"

六车怔怔地放下门把手，穿过休息室，打开了常设展览室的门。他可能是不吸烟，脑子就不清醒了。

六车按下墙壁上的开关，打开了灯。在这间如教室一般大的正方形屋子里，展览柜子像百货商店的食品卖场的货架一样靠着墙摆放。墙上挂着木慈谷地区的航拍照、题为《木慈谷的变迁》的年表以及不知名画家的画作。

"木慈谷原来是二十二个小村落，一九八九年町村制改革划分成了四个村子，第二年有三个人被熊吃掉，县知事千坂高雅前来慰问，还住在了我曾祖父家。"六车即兴读起了年表，但原田想知道的是过去木慈谷杀人案的详细情况。他简单地应和了六车几声，看向了年表，在一九三八年那一栏里写着"津山事件，一夜间死了三十个人"，他想问的就是这个。

"这是什么？"

六车看向原田手指的那栏，表情扭曲，眉头紧锁。

"呵，到头来还是想知道这件案子。"

"这是一件大案吗？"

"你们记者不是总在电视上报道这件案子吗？最近还被拍成了美国电影，你不知道？"

六车满脸不悦，但还是用手指叩了叩年表下方的玻璃，原田送的那包烟好像发挥了作用。

展示处有一角是"津山案的悲剧与复兴"的模块，那里摆着当时的报纸以及孩子们面向棺椁双手合十的照片。

一九三八年五月二十一日凌晨，一个名叫向井鸮雄的年轻人杀害了三十个人。向井爬上电线杆，切断电线让村子停电后回家杀害了自己的祖母。他打扮怪异，红色头巾两侧挂着手电筒，在村子里穿梭，闯入村民家中，用武士刀和猎枪残忍地杀害村民。犯下罪行后他在荒又岭写下遗书，扣动扳机，打中心脏自杀而亡。

"了不得，真像美国电影一样。"

"你这家伙，这可不是普通的案子！"

六车狠狠地瞪了原田一眼，虽然两人打起来原田不一定会输，但是在这里产生纠纷会给浦野添麻烦，这可不行，于是他乖乖地低头道歉。

"对不起。"

"还有人仅仅因为出身木慈谷，谈的婚事就吹了。村里人受电视报道的影响比你想象的还要大。"

美代子闭口不提自己的老家，想要一直住在东京的理由也是如此吧。虽说如此，但想到当地人还设计制作罪犯形象的卡通人偶①，可见村民对津山案的想法是因人而异的。

"罪犯的动机是什么？"

"符合常识的说法是对村民的复仇。"六车呼出的气息都带着烟味，他指向玻璃展窗里的报纸。

"向井的遗书反复提及村民的无情以及他的怨恨之情。他隐瞒自己得了肺病，招致村民的敌意，被村民疏远，他还难以忍受心爱的女人对他无情。"

"您说有符合常识的说法，意思是还有不符合的？"

"有很多，比如受到落难武士的诅咒，旧时日本军队的训练，等等。虽然这些说法听起来像是在开玩笑，但村里的老人可信着呢，你向他们打听一下就知道了。"

"他们有相信的理由吗？"

"有，"六车表情神秘，像巫师一样，"十六世纪中叶，被毛利围剿的尼子家臣流落到木慈谷地区，他们一共有十六个人，全都身负重伤。刚开始村里人还挺欢迎他们，但是随着毛利军加强了对他们的搜捕行动，村民的意见就有了分歧，因为如果藏匿尼子家臣的事被毛利军队知道了，村子也就危险了。这时候山对面的村子藏匿败军武士的事败露，被毛利军赶尽杀绝。毛利军一把火把那村子夷为平地，所以木慈谷的村民心生歹意，给尼子家臣的酒里下了毒，迷倒了他们后放火烧死了他们。"

原田眼前浮现出电视上播放的神咒寺熊熊大火的景象。六车

---

① 向井鸨雄的"鸨雄"日语读音为"TOKIO"。

似乎很熟悉这段往事，讲的时候口若悬河。

"我们会化作厉鬼诅咒这里！"烧塌的屋子里传来带头武士的大声诅咒。那一年，村子大旱，瘟疫流行，田间一直发生原因不明的火灾。害怕武士诅咒的村民把阴阳师请到神咒寺举行追傩仪式，后来灾祸没了，村子恢复了平静。

原田吞了一下口水，木慈谷的村民在四百五十多年前烧死了人，从那之后他们一直惧怕火，一代代到了今天。

"神咒寺到现在还在举行追傩仪式吧？"

"对，但是曾有一年因为军队出征，人手不足就没办成。那是一九三八年，津山案就是在那年发生的，所以不难理解老人们为什么相信武士的诅咒是真的。"

原田点点头。

"馆长，您知道得很详细啊。"

"那当然了，我可是乡土资料馆的馆长，馆里还保存着被杀武士的魔刀'赤子杀'呢。"

六车十分自豪地说道，那些喜欢灵异事件的人应该会喜欢那把刀。

原田看了一圈玻璃展窗。

"那把刀没有摆出来展示，一八六八年，神咒寺的住持用千年杉木将刀封存起来之后就没有解封过。那把刀与其他的妖刀根本不是一个层次的东西。"六车的表情像是在嘲笑小孩子一样。

关键在于过去的命案与如今的纵火案之间有着怎样的联系。先不提四百五十多年前的武士被杀案，七十七年前的津山案很有可能对这次的纵火案有影响。

"向井的后代,现在还在木慈谷吗?"

"怎么会,"六车声音僵硬,"向井没有子女,他那个嫁到一宫村的姐姐后来也下落不明。向井出生在山对面的真方地区,在木慈谷没有亲属。"

"那受害者的家属呢?"

"有,毕竟死了三十人。"

"能介绍给我吗?"

"不行。"

六车态度冷淡,这件事估计办不成,原田在心里嘀咕着。

"你到底想知道什么?"

"唔……"原田突然想到了一套记者的说辞,"家人被杀,被害人的遗属肯定会恨凶手,但是罪犯自杀了,遗属就不能发泄怨恨,我想了解遗属的心情。"

原田觉得自己的这番话会激怒六车,但是他态度温和,眯着眼睛看向木慈谷的地图。

"案子已经过了追诉期,我就告诉你吧,向井犯案的原因之一就是被女人甩了。他迷恋的女人屯仓有子抛弃了他,嫁到了真方村,案发后,她被怀疑与向井有关系,在真方村也过得不舒心,丈夫出征战死后,她和三个孩子至今下落不明。"

看地图上木慈谷和真方两村相距不过十千米。想必木慈谷附近村落的村民受到津山命案的影响也很大吧。

"三十年前,在我二十八岁的时候,也就是一九八五年,集会

48

所附近的废弃房屋里搬来了一个大叔，他看上去很和蔼，白天就在神咒寺附近转悠，他家院子里有许多释迦牟尼像，大家都觉得他曾经是个法师。

"孩子们待他很亲切，叫他老宗，但是因为他一个人住，没有亲属，所以村里的大人觉得他阴森可怕。就在这时候，村里传开了一个流言：在通往真方村的山道上有向井的墓，有孩子看见老宗双手合十拜谒这座墓。如果他不是向井的后代，为什么要供奉这座墓？所以在村子里传开了老宗是向井与屯仓后人的流言。"

六车像是感到一阵寒冷，双肩开始颤抖。

"您有什么依据吗？"

"老宗是个白皮肤的帅哥，气质也与向井很像。依据就是这些。村里的大人们都排斥老宗。不和他说话，无视他，不卖给他东西，也不收他家的垃圾。去老宗那里玩的孩子也会受到父母的责骂。但即便如此，老宗还是留在了村里。或许是因为他身体不好，没能搬走，也或许是因为他和村子有些渊源而不愿离开。具体原因无从知晓。总之，老宗孤零零地住在破房子里。后来发生了一起案件，黑社会来到村子里一把火烧了老宗的家。"

六车用食指挠了挠脸颊，意思不是说他痒，而是代表黑社会。

"传言说，有人给了津山的黑社会一笔钱，让他们把老宗赶出村子，报酬用老宗家的钱付。"

点火烧掉房屋，夺取钱财，三十年前黑社会的手段和这次的纵火案手法极其相似。木慈谷的过去与现在连成了一条线。

"那老宗死了吗？"

"这我不知道,我只知道从那儿之后,老宗就从村子里消失了。"

如果老宗还活着,那么时至今日也还会对村民怀恨在心吧。他会找到当年安排黑社会袭击自己的村民,用三十年前自己遭受的手段把那人赶出村子吧。

但即使这样也说不通,这次的神咒寺纵火案,在火灾中遇难的是二三十岁的年轻人。老宗案发生在三十年前,当时他们要么没出生,要么还是不懂事的孩子,没有被寻仇杀害的理由。原田确信村子里还有其他不为人知的往事。

"向井的墓现在还在山里吗?"

"不在了,那不过只是一座用从河里捡来的石头垒起来的墓,被九年前台风的暴雨冲走了。"

"三十年前叫来黑社会的是谁?我想问他一些问题。"

"别说傻话了,"六车威胁道,"已经过了追诉期,不能再翻旧账。"

似乎再难从六车口中套出话了。不知道是幸还是不幸,打听冈山县黑道上的事,原田有帮手。

"了解当地的故事很有趣,真感谢您。"

原田道谢后离开了乡土资料馆。他拨开木慈川沿岸茂密的草丛,打开聊天软件给美代子发了一条信息问她现在有没有空,立刻就接到了回电。

"怎么了?"

美代子声音严肃,估计是她警觉到自己会被问到有关故乡的事。她好像在剑道场附近，电话的背景音是选手对局时的叫喊声。

"叔叔在津山地区很有面子吧？"

"你的意思是？"

原田说明了详细情况，提到自己调查的案件与黑社会有关，只要知道当年是谁找的黑社会就能接近案件的真相。

"叔叔应该知道，办事还得靠行家。"

"如果你要找的人是松功会的，我爸就可能知道，我倒是可以问问，但是你不介意吗？"

原田听出来美代子用词谨慎。

"什么意思？"

"黑社会头目不会把信息透露给外人，要请爸爸帮忙，你得是我们的家里人。"

原来是这个意思。欠黑社会人情很可怕，但是继续和美代子交往这是躲不掉的。现在最重要的是不辜负浦野的期待，尽早破了纵火案。

"事情解决后，我会去拜访叔叔，好好谢谢他。"

"好的，那我就说男朋友有困难要他帮忙。"

听声音她好像有些激动。

下午三点半，原田想填饱肚子就进了一家快餐店，发现犬丸警官和另一名年轻警官在吃冷面，这里离派出所很近，他们似乎是为了节省时间才选择在这里吃的。

"辛苦了。四川冷面好吃啊。"

犬丸对着自己的脸扇了一下扇子，天气很热，根本看不出来现在是十二月。

"调查有什么进展吗？"

原田也点了一碗四川冷面，坐在了垫子上。

"不顺利，我们排查询问了两百个人，却找不到什么线索，实际上排查到了一名可疑的男子，但是他的不在场证明很快就成立了。"

犬丸神情严肃地咀嚼着鸡蛋。

"可疑男子？"

"他叫猪口美津雄，这位老人家曾经是猎人，酒友说他曾经在喝酒时说要把青年团的人都杀了，猪口硬说自己的爱犬是被青年团杀的。"

原来是这么个可疑法。

"我也在居酒屋和猪口一起喝过酒，感觉他有点老糊涂了，我们调查得知，他的柴犬凡太夫确实死于九月，兽医判断是柴油中毒而死，狗是舔了院子里的柴油瓶子后中毒的。但是猪口像没回事似的，坚持说自己的狗是被青年团员毒杀的。"

"真是令人伤脑筋的老头啊。"

"可不是嘛，我还去找了兽医取证，狗应该就是煤油中毒而死，健康的狗不会去舔煤油，但是凡太夫鼻腔里长了肿瘤失去嗅觉，似乎是误舔了煤油。"

"有猪口放火烧神咒寺的可能性吗？"

"没有，二十四号那天，他从傍晚开始就在居酒屋喝酒发牢骚，有完美的不在场证明。"

犬丸低下头搔起了头发。

"你那边有什么有价值的发现吗？"

"我在乡土资料馆问了六车馆长一些问题，但是没什么特别的发现。"

原田没说自己在调查老宗的案子，犬丸是两年前来到这里工作的，应该不太清楚三十年前的事情。

"你见过六车了？那可不是个老实的主，你没被骂？"

"没有，可能运气比较好吧。"

原田苦笑，心里想着是那包香烟发挥了作用。

"六车也是消防队员，因为他总是骂人，消防队里的年轻成员都退出了，消防队成员年纪越来越大，很不好办。"犬丸无精打采地叼着牙签。

难道是年轻队员退出，六车为了泄愤才纵火烧死了他们？不不，这种想法太荒唐了。

"六车工作认真吗？"

"作为乡土资料馆馆长我就不知道了，但他确实是消防队不可或缺的主力，以前是老师，习惯了集体行动，缺点就是集合时总迟到，上次集会所火灾他还一反常态早早赶到现场，在救火现场发挥了巨大作用。"

原来是那场莫名其妙的火灾。

"他好像还没到退休年龄，为什么不在学校干了？"

"因为出入地下赌场参与赌博活动，被学校开除了。不知道为什么，市里的旅游部门雇了他，真是不可思议。"

"对了，神咒寺火灾死者中有人是乡土资料馆的临时工？"

"是河东刚吧，他是个不错的小伙子，每周工作三四天，性格软弱，所以我觉得他在六车手下干活会受不了，也许是我多想了，人现在已经没了，真可惜。"

犬丸喝干了杯子里的水，发出的声音混合着叹气与打嗝。

下午五点五十分。原田刚回到百百目庄的房间，手机就响了。

"调查得怎么样了？"是浦野打来的电话。原田把自己从六车那里听来的所有故事都向浦野复述了一遍。

"谢谢你，老宗的案件好像和这次的纵火案有关啊。"

浦野的想法和原田一样。

"心斋桥案进展如何？"

"两次不是同一个罪犯，杀害三姐妹老大的凶手谨慎地清除了留在案发现场的指纹和毛发，而砍伤妹妹的犯人并不注意自己的痕迹，还被路人看到了身上粘着血的样子。"

"快抓到犯人了？"

"但愿如此，万幸的是被砍伤的受害者意识清醒，明天早上好像就能说话了，她的笔录没有问题的话，我就能早点回木慈谷了。"

"我会尽力收集线索，等你回来。"

听原田这么说，浦野沉默几秒后正色道："阿亘，你是我的助手，虽然我说过向别人自我介绍的时候要准确地报上自己的身份,但你没必要拘泥于自己的助手身份。你觉得我为什么帮助警察查案?"

"是为了尽快侦破案件吧?"

"对,我认为尽早破案能为受害人昭雪,避免再次发生悲剧。如果你查到了真相,不用等我,早点抓住罪犯,一秒钟都不要浪费。"

原田知道浦野是在鼓励自己。

"别有顾虑,我相信你可以的。"

5

十二月二十七日,原田睁开睡眼,发现外面下着毛毛细雨,天空就像起了雾一样朦胧。

他爬出被窝看了眼手机,美代子给他发了条信息问:"是这个吗?"下面附了一张图,图是周刊杂志的剪报。

"一九八五年十二月,总部位于津山市的松功会下属组织山头组成员受木慈谷居民委托,交涉权利问题,委托人是养老机构所有者的外甥,由住在该养老机构的前黑社会成员从中牵线。"

原田吹起了口哨。

第三起火灾受害者太田洋治从伯父那里继承了养老机构。就是他通过前黑社会成员委托黑道把老宗从村里赶出去的。

三十年后太田的家被人给点着了,这不像是巧合。

为了保险起见,原田还向旅馆的老板确认一下。根据美代子提供的线索,当年住在村里且在养老机构工作的,除了太田就没有别人了。

原田洗漱整理一番后离开了旅馆，到了派出所，他向犬丸询问了太田现在的住址。

"为了照顾哥哥，他应该住在津山的公寓。你找他干什么？"

"有些想确认的事。"

原田含糊其辞，还不能肯定老宗就是罪犯，说出自己的调查内容还为时尚早。他把犬丸告诉他的地址输入到手机的地图应用里，查寻路线。

"我今天也要去询问排查，真有些吃不消。"犬丸抬头看着天空，他没有斗志的表情很像骡马。

原田坐上午七点零五分发车驶向津山市政厅的巴士，四十分钟后在市政厅下车，徒步走十五分钟就来到了太田住的 VALLAGE 津山公寓，这是座老旧的二层公寓，满是黑红色锈迹的铁皮房顶与墙壁上枯萎的爬山虎很是显眼，雨水正从弯曲的雨水槽中流出。

原田敲响了公寓二楼房间的门，过了十秒左右，一个五十多岁的男子开了门。他身材矮胖，有点像地藏菩萨，看起来不像是会和黑社会勾结的人，眼袋肿大，表情不安，看起来随时都会哭出来。

"我是浦野侦探事务所的助理原田，帮助冈山县警局调查这次的纵火案。"

这次原田按照浦野的教导准确地表明了自己的身份。

"我正要出门……"

"不会耽误你太长时间的，有关三十年前老宗家被放火一事，我想问你几个问题。"

太田惊恐地眨着眼睛,浑身失去力气,脸上的表情像是绝症患者听到了死亡宣告一样。

"那请进吧。"

原田跟着他来到了起居室,屋子只有六七平方米,被褥和矮脚桌就占据了全部的空间。本来他只是暂住在这间屋子里,但是因为火灾,这里成了他唯一的住处。

原田坐在坐垫上,与太田隔着矮脚桌相对而坐。

"三十年前,是你计划的纵火案吧?"

"你怎么知道?"

"我不能透露线索的来源。"

原田严厉地拒绝回答这个问题,他说不出口自己是从女朋友的父亲那里打听来的。

"你应该意识到了这次的纵火案是三十年前被赶出村子的那名男子所为。但是你担心过去的事情败露,就没有说出来。"

"我没有那么肯定。"太田无力地摇头,"我确实向警察隐瞒了过去的事情,但是从结果来看这么做是对的。"

"这怎么讲?"

"因为神咒寺纵火案犯人的目标是青年团的年轻人。老宗,就是宗像忠司,家里被烧的时候青年团的年轻人要么还是孩子,要么还没出生,如果宗像是罪犯,没有理由杀他们。"

"另外几起纵火案的受害者有被宗像盯上的理由吗?"

"第一起火灾的大森夫妇与第二起火灾中遇害的母田良三十年

前住在木慈谷，所以……"

"你是说他们当时住在木慈谷，所以宗像对他们怀恨在心也不奇怪？"

"是的。"太田的表情像是吐出了苦水一般，"在没什么娱乐的农村，挑外来户的毛病、折磨他们是许多村民解闷的方式，宗像人畜无害，但是他是向井与屯仓的后代的流言在村子里传开了，村民如果不排挤他，自己反倒会有麻烦。"

太田的语气事不关己，但叫来黑社会的正是他本人。

"那你为什么让山头组的黑社会去袭击宗像？"

"因为我觉得他的存在对村子而言是一种威胁。"

"你刚才不是还说他人畜无害吗？"

太田沉默了一会儿，慢慢抬起了头。

"我父亲是神咒寺住持，但我没出家，在我二十岁时，父亲去世，我看不惯寺庙荒废，就经常出入神咒寺，清扫寺庙，打理佛具。那个时候还没有青年团的木木会，除了追傩期间，没有人会来神咒寺，但宗像会到寺里，他好像很虔诚，每天都到寺里参拜。他说他对雕刻佛像有兴趣，还曾经认法师做师傅，于是我们成了每次见面都会说话的朋友。"

太田似乎是在犹豫要不要进入正题，手掌在矮脚桌上摩擦。

"就在那个时候，他是向井与屯仓的后代的流言在村里传开了。三十年前不像现在，村民还对津山案记忆犹新。村里还流传着屯仓有子出卖肉体给村里的男人以换取零花钱，恖惠向井变卖土地的事，这些流言真假难辨。不管宗像多么善良，只要是他们的后代就不可以在村子里生活下去。有一次我趁宗像来寺里的时候询问他真相。"太田的喉结动了一下，原田也咽了一下口水。

"宗像承认自己是向井与屯仓的孙子。"

原来传言是真的。

"宗像为什么来到木慈谷？"

"我也问了同样的问题，宗像和平时一样，神情和蔼地回答说是为了给祖辈复仇。"

"是给因为生病而被村民排斥的祖父报仇？还是给被迫离开真方村的祖母报仇？"

"都有，是对津山过去一切的仇恨。"

原田心里嘀咕：这算什么事啊？

"据说宗像在五岁到七岁的三年间能够听到鬼说话，这些鬼就是过去在木慈谷被烧死的落难武士的鬼魂。传说下地狱的人中，做过极恶之事而让人痛苦的会被阎王选中成为狱卒，它们被称作人鬼。四百五十年前，下地狱的武士为了向村民复仇，自愿成为人鬼，历经数百年与年少时的宗像说上了话。"

"等一下！"原田十分激动，唾沫都飞到了矮脚桌上，"宗像是疯了吗？"

"我也不知道，他搬到木慈谷是为了进行召傩仪式。追傩是把鬼赶回地狱的仪式，与之相对，召傩就是把鬼从地狱召唤到现实世界的仪式。佛祖没有告诉世人召傩仪式的方法，但是宗像从人鬼那里学来了这种方法。在我问他的时候，他已经尝试了两次召傩，第一次是想复活鬼中恶鬼牛头，但是没能让牛头附在肉体上而失败。他觉得如果是最接近人的鬼就能更顺利一些，所以第二次试着复活四百五十年前成为人鬼的武士，但是也失败了。第三次吸取了之前的经验，选择了十年前去世、最接近人的年轻人鬼。"

"这都是幻想，你信了也没用。"

"可能吧，但是村里人靠追傩克服那段黑暗历史确实是事实，有不少村民认为发生津山惨案正是因为那一年没有进行追傩仪式，所以追傩是他们的精神支柱。如果在村里进行召傩，村民会崩溃的吧，所以我决定要把宗像赶出村子。"像是当年的决心再现一样，太田的额头上渗满了汗珠。

"宗像死了吗？"

"我和山头组的人说了，希望他们不要下杀手，但最后怎样我也不清楚。"

"如果宗像再一次出现在木慈谷，你能察觉到吗？"

"我也不知道。"

太田无力地摇头，如果宗像活着，总有一天会回到村里进行召傩仪式的吧。

"你听宗像说了召傩仪式的方法了吗？"

"听到了一些，宗像说侮辱佛祖，抛弃自身的佛性就能够召唤出鬼魂。"

"侮辱佛祖？那是什么？"

"就是烧佛像，"太田垂着头说道，"那人就是为了烧佛像才雕刻佛像的。"

6

原田刚离开太田家走下公寓的楼梯时手机就响了。来电显示是公共电话，打来这通电话的只可能是一个人，原田马上就接了。

"阿亘，有麻烦了。"

果然是浦野，他好像在车站站台，背景音是车站的广播。

"是心斋桥案出事了吗？"

"不是，对不起，现在没时间解释了，我这就赶往津山，能说一下你那边的情况吗？"

浦野的声音与昨天晚上完全不同，显得有些慌乱。

"我找太田洋志询问了一番，知道了老宗的真实身份。"原田压低声音，把从太田那里了解到的情况向浦野重复了一遍。

"辛苦了，线索好像齐了，等我到了津山站再联系你。"浦野语速飞快，挂断了电话，原田好奇他着急的理由。

原田想要收起手机，但是看到了犬丸警官的来电显示，心想：是警方的调查有进展了吗？

原田给犬丸打了回去，电话立刻就接通了。

"啊，原田先生，你还在津山市区吗？我这就赶过去。"他好像在开车，电话里能听到人行信号灯的指示音。

"发生什么事了？"

"锡村蓝志恢复意识了。"

原田觉得自己肩上的重担卸下了，这样就可以从锡村口中得知烧死七名受害者的凶手的真实身份了。虽然原田自己也进行了推理,但他似乎没有能够像名侦探一样来展示自己推理的机会。

"我们一会儿要在医生的陪同下给锡村做笔录,你去吗?"

"当然去。"

原田道谢后挂断了电话,浦野没带手机,无法联系上,于是他撑开了伞,一边看手机上的地图一边向津山医院走去。

上午十一点,原田穿过医院的两道自动门走进医院。犬丸在门诊挂号处前,看见原田就向他点头示意。两人离开门诊楼走向住院楼,乘电梯来到了顶楼四层。在走廊尽头的病房前,把守的警官正在揉着发红的眼睛。

犬丸敲了敲门后拉开了门,病床的右手边站着医生和护士,左手边站着与泽队长和其他三位警官。

锡村全身缠着绷带纱布,只有眼睛和嘴露在外面,嘴唇肿得像巨大的水蛭,他保持着张嘴的姿势不动,鼻子、大腿间插着导管,绷带的间隙可以看到红肿的肌肉。

"请你们长话短说。"五十多岁的医生小声地说道,听声音就知道他很疲惫。

"锡村先生,对于你的遭遇,我们深表同情,我们想问你几个问题。"

一位年长的警官开口说道,他的语气像是在和小孩子说话。

"你们在神咒寺举办宴会的时候,嫌疑人闯入,威胁你们并在你们身上点火,是这样吧?"

在沉默了几秒之后,锡村轻轻晃了晃头,也看不出是认同还是否定，警官没有确认他的态度就继续问下去了。

"嫌犯是你认识的人吗？"

锡村微微张开嘴，痛苦地吐气。

犬丸吞了一下口水。

"我不记得了。"他声音沙哑，像是在粗纸上划过一般。

警官们相视无言，他们不知道锡村是失忆了还是在包庇嫌犯。

锡村的嘴唇动了动，问道："其他人都没事吗？"

那位年长的警官刚想回答，医生用右手制止了他，说道："六人都在医院接受治疗。"

锡村嘴角微微上扬。

"你还记得嫌犯的外貌特征吗？"

警官们看向病床，内心祈祷能得到确切的回答。

"不记得了。"

锡村还是这么回答。

候诊室的患者用怀疑的眼神盯着陆续离开病房的警察。

"该死，让我白高兴一场。"与泽队长撇下这么一句话，就和搜查总部的刑警们一起回津山警局了。

"这件案子适合侦探大展身手，快点请浦野先生来吧。"在医院门口的环形交叉路，犬丸警官望着下雨的天空抱怨道。浦野应该就快回到木慈谷了，但还没有联系。

"如果你发现真相，不要等我。"

原田想起了浦野昨天说的话，但现在还不是向犬丸说出自己推理的时候。虽然已经察觉出案件的真相，但还没有锁定最为关键的嫌犯。

"你要是回木慈谷的话，咱们一起走？"

犬丸邀请原田一起走，但是为了到津山站去接浦野，原田决定留在市区。原田目送警车离开后向医院前的马路走去，当他正张望四周，想着去哪里打发时间的时候，眼前的一幕惊得他止住了呼吸。连接门诊楼与住院楼的走廊的窗边有一名男子，男子心神不宁地东张西望，快步走向住院楼。

那一瞬间，原田感受到了从未有过的兴奋。他在木慈谷调查时的所见所闻像拼图的碎片一样组合起来，拼成了一幅预想之外的图画。

嫌犯就是他！

原田急忙回头看向马路，可犬丸的车早就没了踪影，看来能够阻止嫌犯的只有自己了。原田回到刚刚离开不久的环形交叉路，向医院跑去，横穿候诊室、穿过走廊向住院楼走去。他看见电梯的指示灯显示到四楼就跑向走廊尽头的楼梯，飞快地爬了上去。当他爬到四楼出口处时，看见锡村的病房前的长椅上坐着警察。难以置信的是警察正靠着墙打呼噜。原田跑过走廊，推开了病房的门闯了进去。

"啊！"

病床前站着一名男子，他迅速回头看向原田，眼神满是急躁与惊讶。输液支架倒在地上，之前插在锡村鼻子里的导管被扯下发出嘀嘀嘀的声响。

"你在这里干什么？"

男子没有回话只是瞪着原田。他似乎是在打量自己能不能凭武力让原田闭嘴。原田下意识做好了防御的准备，但这时男子说："那又怎么了？"

门口警察醒了，向病房里看来，当看到锡村的鼻子里喷出血时，不禁惊讶地瞪大双眼。

男子可能是改变了主意，露出了做作的笑容。

"锡村是我的朋友，我挂念他的伤情，就来看看他。"

"这种谎话谁会信？你是为了灭口唯一生还者才潜入病房的。"

"等等，你们两个，"警官插了一句，"我知道这位是侦探浦野灸的助手，那你又是谁？"

"我是乡土资料馆的六车孝，别大惊小怪。"

"不对。"原田厉声说道，他想起浦野鼓励自己的话，直面这个神色可怕的男人。

"你真正的名字是宗像忠司。"

7

被强风吹起的雨滴弄得窗户哗哗作响。

"你小子是不是脑子缺根弦？"自称是六车的男子用手指压了压自己的太阳穴。

"装傻也没用，连环盗窃纵火案的嫌犯就是你。"原田提高嗓音不甘示弱，警官张大了嘴盯着自称是六车的男子。锡村闭着眼睛静静地呼吸着。

"你昨天潜入乡土资料馆，想要偷出'赤子杀'等价格高昂的收藏品后再放火，自以为闭馆日不会有人来，进到资料馆里就没上锁，这对你来说是失误。当时你已经被我看到，就不能从资料馆逃走了，于是将计就计编出一套话，当我自称是东京来的记者时，你觉得我不是当地报社记者，不可能一直待在木慈谷，采访完肯定马上就会回去，所以你假扮资料馆馆长，企图蒙混过关。"

"这都是你的幻想。"

六车露出牙床，抱怨道。

昨天，十二月二十六日是周六，确实是乡土资料馆的闭馆日。因为在派出所时听犬丸说了，原田注意到了这一点。村里因为预算不足所以没能让每家都配备接收防灾通知的无线设备，犬丸在收到防灾通知后用喇叭发出警报，如果犬丸外出发生火灾的话，可能会耽误救火。所以村里的公共设施还设有一台接收防灾通知的无线设备，平时那里的工作人员也能应对紧急情况。

原田去资料馆的时候看到了办公室里的那台接收设备，犬丸所说的公共设施就是资料馆。

资料馆也能应对紧急情况是因为资料馆工作日开馆，肯定有工作人员，换句话说周末或节假日就没有工作人员。

"你这家伙开始说不着边的话了，神志还清醒吧？"

警官不安地看着原田。

"我朝资料馆办公室里看的时候，他正拿着手机大骂，办公桌上有固定电话，真正的工作人员应该用那个打电话。"说着他转向六车。

"你挂断电话后,听说我想知道木慈谷的事,就想带我去资料保管室,因为你很久没有回木慈谷,所以记不住资料馆的常设展览室在哪儿了,周六闭馆,展览室没开灯也是理所当然的。关于木慈谷的历史与风土人情要是我认真提问,估计你就会露馅,但你很幸运,我只对津山案和落魄武士的故事感兴趣,而你又是向井和屯仓的孙子,对你来说,津山案是影响一生的案件,说到小时候能听到武士亡灵的声音、武士被杀一事你一定很拿手吧,在我这个外地人面前扮演资料馆馆长应该不难。"

"向井和屯仓的孙子?这……这是真的?"

警官看着六车,眼睛眨个不停。

"这个男人三十年前搬到木慈谷,但因为有关自己身世的流言传开,家被烧个精光,钱也被夺走,为了泄愤,他制造了这次的纵火案,想让驱赶自己的人尝到同样的滋味。烧掉乡土资料馆是想向真正的六车孝复仇吧。"

"那就奇怪了,三十年前,多数神咒寺火灾的受害者应该还没出生。"

"这就是案子难以解释的地方,我最开始推测是他逼迫青年团成员点燃佛像,并让他们成为召傩仪式的活祭品,但这解释不了他们为什么没从大堂逃走。但神咒寺案原本就与其他纵火案的情况大为不同,宗像忠司是三起纵火案的凶手,却与神咒寺案无关。"

"什么乱七八糟的,"六车苦笑道,"木慈谷难道有两个纵火犯？"

"神咒寺案没有罪犯。"

"没有罪犯？那是集体自杀吗？"

"不，是自然灾害。"

警官沉默了数秒，脸颊抽搐，他怀疑原田疯了。

"这位侦探助手，开这种玩笑可不好。"

"不是玩笑，就像刚才我说的，神咒寺案中有几点比较奇怪，为什么青年团成员不从大堂逃走？没有被绑也没被下毒，但是他们还是留在了大堂，最后丢掉了性命。解开这谜团有两条线索，第一条线索就是青年团成员在火灾发生前就来到了大堂，禅堂还有酒瓶说明他们的聚会就是在禅堂进行的，由于某种理由，他们离开禅堂来到了大堂，一九八九年重建的禅堂的窗户要比大堂的大，我猜他们是为了躲开谁的视线才来到大堂的。"

"躲开谁的视线？"

"解决这个问题就要用到第二条线索了——从火灾遗迹中找到的五钴铃。青年团成员跑到大堂时从仓库拿出了五钴铃，他们是想用五钴铃保护自己免受伤害。考虑到神咒寺位于天狗头山的半山腰，就应该能猜到他们在害怕什么。"

"啊，用铃铛来保护自己，那是……"警官一脸震惊。

"是熊吧。"

"对，今年是罕见的暖冬，进入十二月后气温终于下降，但是从上周开始，天气持续晴朗气温炎热，甚至令人满头大汗。十二月上旬进入冬眠的熊误以为春天到了，下了山。在禅堂畅饮的青年团成员注意到了寺庙院内的熊后惊恐万分,他们非常清楚村里有不少人因为熊而丧命。禅堂的窗户大,留在那里迟早要被熊发现。所以他们趁熊离开的间隙逃进了大堂。这期间有脑筋转得快的成员从仓库里取出了五钴铃。"

警官咽了咽口水,六车也沉默地听着原田的推理。

"但是熊没有要离开寺庙的意思,铃的响声反而让熊知道他们所在的位置,大堂的门没有上锁,能够轻易推门而入,青年团成员瑟瑟发抖。

"在这万分危机的时刻,有人冒出了一个荒唐的想法,他想到猪口美津雄养的狗凡太夫煤油中毒那件事,这条柴犬因为鼻腔有肿瘤闻不到刺激性气味误舔舐煤油而丧命,反过来想,鼻子灵敏的动物就不会接触发出刺激性气味的煤油,如果全身淋上煤油,熊也就不会攻击他们了。"

病床上的锡村哼哼起来,像是同意原田的话。

"为了不被熊攻击而故意向自己身上浇煤油?"

"对,但是祸不单行,又一个灾难降临了,十二月中旬气温急剧上升,地表附近的空气受热上升,在中国地区的山地一带形成了积雨云。神咒寺房顶的火焰宝珠装饰刺向空中,一道闪电从云里劈向火焰宝珠。

"青年团七人的身体通过高温的电流,瞬间就被火焰吞没。他们应该不能理解究竟发生了什么事情,而且还惧怕熊,所以没有逃到大堂外,最后因为一氧化碳中毒和呼吸困难而丢掉了性命。"

强风使窗户晃动,警官和六车身体颤抖。

"这种说法也太夸张了，"警官难以置信地说道，"他们运气也太差了，就像被诅咒了一样。"

"所谓灾难就是这么一回事，人们都觉得和自己无关，但是总会有人遇上灾难。村里的其他人没有注意到落雷是因为他们习惯了从天狗头山传来的青年团的敲鼓声。被落雷和火焰吓到的熊，慌忙地逃进了山里，所以形成了青年团成员被杀的火灾现场。"

"但是他们不仅被烧死，钱包也被偷走了。"

"这是误会，七名受害者本来就没有带钱包，我想这可能是从十一月发生失窃风波之后，青年团成员之间商量对策，定下了今后木木会上大家都不带钱包的规矩，结果就是在警察看来，受害者的钱包也被偷走了，去他们家里查一下应该就能找到钱包。"

警官露出难以置信的表情，缓慢地看向六车。

"如果事实如你所说，那么这个人为什么来医院？如果他不是神咒寺纵火案的凶手，就没有必要封锡村的口了。"

原田看向六车说道："不是这样的，通往天狗头山的斜坡上有一处脚印，是逃出神咒寺大堂的人留下来的。是宗像的脚印，也就是你的脚印。为了不让村民看到，你躲在大堂的供台下面睡觉。二十四日傍晚你被落雷吓到，丢下青年团成员，逃出了神咒寺。但是三天后，你在去津山医院的时候偶然看到了警官神色慌张地前往住院楼，几分钟后他们出来，你听到他们的对话得知锡村的身体状况。如果锡村想起当时自己看到的情况，有可能错误地指认从现场逃走的男子是罪犯。你感到不安，打算伪装成事故杀掉锡村，让他永远闭嘴。"

警官怜悯地看了看病床上的锡村，转而又看向六车问道："这位侦探助手说的是事实吗？"

六车垂下肩膀，搔了搔他星星白点的头，说道："木慈谷真是个倒霉的地方，可能真是被诅咒了。"

警官手持警棍，沉默了数秒。

"被诅咒是什么意思？"

"这种傻子像食腐的蛆虫一样从日本各地来到这里，我担任乡土资料馆馆长的四年里，不知听了多少人装得像专家一样不知羞耻地显摆对村子往事的胡思乱想，就是这个意思。"

六车看着警官轻蔑地哼了一声。

"警官你也信这种鬼话吗？"

"你不是向井的孙子？"

"当然不是，"六车点头，"我一开始就说这小子脑子坏掉了。"

8

"如果认为我是假的六车，叫来村里人问一下就知道了，他们可以为我作证，我就是乡土资料馆馆长六车孝本人。"

"花言巧语也没用，从逻辑上来说这个人就是宗像，是连环盗窃纵火案的凶手没有错。"

警官不知道自己应该站在哪一方，像是被训斥的小学生一样不知所措地看着两人。

"我并不讨厌侦探小说中出现的名侦探，但我讨厌你小子装作侦探自说自话，那我就和你斗一斗。我问你，你还记得你去乡土资料馆时，脚边有什么东西吗？"

"脚边？"

原田回想自己去乡土资料馆时的情景，推开对开的门，左手边是窗户，正前方是一条走廊，脚下是亚麻油毡的地面，穿过门，地面上铺着绿色的地毯。

"我觉得没有什么特别的东西。"

"你忘了？当时我可是一边打电话，一边观察你的。你当时在观察地毯上的圆形印记。"

六车的这句话让原田想起来了，当时地毯中央沉下去一块，像放过直径八十厘米的圆形东西。只有那一块颜色鲜明是由于阳光照射的时间少。

"那是有东西放在地毯上留下的痕迹，我知道那是什么东西，为了证明你的推理是错的，我就同样用名侦探的口吻来告诉你那是什么。受光照程度不同，地毯上两部分的褪色程度也不同，那是有东西长时间放在那里造成的。放在玄关处地毯的正中间会影响客人的进出，也就是说那东西只有在闭馆的时候才放在那里。开馆后挪到别的地方，闭馆后放到玄关地毯上的东西是什么？那就是写着'今日营业结束'的指示牌。"

原田默不作声地听着六车的话，手掌渗出汗水，心跳加速。

"乡土资料馆工作日开馆时间为上午十点到下午六点，这期间指示牌会放在办公室里。其余时间，也就是工作日的闭馆时间和休息日、节假日放在玄关地毯上。要是像你说的，我是闯入资料馆的坏人，那应该就直接把指示牌放在那里吧，没有理由故意撒下来招来其他人。但是你来到资料馆的时候没看到地毯上放着指示牌。"

警官眯起眼睛看着原田："原来是这样，那可疑的就是你了。"

"那闭馆日你为什么还撤下指示牌？"

原田大声地问道。

六车露出了胜利的微笑说道："这还用问？因为我真是馆长，知道有人要来。"

"你怎么知道有人要来？"

"因为我提前联系了。"背后传来了熟悉的声音，原田下意识地回头，看见拉门被打开，浦野和犬丸正向病房里看来。

"二十五日晚上在百百目庄和与泽队长通过电话后，我还打电话联系了乡土资料馆，说想看资料，希望周六也开馆，对方爽快地答应了我，他就是馆长没有错。"

"怎么会……"

原田脑子一片空白，他的推理全是妄想。

"阿亘，我和你说过要介绍自己的真实身份，变成这样都是因为你撒谎说自己是记者。"

浦野说话的时候没有直视原田，仔细观察可以发现浦野的脸色很差。

"你做的一切我都知道了，包括你潜入医院的理由，你还是马上自首吧。"浦野对六车说。

"自首？你在说什么？我只不过是帮警察的忙而已，什么坏事也没做。"

"你好像从上个月开始吸烟,能说明一下为什么吗?"

六车突然涨红了脸:"你问那个做什么?"

"没时间听你解释了,犬丸警官,把他带到津山警局吧。"

"好的。"

犬丸紧紧贴着六车推他出门,那位睡眠不足打瞌睡的警官也紧随其后,六车像是放弃了挣扎,在两位警官的催促下离开了病房。

"究竟发生了什么事?"

"我现在给你解释。"

浦野转头开始问病床上的男子:"你一直听着吧?打算一直沉默?不想说些什么?"

锡村缓缓地睁开肿胀的眼皮。

9

"之前发生的三起连环盗窃纵火案与这次的神咒寺纵火案的背景有很大的不同,阿亘的推理将两者分开也是可圈可点的。"

浦野从公文包里拿出火灾现场照片的复印件,放在了病床边的桌子上。

"我们先来看一下那三起连环盗窃纵火案,在第三起太田洋志平房被烧案中,有几条重要的线索被隐去。这是警方拍摄的现场照片,从玄关通往房间的走廊里有几处烧毁不太严重的地方留下了罪犯的脚印,有三个脚印分别来自某人的右脚、左脚、右脚。鞋子是津山市区量贩店出售的商品,标准大小,仅凭这个无法确定罪犯。"

锡村缓慢地起身，低头看向现场照片，他的鼻子下面还有血痕，肿胀的嘴唇间发出微弱的呼吸声。

"但是仔细看可以发现，只有右脚脚印前端颜色比较深。跟犬丸警官确认后得知那部分沾有煤灰。这就奇怪了，这个脚印是罪犯从玄关走到房间的过程中留下的，罪犯在偷走衣橱里的东西后放火点燃衣橱后逃跑，如果这种猜想成立的话，那么留下足迹的时候应该还没有发生火灾。"

"不是脚印上碰巧落上了煤灰吗？"

锡村的声音嘶哑，但是语气毕恭毕敬，像一名优等生一样。

"如果只有一个脚印是这样还有可能，但是右脚脚印有两个，每一个的相同位置都沾有煤灰，肯定是罪犯的鞋底沾有煤灰。"

"原来如此，确实是。"锡村老老实实地点头。

"这样一来就有两种假设，一种是罪犯在离开房间后又从走廊返回。罪犯在点燃衣橱后离开房间，发现自己留下了重要的证据后慌忙返回房间。一旦发生火灾，由于不完全燃烧，屋子里会飞散煤灰，鞋底也会沾上燃烧后的灰烬，但是这种假设从结果上来说是错误的。看看现场的照片就知道这是纸上谈兵了。"浦野翻动纸张，展示了另一张照片，这一张是从走廊拍摄房间的照片，上面显示烧毁的衣橱在拉门的右侧。

"房间里的衣橱很深，拉出抽屉的话人就没法进出房间了，但是罪犯在之前的案子里都用煤油烧毁了放置财物的柜子或桌子，这一件案子的作案手法应该也不会变。要想让衣橱里着火，必须打开抽屉向里面洒上煤油、丢入火柴，这样一来，房间的出口就堵住了，没法进出房间，一旦点火就不可能返回房间里了。所以另一种假设才是正确的。从结论上而言，罪犯在闯入太田家里时，附近已经发生了另一起火灾。"

"另一起火灾？"锡村一脸不解，"我听说起火点是太田的房间。"

"根据火灾后的废墟确定起火点特别困难，消防调查不过是根据烧毁程度的强弱和目击者的证词推测过火情况，推断出来的起火点有很强的偶然性。比如，假设我的侦探事务所有人掉落了烟头引发了一场小火灾，如果仅仅是这样，那么确定起火点很简单。但是如果三十秒后办公桌上的文件掉落到炉子里引发了大火灾，情况又会如何呢？炉子会被判断成火源，没有人会注意到烟头点燃过地板，大火灾掩盖了小火灾。太田家也发生了同样的事，罪犯进入太田家的时候院子里已经有其他地方起火了，应该是旁边的仓房发生了小火灾，罪犯趁机闯入正房，在房间里寻找贵重物品，点燃衣橱后逃跑。"

锡村像小孩子一样组织语言，张嘴说道："趁火打劫？"

"正是如此，但罪犯不是从火灾后的现场，而是从正在燃烧的房子里偷东西的。"

"已经发生了小火灾，罪犯为什么还要在房间里放火？"

"有两个理由，一是点燃盗窃现场以销毁指纹、毛发、脚印等证据；二就是得到不在场证明。"

"不在场证明？"

锡村僵硬地歪了歪头表示自己想不通，原田也是同样的心情，为什么在房间放火能够成为不在场证明?

"我再举个例子说明一下吧,假设现在那座山的山脚下一间小木屋发生了火灾。"

浦野看向窗外,外面因为下雨模糊了视线,但是可以看到山脉与街道连接的地方孤零零地立着一间小木屋。

"我从这里离开迅速赶到对面。第二天你就会从健谈的护士那里听到火灾的细节,灭火是徒劳的,小木屋最后还是完全烧毁,罪犯偷出财物后为了销毁证据点了火,那么罪犯是谁呢?"

"是谁呢?"锡村的表情像是在说他怎么会知道。

"不好确定吧?但是很容易就确定谁不是罪犯,比如我们三个人。因为我们三个人一起目睹了火燃起来时的样子,这就是罪犯想要得到的不在场证明。"

"原来如此,罪犯是颠倒了起火与盗窃的顺序。"锡村好像马上就懂了。

"到底是怎么回事?"现在只有原田一人思绪混乱,浦野斜眼看着他微微笑着。

"简单来说,就是出于某种原因发生了火灾,有人在火势变大之前早早就发现了这一点,悄无声息地偷了东西,当然其间如果不做任何准备,那罪犯就没有不在场证明了。

"但是如果罪犯偷完东西后,放火烧掉放置东西的地方,情况又会如何呢?大火灾瞬间就掩盖了小火灾,如果东西失窃的地方被误认为是起火点的话,就能把盗窃案伪装成发生在火灾之前,因为没法从起火的衣橱里偷东西。在火势变大前让别人看到自己的身影，罪犯就得到了盗窃案的不在场证明。

"我不认为罪犯是一开始就计划周全再行动的，第一次偷大森夫妇家的时候，他为了销毁证据不得不点火，但是因为之后发现这可以创造不在场证明，所以在第二起VALLAGE木慈谷纵火案和第三起太田家纵火案中蓄意放火。"

"木慈谷是山中村落，所以罪犯的办法可以说是成功的。"

"正是这样，"浦野点了点头，"虽然木慈谷是一个村子，但是实际上民宅分布很广，间距很大，许多村民通过烟发现了火灾，但是地形起伏看不到着火的房子。是正房着火了，还是仓库或者车库着火了，或者是公寓的哪间屋子着火了，都只能等赶到火灾现场后才能知道。"

原田感觉自己深陷迷雾之中，一处火灾现场实际上发生了两起火灾。

"根据以上的判断，我们来猜测一下这个趁火打劫的罪犯吧。我比较在意的是罪犯如何潜入发生了小火灾的房子里。第一次有可能是碰巧在火灾现场附近，但是同样的犯罪手法发生了三次，算上神咒寺纵火案就是四次，也就是说罪犯能够第一时间知道木慈谷哪里发生小火灾。木慈谷接收防灾无线通知的设备不是每家都有，是由驻警或者乡土资料馆的工作人员接到消息后，用喇叭示警。罪犯接到无线电警报后，比消防队员早一步来到火灾现场。"

"驻警犬丸、乡土资料馆的六车馆长和兼职河东刚，嫌犯就在他们三个人当中。"

锡村说到河东刚名字的时候，微微哽咽了一下，因为河东刚也是他在青年团的伙伴。

"正是这样，如果是犬丸，他可以让派出所附近的居民看到自己的身影，如果是资料馆的两个人，可以让来馆者看到自己之后再前往火灾现场，不在场证明就可以成立了。这件案子还有一个难点，就是闯入发生小火灾的房屋，身上怎么说都应该会留下痕迹的。"

"你是说衣服烧着，或者烧伤吗？"

"如果这么危险，罪犯就会放弃。问题在于烟的味道，要是能穿上像雨衣一样能够覆盖全身的外套就没关系了，但是不知道什么时候发生火灾，所以也不可能随时带着这种外套。"

"罪犯在火灾后身上有烟味也不会被人怀疑，也就是说罪犯是消防队里的人，那么辞去消防队工作的河东刚就被排除在外了。"

"并非如此。如果是消防队员确实会降低被发现的风险，但是集合时可能会被其他消防队员闻到身上的烟味，一次还好，两次、三次就会被人怀疑了。所以罪犯想到，只要继续趁火偷盗，那么身上就免不了有烟味，干脆不隐藏味道，而是用更重的味道糊弄过去。"

"更重的味道？"

锡村惊奇地挑起了他烧烂的眉毛。

"我问犬丸警官，最近有没有突然开始吸烟或者喷香水的人，结果让我猜中了，资料馆的馆长六车从上个月开始吸烟，而且似乎还只吸一种香味特别重的香烟，这样一来，即使在盗窃现场熏了烟，逃跑后吸几支烟，靠烟味就能糊弄过去。"

原来是这样，难怪刚才六车被问到是否吸烟时大惊失色。

"犬丸警官在火灾的第二天就和我们一同行动，他不吸烟，身上也没有烟味，从以上信息我推断连环盗窃纵火案的凶手就是六车孝。据说他喜欢赌博，出入地下赌场，犯案是想弄些赌博的本钱吧。"

浦野脸色发青，俯视着锡村，他现在的脸色比刚才进入病房的时候还差。

锡村笑了，用缠着绷带的手无力地鼓掌。

"有幸听到侦探的推理，真是感慨万千，但还是有许多事情没有查明。"

"当然，最重要的是神咒寺纵火案的真相。但是在进入正题前，先来确认一下木慈谷相继发生小火灾的原因吧。

"从结论来说，发生小火灾的原因果然还是有人故意纵火，在这么小的范围内火灾频繁发生很难是事故或者是自然起火导致的，除了六车外还有一名纵火犯。六车盘算过，万一趁火打劫的罪行暴露了，也可以让另一名纵火犯背负罪名。

"那么这个纵火犯是谁呢？线索就在六车的行动里。据犬丸警官所说，发生火灾后，六车总会在消防队员集合时迟到，但是在十二月二十二日发生集会所火灾时，他好像直接就赶到了集合地点。那天的火灾是由于墙壁插座漏电导致的，不是纵火案，六车也知道这一点，没有绕路就直接赶往集合点了。

"但是无线电警报只通知火灾发生的时间和地点，没有通知规模和详细情况。六车为什么能够知道那天的火灾不是纵火犯所为？因为纵火犯就在他身边，他确认纵火犯那天没有作案。"

锡村低声说了一句原来如此，像是呻吟一样。

"火灾总发生在工作日傍晚、下午四点到六点之间。乡土资料馆六点闭馆，馆长总能在资料馆里听到无线电警报，六车能够确认行踪的人只有在资料馆打工的河东刚，所以河东刚就是纵火犯。"

"果然是他，听说他工作压力很大，但是纵火罪不能被原谅，真遗憾。"

资料馆馆长六车的骂声还萦绕在耳边，河东刚和这种人一起工作肯定一肚子气吧，犬丸警官也说过"觉得他可受不了"。

"动机是为了泄愤，他在仓房、车库等威胁人生命安全可能性较小的地方纵火，不知道什么时候，他注意到了报道的起火点与实际情况不同，有人趁火打劫。但是他什么也做不了，纵火犯不可能告发趁火打劫的人。这就是连环纵火案的真相，神咒寺案也是这件案子的延续。"

"终于进入正题了。"

锡村用他那失去光泽的瞳孔看向浦野。

"神咒寺案有两个主要人物，你是主角，六车是配角，六车做的和过去三起案子一样，在乡土资料馆上班的六车听到火灾警报，连忙赶到神咒寺。因为河东休息不在资料馆，六车推测很可能是河东放的火。"

"六车进入已经冒烟的大堂后一定对眼前的景象大为震惊吧，

打开大门后看见佛像在燃烧，七名年轻人倒在地上。"

虽然锡村表情没有发生变化，但可以看出他在刻意隐藏自己的慌张。

"我不知道六车那个时候在想什么，但既然他已经无视消防队集合的通知来到神咒寺，那么即使他想帮助这七个人，也不能出手了。如果自己趁火打劫的事暴露了，那他过去犯下的罪都会被连根拔起。

"当然他也不能装作没看见就离开，眼前的河东刚对他来说既是下金蛋的鸡也是眼中钉，如果河东被警察抓住，警方可能会因为河东的证词转而怀疑他，他很焦急，总之必须封住河东的嘴。

"剩下就是所谓的贼不走空吧。六车和之前一样，在神咒寺纵火案中趁火打劫。"

锡村突然有些呼吸急促，浦野并不理会，继续说道："六车夺走七名受害者的钱包和贵重物品后，把油桶里的煤油泼到他们身上，点火后向天狗头山逃去。他纵火的原因和之前的几起案子一样，为了得到不在场证明，点火烧掉财物原本存放的地方。但不同的是，这一次他盗取的财物不是放在柜子或者衣橱里，而是在人的衣物里。"

锡村睁开失去光泽的眼睛，紧咬牙关，他是想起了当时的那一幕了吧。

"你还好吗？"

"没关系，请继续。"

锡村咬紧嘴唇，露出苦笑，结痂的伤口溃烂，流出土黄色的脓水。

"七个人没有从大堂逃走是因为六车放火的时候他们已经由于一氧化碳中毒失去了意识，为了弄清他们去神咒寺的原因，首先要揭露你的真实身份。

"刚才我也说了，神咒寺案的主角是你，锡村蓝志。在听犬丸介绍案情的时候我就注意到了你，你在半夜想要进山，还被犬丸询问过此事。你借口说自己是去收集木耳的菌落，但那肯定是谎言，没有人会大半夜打手电去采木耳。

"你是在村子里找什么东西。你避开众人的耳目来到山里，又向犬丸撒谎是因为如果让别人知道你要找的东西就大事不妙了。说到村里的禁忌，就不得不提七十七年前的津山案，我推测你是在找与那件案子有关的东西吧。

"结果果然是这样，我了解到向井鸰雄的墓在山路中，但是这座墓在九年前的台风中被大雨冲没了，你不知道这一点，告诉你向井墓一事的人在九年前早已经离开了村子，所以不知道墓碑已经不在了。

"根据阿亘的调查可以知道，三十年前曾有一名男子祭拜过向井的坟墓，被赶出了村子。你就是从那个男人那里听说了向井坟墓的地点以及木慈谷过去发生的惨案。"

锡村犹豫地张嘴说话，但是被浦野的声音盖过。

"不好意思，没有时间了，我就接着说了，我希望我接下来说的事是错的。IT风险公司的技术责任人是你的假身份，你来到木慈谷真正的目的是为宗像忠司复仇，实现他没有完成的愿望。

"宗像不与村民往来最后被赶出村子，这件事对你来说是个教训，所以你首先与青年团的成员成为朋友，这些年轻人生活在这片没有前景的土地上，心中充满不安，于是你安慰他们，他们还因为祖上杀过落难武士而感到愧疚，你正是抓住了他们这些内心的弱点。

"宗像还告诉过你其他事情。他告诉你难以让牛头这种从未为人的鬼怪附到人身上，也难以让死去几百年的人鬼复活。所以你从一开始就把目标定在了近几十年死去的年轻人鬼上。

"十二月二十四日，你实施了蓄谋多年的计划——召傩仪式，你们用酒清洗过身体后前往寺庙大堂，摇起五钴铃让鬼知道你们的位置，点燃寺里释迦牟尼像，这些都是为了让鬼附到七个人身上。"

浦野脸色大变，一口气说完这些话。

"但是发生了你没想到的麻烦，附近的居民看到寺里起烟了就报了火警，接到警报的趁火打劫犯闯入了大堂。

"那时七个人已经由于一氧化碳中毒昏迷失去了意识，迎接人鬼的准备已经就绪，但是因为六车纵火，所以你的计划被打乱了。"

浦野的说法很微妙，好像是故意迎合锡村对于召傩仪式的妄想似的。

"你说得对，"与浦野相反，锡村缓缓地张口说道，"我们吃了半年的素，洗了七次冷水澡清洁身体，做好了迎接人鬼的准备，都怪那个男人弄脏了我们的身体。"

"人鬼是为了祸乱人间才来到现世的吧？他们会老实地回到地

狱吗?"

"没想到你这么了解,和你想的一样,没人会知道失去目标宿主的人鬼将去往哪里,应该会在日本的某处找到合适的宿主身体后转生吧。"

"你觉得这样好吗?"面对浦野犀利的提问,锡村笑了,不知道是自嘲还是嘲笑浦野。

"我不满意,本想把自己这副身体献给人鬼,亲手制裁愚蠢的人们,这也是我父亲的愿望。"

"你果然是宗像的儿子,你从你父亲那里听说把人鬼赶回地狱的方法了吗?"

浦野把左手伸进夹克内侧,原田在想他到底要陪锡村装神弄鬼到什么时候?

"你在说胡话,人是愚蠢的生物,只能接受鬼带来的苦难。"

浦野取出钢笔抵在锡村的喉咙上问道:"这样你还是不说吗?"

"啊!浦野先生!"

原田想要靠近但是被浦野用眼神制止了。锡村好像不知道眼前发生了什么,一脸惊讶地望着浦野。

"我现在把刀子架在你的脖子上,如果你不说,我就划破你的动脉!"

锡村瞪圆了眼睛,好像吓到了。

"我违法了吗?"

"快回答我的问题!"

"你这是恐吓,我们是为了让世界变得更好才从地狱里召唤来了鬼，你应该感谢我，而不是威胁我。"

"别说大话了，你就是个无耻之徒！"

浦野把笔尖刺入了锡村锁骨以上几厘米的地方，胸前绷带上的血迹逐渐扩大开来。

"浦野先生，你做得过火了，"原田下意识地说道，"不用理会这家伙，他只是在装神弄鬼。"

"我再问你最后一遍，你要是不想死，就把人鬼赶回地狱的方法告诉我。"浦野无视原田，把钢笔尖又向里扎了一下，锡村咬紧牙关。

"父亲教过我，即使遭人怨恨，自己所做之事未必是错的，我相信父亲。"

"是吗？那太遗憾了。"

浦野紧紧握住钢笔。

锡村闭上了眼睛。

病房里一阵沉默，时间像是停止了一样。

"阿亘，叫医生来。"

浦野垂下头，钢笔从他的左手掉落下来。

"浦野先生，这究竟是怎么回事？"

"他不是在装神弄鬼。"

浦野像是在呻吟，后背靠在墙上，伸手去拿电视的遥控器，按下了电源键。屏幕显示的是医院的走廊，虽然打了马赛克，但是可以看出地面上有血迹，一名男子最初的呼救声变成了惨叫。然后就是什么东西倒下的声音，摄像头剧烈晃动，之后图像就切换到了摄影棚。

"这段录像是手机录的,今天上午十点左右,大阪市中央区宇贺神医院的一名住院女性发狂,砍伤护士和其他住院患者后逃跑,警察表示目前已经有二十四人遇害,五人处于昏迷状态,罪犯在逃。大阪市向市民呼吁减少外出,注意加强警戒。"

浦野换了一个频道。

画面中裸露的河床上停着一排警车,河堤前面被蓝色塑料布围起来了,看不到里面的情况,穿制服的警察慌张地出入其中。警戒线前,记者在采访一名七十多岁的男子。

"浅葱河里飘来强烈的气味,乌鸦叫个不停,我感到奇怪就来到了裸露的河床,发现有从未见过的布包密密麻麻地漂在那里,打开其中的一个发现里面裹的是人头。如果这些布包里都是人的身体,估计有七八个人,搞不好有十个人。"

浦野又换了一个频道。

出现了直升机航拍写字楼街区一角的画面,路上没有行人,穿着突击服装的特种兵将大楼包围了起来,前面的一排防弹盾牌围成了墙,直升机旋翼的声音里可以听到啪啪的枪声。

"现在又能听到枪声了,今天上午十点半左右,一名男子持猎枪闯入大阪市北区的四叶银行分行,将三十名左右的人员扣在银行当人质,男子让银行职员脱光衣服站到门的周围以防止突击队的狙击。从屋子里可以听到连续的枪声,推测有多人死伤,再为您播报一遍……"

浦野关掉电视,后背靠着墙坐到了地上。

"正如你刚才看到的,在这数十年内犯下滔天大罪死后堕入地狱的人鬼又回来了,召傩仪式成功了。"

"这不可能!"原田惊呼。

浦野的脚边已经形成了一摊血迹。

"对不起刚才没跟你说,我去医院打算向那名受害的女中学生询问案件的具体情况,却被突然刺伤了,她被人鬼附身了。"浦野敞开了外套,他肚子上缠着绷带。

"我去叫医生。"

"谢谢,拜托你了。"

浦野突然开始咳嗽起来,身体痉挛,他肚子上缠的绷带渗出了血。原田拿来了洗手池的毛巾,用毛巾按住了浦野的肚子,但是浦野的痉挛没有停下,伤口变得越来越大。

"浦野先生,你别动。"

浦野的身体剧烈抖动,手脚扭曲的形状不可思议,身上散发出刺鼻的腥味。

"浦野先生,你要撑住啊,我这就找医生来。"

"不,不用了,已经太迟了。"浦野无力地摇头,血从嘴唇边流了出来。

"你要是死了,谁来解决剩下的问题?"

"解决?这已经不是侦探能够解决的问题了。"

浦野伸出左手碰了碰原田的脸颊说道:"阿亘,很高兴和你共事三年,你一定要活下去……"他的身体从墙上滑落,倒在地上。

"死了吗?"锡村问道。

原田飞奔着跑出病房，去找医生。

浦野被送到了津山医院的重症监护室，医生给他输血的同时还手术缝合了他受损的内脏。手术后生命体征平稳了一段时间，但是从大肠流出的粪便引发了败血症，他的血压急剧下降。

二〇一五年十二月二十七日下午四点三十分，浦野炙死了。

10

"今天就收拾到这儿吧。"

美代子摘掉了手套，环顾这个曾经是浦野侦探事务所的地方。本以为房间很小，现在看起来似乎相当大。浦野的个人物品要寄给他的家属，调查资料送给警局，这些东西都各自装到了纸箱里。事务所里的办公桌椅、沙发、会客桌等家具搬到了楼梯前，要当作大件废品扔掉。屋子里只剩下地板上的污渍了。屋内没有窗帘，夕阳显得很刺眼。

"你帮了我大忙。"

美代子一大早就来帮原田收拾事务所。

"没事儿，反正我毕业论文也写完了，我饿了，去猪百戒吗？"

美代子喝光了瓶装的大麦茶，擦了擦嘴唇。

"今天我就不去了。"

虽然很感激美代子担心自己，但是从木慈谷回来已经一周了，原田都没能好好吃一顿饭。元旦过后的第四天，日本各地的异常事态还在继续，连续数日发生惨案。在过去，每件惨案都会成为大新闻。今天早上在仙台市的妇产医院发现了多具婴儿尸体，没有确定凶手身份。世界已经开始渐渐被这些非人的怪物所侵蚀。

令人惊讶的是，面对这些明显的灾变，政府与警方束手无策。首相命令各级的公共安全部门加强防范犯罪，但仅仅如此并不能解决问题。在野党认为是社会贫富差距过大导致的社会治安恶化，抨击政府的经济政策。右翼团体认为是犯罪集团问题，批评首相没有派出自卫队维护治安，软弱无能。

原田打开窗户俯视外面的街区。中野站停着列车，乘客从闸机鱼贯而出，有挺着啤酒肚的上班族、推着婴儿车的母亲，还有打闹的情侣，一派景象与往日无异，虽然所有人都意识到了异常事态，但是都不知道向哪儿宣泄这份不安，最终选择继续眼前的生活。

"好，那我先走了。"

美代子挥了挥手离开了事务所，原田听到她下楼的脚步声。

原田没有和任何人说过召傩的事，如果报警的话会被认为是疯子吧。和深信人没有来世的美代子说什么地狱和鬼也只会让她忌惮自己。原田想关上窗户，伸手去拉窗把手的时候，手机响了。他犹豫要不要接，最后还是接通了电话。

"喂，是原田先生吗？我是栃木县警察内田，我想找浦野先生咨询案子，但是我打不通事务所的电话。"

仅仅今天一天就接了十通这样的电话了，浦野的讣告应该已经送到各都道府县的警察局总部了，但似乎还没传达到在第一线工作的警察们。

"对不起，浦野先生已经去世了。"

电话那头传来了吃惊的呼吸声。浦野死了,这是不可否认的事实。与泽刑警队长说浦野的尸体由浦野的祖父领走,已经火化了。

"怎么会?是因为这次的案子吗?"

案子太多了,不知道对方在说哪一件。原田应付了几句,挂断了电话。

离开了商住混合大楼,原田感到刺骨的寒风吹着全身,穿着粗呢大衣的中学生向手掌哈气取暖,过了元旦终于感受到了冬天。

原田特别想吃热的东西,于是掀开了猪百戒的门帘,他后悔拒绝了美代子的邀请。

原田坐到柜台前,点了啤酒和盐味拉面,店里面油烟和大蒜味很浓。原田感觉美代子对自己说清身世秘密似乎已经过去好几年了。他正要喝啤酒的时候突然感觉自己呼吸困难,胃酸从肚子里返了上来。

罪恶感让原田喉头紧锁。浦野是被人鬼刺死的,而原田第一次与浦野相遇的时候,浦野被猪首站巡警刺中胸部却安然无事,因为他穿着防刃背心。十二月二十六日清晨,浦野从木慈谷赶往大阪的时候,如果自己没有轻易去借那件防刃背心,浦野现在还活着。浦野救过原田,可原田却夺去了恩人的性命。

"小伙子!快报警!"有人跑进了饭馆。回头一看,原来是那位像蛤蟆仙人的老爷爷蹲在地上叫喊。他一脸惊慌地看着外面的马路,手掌上有血迹。

"怎么了?"

店长从厨房里飞奔而出，不安地掀起了饭馆门口的帘子，原田站起来向马路看去。在马路对面有一处公寓的垃圾场，那里堆放的垃圾很多，眼看就要堆到马路上了。由混凝土墙分开的空间里的一端，塑料水桶和混凝土墙之间伸出一条弯曲的腿。

"死……死了吧。"蛤蟆仙人老爷爷戳了戳店长的肩膀，发出颤抖的声音。他应该是钻到垃圾场捡垃圾的时候发现尸体的。

店长拿起收银台的电话报了警。蛤蟆仙人坐在地上，用胆怯的眼神环顾店里，悄无声息地站了起来，打算就这样蹑手蹑脚地离开饭馆，原田挡住了他的去路，抓住了他的手腕。

"你去哪儿？"

蛤蟆仙人肩膀猛地哆嗦起来。

"小伙子，让我走吧。"

"是你干的？"

蛤蟆仙人摇头，胡子下传来刺鼻的味道。

"那为什么要跑？"

"我不想被警察缠上。"

他膝盖颤抖，捡垃圾的生活很苦，过去可能也在超市偷过东西，被警察抓过。

"对了，小伙子你不是侦探吗？我什么也没干，你能证明我是清白的对吧？"

蛤蟆仙人抓住原田的手，像是抓住了一根救命稻草。

如果是浦野面对这种情况，会毫不犹豫地点头，但是原田没有那样的气魄。他和浦野在一起的时候底气很足，但自己不是当侦探的料，只是一个喜欢读侦探小说的假侦探罢了。

"我不是侦探。"

原田这么说了之后，蛤蟆仙人放开了手，噘起干瘪的嘴唇说道：

"是吗？那我白高兴了。"转身离开了猪百戒。

原田在一月五日上午六点多的时候回到自己家里。他没想到自己仅仅因为在案发现场对面的饭馆里吃饭就被警察扣到了第二天早上。幸亏赶到现场的巡警中有人认识自己，所以没有被莫名怀疑。

他听警官说，垃圾场的尸体原本是一名二十多岁的话剧演员，头部被钝器殴打，还被阉割了。不知道这是一般的命案，还是人鬼犯下的罪行。原田脱掉外套倒到被子上，感到全身无力，明明没喝成酒，但是看天花板摇摇晃晃像是醉了一样。闭上眼的瞬间就陷入了睡眠之中。

手机响了，原田微微睁开眼睛，太阳已经爬到了窗子的高度了，他不想再听警察的声音，任凭手机响着也不接，但是手机一直响个不停，原田捺不住性子就伸手去拿了电话。

"喂，阿亘。"原来是美代子打来的。

"怎么了？"

"我有件事想找你确认一下，虽然我自己也感到有点奇怪。"

原田感到不安。

"怎么了？"

"刚才在中野站前面有个男人问我去浦野侦探事务所怎么走。"

应该是委托人，可能是因为事务所的电话打不通，想要直接到所里咨询吧。

"我告诉他事务所关了，但他还是执拗地问我去事务所的路，我觉得他很奇怪，感觉他的脸好像……"美代子说出浦野的名字时，原田惊讶得说不出话来，他觉得太荒唐了，这种事不可能发生。

"阿亘，你在听吗？"

等他回过神来，发现自己已经冲出公寓，他强迫自己疲惫的身体穿过人潮涌动的商业街，尽管没有跑起来却好几次快要摔倒，大约用了十分钟，他赶到商住混合大楼，从楼梯上楼，站在浦野侦探事务所门前，正要从口袋里拿出钥匙的时候，发现门是虚掩着的。而有钥匙的人除了原田之外就只有……

推开门向空荡荡的房间里看去，一名男子伸展手脚躺在地上形成一个"大"字，柔和的阳光照到他的身上。

"哎哟，阿亘你来了。"男子像装了弹簧一样，上半身一跃而起，露出坏笑。

原田一句话也说不出来。已经死了的浦野就在眼前！

"你这是什么表情，鬼都附在人身上作乱了，见到我惊讶什么？"

"你不是浦野先生吧？"

"对，我不是，没想到你竟然认出来了。"男子丢掉吸了一半的烟，搔了搔头发站了起来。

"浦野已经死了,我借了他的身体,你看。"

男子卷起衬衫下摆,肚子上有很大的瘢痕。

"你是谁?"

"我是阎王大人派来的日本最强侦探,人们叫我半脑天才,"男子张大鼻孔,露出牙龈笑了出来,那是原田从未见过的粗鄙的笑容,"我是古城伦道,请多指教。"

八重定案

1

原田家的人总因为掉了脑袋而死。

在冈山县冈山市北区，松脂组事务所二楼的大厅里，一名穿着碎白点花纹夏季和服短衣的男子挥起武士刀砍向原田的头。

"去死吧！"

刀在空中挥舞时发出呼呼的声音，原田感觉自己头颅已经落地，周围的世界天旋地转。"啊哈哈哈"，他听见一阵粗野的笑声。

"爸爸，别乱挥刀。"美代子冷冰冰地说道，语气像是剑道部的前主力。原田这时候不再感觉天旋地转。

"对不住，我就开个玩笑。"

男子把武士刀收回刀鞘里，害羞地缩了缩嘴唇，皮肤略黑，短发，身体像熊一样强壮。他叫松脂念雀，是日本影响力最大的黑社会组织松功会的得力干将，松功会下属组织松脂组的组长，美代子的父亲。

"你还要躺到什么时候？我是用刀背打的你。"

松脂一脸无语，说着把刀递给旁边一名规规矩矩地跪坐着的年轻人。原田觉得天旋地转是因为目眩，他一边摸了摸自己的后脖颈一边坐起上半身，蜷缩肩膀规矩地跪坐着。

松脂背靠着佛龛盘腿坐着，右手边有两个穿着黑色正装的男子，他们打扮得像是刚从葬礼回来一样，一个人的发型是黑人烫，另一个人梳着锃亮的三七分。

原田在门外与美代子碰了头，浑身是汗，像被大雨淋了一样。他今天来这里的目的是让美代子的父亲同意他们两个人交往。

"听说你是侦探的助手，我还以为你是个没长大的小鬼，不过今天看来还很壮实啊，确实像美代子说的，你的脑子就是个摆设。"

松脂笑嘻嘻地说，上下打量着原田，像是要把他看透一样。松脂的待客之道很糟糕，先是用刀打原田的脖子，后来又嘲笑他没用。原田虽然没有上过学，但是和浦野一起工作三年也长了知识。

"组长先生，用刀背打人安全是一种误解，实际上力道却是拳王阿里的十二倍呢。"

原田机敏地炫耀自己的杂学。

"胆子不小，敢顶撞我？给我去死！"

"爸爸，你再说这些没用的我就回去了。"

"对不住，"松脂嘿嘿地笑了起来，"你在浦野灸的侦探事务所工作吧？这话我只跟你说，其实我还有点感谢浦野呢。"

松脂清了清嗓子。终于要开始说正经事了。黑社会记恨侦探不稀奇，感谢侦探却是不知从何说起了。原田心想：这到底是怎么一回事？

"我们事务所从您这里进过毛巾吗？"①

"你是傻子吧？如你所见，我们松脂会是老派的黑道组织，看重侠义，讨生活也不会去做有损道义的事。但是在如今这个时代，有遵守传统的老伙计，也有打着黑道的旗号，却染指赃款卖淫的宵小之辈，其中最恶劣的就是荆木会。"

荆木会是日本最大的黑社会组织，在日本无人不知无人不晓。

"松功会和荆木会水火不容，两家一旦爆发冲突，就会流很多血，所以两家一直小心，不敢越雷池半步。但是八年前，发生了最糟糕的事。荆木会下属的组织——刑部组的混球小崽子闯入我家老爷子家中抢劫，还打了我娘。"

松脂眼神暗淡下来。

"刑部组的兔崽子们硬说是别的混混干的，那不过是他们敷衍搪塞的借口罢了。既然刑部不道歉，我们就必须和他们做个了断，正在策划如何开战的时候，发生了意想不到的事，警察到荆木会的事务所搜查，把他们组长在内的干部都抓了起来，罪名是违反毒品监管法，据说是浦野帮了警方的忙。浦野避免了我们做有损道义的事，阻止了两家开战。"

原田虽然知道浦野发现了走私毒品的资料，检举了黑社会组织，但是他并不知道背后还有这样一段故事。

"刑部组失去贩毒的利润后完全失去了势力，最近又找到了新

---

① 根据日本法律，黑社会不能向商户直接收取保护费，所以会以"租赁"毛巾的形式变相收取保护费，不只是毛巾，还可以是盆景或者是艺术品等。这里原田是在含蓄地问松脂是不是也收了浦野的保护费。

的营生,像是要死灰复燃,但是也已经完全没有往日的气焰了。所以当我听说美代子在和浦野的助手交往时,还觉得这机缘真是不可思议。"

"那您同意我们交往了?"原田的语气很兴奋。

"我一开始就没有反对的意思。"

松脂站起身来,走过来握住原田的手,原田觉得自己又要被打了,身体开始发力。

"真……真的可以吗?"

"放心,松脂家的人绝不撒谎,美代子也是一样的。"

松脂左手摸了摸美代子的头。原田想问刚才自己被弄得狼狈不堪算怎么一回事,但是他没有说话,只是赔着笑脸。

"道上的人都是相伴在危险左右的,这是我最后一次和你见面,阿亘,你要好好对待美代子。"

原田用衬衫擦了擦手心的汗水,重新握了握松脂的大手,虽然不知道为什么,但是好像多亏了浦野,他才能继续和美代子交往。他现在心情很好,如果有尾巴的话都能摇起来。

"谢谢您!"

唯一遗憾的是,回到事务所也不能向浦野表示感激了,因为浦野已经不在这个世界上了。

2

"我叫古城伦道,请多指教。"

一名外形与浦野相似,但怎么看也不像是浦野的男子笑着说道。二〇一六年一月五日星期二，过午时分，低矮的太阳照得事务所里有些温暖。

"阿亘，帮我做事吧。"

与浦野的长相、装扮一样的男子坐在浦野事务所里。原田立刻扫视了一圈房间，因为东西已经整理好都挪到了走廊，一时间找不到可以当成武器的东西。

"阿亘，你在听我说话吗？"

原田弯下腰，一个右直拳就击中了男子的脸颊。

"你干什么！"

男子大意没有设防，一屁股狠狠地坐到了地上。

"打你的脸。"

"你为什么打我？我是你的偶像古城伦道啊！"

男子扭过身子，狠狠地咳了起来。

"我才不会上当，你是人鬼！"

锡村蓝志的召傩仪式让在地狱里折磨死者的鬼回到了人间。锡村的父亲宗像忠司想要召唤牛头鬼和几百年冤死的落难武士，但是都失败了，锡村从他父亲的失败中吸取教训，决定召唤近几十年死去的年轻人鬼。

活着的时候作恶的人死后会堕入地狱，其中做过极恶之事给人带来痛苦的会被阎王选中，作为鬼替阎王工作，这就是人鬼。

如果古城是通过召傩复活的，那就是说古城死后变成了人鬼。但是古城是侦破数起重案、守护人们安稳生活的名侦探，不可能堕入地狱。面前的男子一定是谎称自己是古城的冒牌货。

"等等,我是死人但不是鬼,和那些复活的人鬼不同。"

男子伸出双手与原田保持一定距离,又卷起了衬衫,露出腹部的瘢痕。

"我不是召傩来的,这就是证据。"

原田奇怪地看着光滑的瘢痕。

"你说什么?"

"所谓召傩,就是一种把鬼魂召唤到现实世界,让鬼附在活人身上的仪式,不能让死去的肉体复活,但是你看,我现在的样子怎么看都像是浦野灸,也有他被刺的伤疤。只有极乐世界的佛祖和阎王可以让死去的肉体复活。"

浦野死于津山医院是事实,他的遗体应该已被家属领走,在土浦市的火葬场火化了才对。

"是佛祖让你复活的?"

"不是,我是和阎王做的交易。我死后被送往地狱,那里的家伙似乎不理解我生前所做的无数功德。我死后的八十年发生的这次召傩让阎王大吃一惊,地狱一直以来都人手不足。鬼少了,人死后送到地狱,灵魂就不能被收服,所以阎王为了制服重回人间的鬼让我复活。"

原来召傩不仅给现实世界的人带来了麻烦。

"那为什么选中了你?"

"是我让阎王这么选的,这次重返人间的人鬼中有八十年前想杀我的混蛋。想到他能重返人间我就怒不可遏,于是就去找阎王说我会把重返人间的人鬼全部送回地狱,作为条件,他让我复活。"

虽然说是人鬼，但他们生前不过就是罪犯而已，日本第一侦探出马，找到他们易如反掌。阎王不知道人鬼的下落，束手无策，所以只能接受我的建议。"

"把人鬼送回地狱，要怎么做？"

"这个简单，杀了他们就行，虽然他们灵魂是鬼但身体是人，让他们停止呼吸也就杀死了他们。"

男子用手掐住自己的脖子，翻起白眼伸出舌头，浦野无论转世多少次也绝不会是这副样子。

"你不高兴我借了浦野的身体？我也觉得自己过去的身体要好一些，但是那副躯体在八十年前就被火化了。只要是刚死的躯体我都可以用，既然如此我想还是用侦探的吧，有事务所，有破案功绩，还有手下，这样一来调查也容易些。"

"浦野先生的尸体没有被火化吗？"

"葬礼结束后，他的尸体安放在殡仪馆的停尸间，我就是在那时借他的身体回到人间的，然后把别人的尸体放到了浦野的棺材里。"

"那你身上的衣服呢？"

"是浦野的遗物，由他爷爷保管，但是被我偷来了。"

男子毫无歉意地大笑，事务所的钥匙也在遗物里吧。虽然听起来像是在开玩笑，但是他和浦野简直是一个模子刻出来的，这证明了他不是骗子。

"我刚才突然打了你，对不起。"原田低头道歉。

"我原谅你了，你当我的随从吧，虽然我在地狱每天都在观察人间，觉得自己对人间发生的事大致都了解，但是我已经死了八十年，也有一些事情不懂，助我一臂之力吧。"

男子用右手握住原田的手掌，左手搂住原田的肩膀。

"你是说让我当你的助手？"

原田推开男子的手问道，浦野留给他的遗言就是要"正名"。

"不，是随从。"

"有什么差别？"

"帮助我工作的是助手，听我指令的是随从。我决定不雇用助手。"

"左门我泥是你的助手吧？"

男子听到这个问题后面部抽搐。

"那家伙才不是助手，他什么也不是，是一个与我无关的骗子，我还想着等他死了说他几句，结果他却因为吹牛去了极乐世界。你不会以为杀人破戒僧与斗篷连环杀人犯是真实存在的吧？"

"不存在吗？"

"当然不存在啊，总之，你来当我的随从，如果你不喜欢随从这个称呼，叫做饭的家仆也行。"

先不管称呼，原田没有拒绝的理由，浦野死后的一周里，有许多人死于人鬼之手，但是自己什么也做不了，窝囊到不行。找到人鬼为浦野报仇是他的愿望，没有拒绝的理由，但是……

"我怎么也不相信你是古城伦道，我从小就认为古城伦道是既聪明又有风度的侦探。"

"你是在找碴吗？小心我杀了你。"

他果然没有风度。

"抱歉,不好意思,你有所疑惑也是可以理解的,是左门不对,是他在小说里把我写成品行端正、廉洁清白的侦探。"

"那所谓的半脑天才呢?"

"那是报纸给我取的绰号,是真实的,在西伯利亚被炮弹夺走了三分之一的大脑也是真的,但我原本就是天才,所以不是脑子少了一部分后变聪明的。"

男子像是要确认一下似的,摸了摸自己的头。

"所以说我崇拜的古城伦道是假的?"

"怎么能说是假的?虽然有些文学加工,但是我侦破了许多难案是事实。"

"空口无凭,你想怎么说都行。"

男子从头到脚打量着原田,皱起眉头,像小混混一样不怀好意地盯着原田。

"你这个蠢货,想当然觉得我是如何如何,当实际不同时,又开始暗自失望,真是不讲道理!"

"对不起,但我还是不信你说的话。"

男子深呼吸使自己的怒气平静,突然伸出了四根手指。

"给我四天时间。"

"什么?"

"死去的浦野从被委托调查连环纵火案开始到找到真凶用了四天,从今天开始的四天时间里,你暂且都听我吩咐,我会在这段时间里把一个人鬼送回地狱。如果我办成了,你就要认同我的能力。"

"连警察都没有线索,你能抓住罪犯?而且还是在你时隔八十年刚刚重返人间的现在?"

"这是小事一桩,我可是天才。"古城得意扬扬。

"好。"原田点点头,虽然感觉自己被捉弄了,但如果这个男子真的是世间少有的名侦探,那就没有理由不去协助他破案。

以四天为期,原田成了古城伦道的随从。

3

一月七日,上午十点,原田时隔一天来到了事务所,透过半开着的门就能闻到厨余垃圾般的臭味。虽然事务所的样子并没有发生变化,但是原田感觉自己误入了一个令人感到厌烦的世界。

古城靠在沙发上打着鼾,胡子拉碴,油油的头发贴着脖子。桌子上摆着烧酒瓶,烟灰缸里满是烟灰,女性时尚杂志散落在地板上,因为浦野的住处已经解除了租约,古城从前天开始就睡在事务所。

"哎哟。"古城从沙发上滚了下来,像海狗一样笨拙地抬头,揉了揉眼皮举起了手。

"嘿,阿亘,一天没见了,休假怎么样?"

原田没有告诉古城自己去过黑社会事务所的事,他觉得古城会像福尔摩斯一样猜中自己去的地方,但是并没有。距离约定的时间还有两天,原田本以为古城会到处走访收集线索追捕人鬼,但是古城只是花着事务所的存款一个劲地喝酒罢了。

"你快要抓住人鬼了吗?"

"对,我找到了一个正好适合热热身的家伙。"

古城这么说着舔了舔嘴唇上口水的印记。

原田抬头看向白板,上面是古城歪歪扭扭的字迹。

- 一九三二年(昭和七年)玉之池碎尸案
- 一九三六年(昭和十一年)八重定案
- 一九三八年(昭和十三年)津山案
- 一九四八年(昭和二十三年)青银堂案
- 一九四八年(昭和二十三年)椿产院案
- 一九七九年(昭和五十四年)四叶银行人质案
- 一九八五年(昭和六十年)农药可乐案

古城在回到人世之前从阎王那里得知人鬼生前犯下的重罪就是这七个案子,看起来随便哪一个都是有名案件,但是原田知道的只有津山案。

"是哪个?"

古城边打哈欠边环顾四周,从桌子下面抽出一沓报纸。

"你看看,这些是这一周内在东京都发生的三起杀人案的报道。"

原田照他说的看了这三篇报道。

第一起是十二月三十一日跨年夜那天发生的。受害者是男性职员,在东京都文京区新大冢公寓的地下停车场被杀,死因是后脑勺被击打导致的脑损伤,尸体被脱下裤子阉割。

受害者名叫加贺大史,三十五岁,房产中介公司职员,从二十八日起开始休假。住在他家附近的女友一直联系不上他,觉得可疑就来到公寓,结果在公寓的地下停车场发现了他的尸体。

第二起发生在元旦过后的第二天,一月二日。东京都北区的荒川河裸露的河床上发现了一具男性尸体。受害者被钝器击打后脑勺,而且裤子被扒到膝盖处,性器官被割掉。

受害者的名字是槇野辰德,今年四十一岁,经营着一家小型演艺公司,离婚,与前妻育有两个孩子,目前在赤羽站前的一所公寓独居。一月三日晚上六点多,一名男子在裸露的河床上遛狗时发现了草丛中受害者槇野的尸体。报道指出该案与新大冢发生的案子有相似性,但受害者之间并没有联系,所以又指出两案之间关联性较低。

第三起发生在一月四日晚上,中野区公寓的垃圾堆里出现了一具男性尸体,受害者被钝器击打头后部,性器官被割掉后取走。

"嗯?"

看到第三起案子的报道,原田想到了蛤蟆仙人在猪百戒前面的公寓发现的那具尸体,他还因此接受了警方的调查。

第三起案子受害者名叫松永佑,二十八岁,之前是演员,主要进行舞台表演,半年来把工作重心移到了社交网站上。他会上传一些刺激暴力的视频放到社交网站上,比如直播杀人现场、用烟花去轰击流浪汉、把结仇的飞车党头目叫到同一家酒馆。不可思议的是,有人上传了拍摄来源不明的视频,内容就是松永佑被杀的现场情况,点击量远超松永佑之前上传的视频。

"每一起案件都割掉了男子的命根子啊。"

"正是如此,这是八重定案犯人的犯罪手法。"

古城坐在办公椅上,边翻看女性时尚杂志的特辑边说道。

原田抬头看着白板,八重定案是七个案子中第二久远的一个。

"八重定案是怎样的案子呢?"

"男子被阉割而死的案子,你现在就去图书馆借八重定案的资料回来。"

"要我去?"原田一边眨眼一边问。

"当然了,到明天为止你还是我的随从!"

古城拍着桌子大吼道。

原田走到了中野中央图书馆,收集了八重定案的相关资料。看起来是很有名的案子,从预审①调查书的说明文件到记录猎奇案件的定期出版物,可以找到许多相关资料。

八重定是女招待员凶手的名字。

一九三六年(昭和十一年)五月十八日,八重勒死了情人、怀石料理店的老板石本吉藏,并割去了他的性器官后逃走,两天后,她在江户川区的旅店被人发现而遭到逮捕。

八重出生于一九一〇年(明治四十三年),案发时她二十五岁。

悲剧发生在荒川区花街尾原町的待合旅馆"美佐喜",所谓待合旅馆,就是为客人提供招艺伎地方的旅馆,实际上就是男女幽

---

① 在日本法律中,预审是法院开庭审理前对刑事被告人的预先审查。

会的地方。"美佐喜"远离街道，建在隅田川河畔处，是一家小的待合旅馆，两层各有一间客房，很少有客人会入住二楼的客房。

"美佐喜"的老板娘在案发前一周——五月十一日的早上就有不好的预感，因为隅田川上出现了大量成群的蜉蝣，蜉蝣从旅馆靠河一侧的窗户缝隙飞到一楼的客房。老板娘撒了樟脑丸赶走了蜉蝣，但是客房也因此变得味道很重，榻榻米上都是蜉蝣的尸体。

那天下午，八重定和石本吉藏两人来到了"美佐喜"，因为一楼的客房不能用了，所以老板娘就把二人安排到了二楼的客房。

两人看似关系不错，就这么在"美佐喜"住了一周，这期间石本有好几次表示二楼光照太强，想要搬到一楼住，但是老板娘没有同意，她怎么会让客人住到蜉蝣随时都会闯进来的房间里呢。

五月十八日就发生了惨案。

上午五点三十分，从二楼传来了男人的惨叫声，随后又传来了一阵慌忙的脚步声。老板娘觉察到了异样，跑出卧室，爬上楼梯打开了客房的门，她发现女子不在房间里，而男子赤身裸体仰面躺倒，鲜血染红了盖在男子两腿间的被褥。

老板娘被眼前景象吓呆了，听见了楼下传来开门的声音，接下来就是一阵跑向屋外的木屐声。她发现与男子同住的女子逃跑了，就回到收款台报警，但是不知为什么电话打不通，据后来的调查显示，是有人切断了电话线。

老板娘跑到外面，来到早上安静的花街，去派出所找警察。这期间老板娘并没有在街上看到那名女子的身影。

五点五十分，警察与老板娘一起回到"美佐喜"，在二楼客房发现了石本，几分钟后医生也赶到，但是石本已经气绝身亡，被勒住脖子窒息而死，而且他的性器官被人用利刃割下。客房里有石本的行李和一周的报纸，还有带血的菜刀，却没有八重的行李。

警方立刻在尾原町设置了专案组，追查八重的下落。这时距离震惊日本的二二六事件刚过去三个月，在战前氛围中神经紧张的日本民众听说了八重案后都震惊不已，报纸广播广泛报道嫌疑人八重的在逃消息，只要出现了与八重相似的女子，当地民众就会恐慌不已。

在案发两天后的五月二十日，八重化用假名字住在江户川站前的"江户川"旅馆被发现，遭到逮捕。在警方的审问下，八重承认自己在与石本交媾时勒晕了他，阉割了他之后逃跑。警方还从八重的行李中发现了用杂志包裹的性器官。这些杂志是老板娘为了卖废品而用麻绳绑在一起放在后院的，八重从旅馆逃走的时候，随手就扯了十张左右的杂志纸把割下的器官包了起来。因为杂志长期放在屋外落了灰，所以用它包裹的东西也沾满了灰尘。

在之后的审判中，八重与石本的特殊关系浮出水面，八重在怀石料理店"石本屋"工作，而石本正是这家店的老板。八重不识字，料理店每天关门后她经常求石本给她读报纸杂志，两人最终坠入情网，在四月末私奔，换了许多家待合旅馆后来到了"美佐喜"。

八重多次在两人交媾时用腰带勒住石本的脖子，石本也乐于此。八重对石本说过"我想要割掉你的命根子，永远和你在一起"。石本最开始一脸惊讶，但是马上就回答说："如果你高兴那也不错。"

石本是怀石料理店第七代店主，是个性情温厚值得信赖的男人。经济状况看似不错，但实际上因为二二六事件民众惶恐不安，顾客变少生意惨淡，石本死后人们才得知他向黑社会借过钱。他似乎因打理料理店和筹措资金而神经衰弱，尸体的手臂上有许多针孔，有人怀疑他是冰毒中毒，但是在尸体的血液中并没有检测出药物成分。

在预审询问中，被问到杀人动机的八重回答道："我太爱石本了，想要独占他。"被问到为什么阉割石本的时候，她表示："有了那东西会感觉石本一直在自己身边，不会寂寞。"

"真是'健康'得不得了的犯罪动机，真希望世上的恶人都会这么有感情地犯罪。"古城看过预审调查书的说明文件后，把它扔到桌子上，听不出这句话是真心还是讽刺。

"但是当时就有人说另有原因，"原田手里拿着一本《实录猎奇事件簿——妖妇·八重定的真面目》说道，"比较有名的两种说法是侦探杂志说和化学公害说。"

"什么意思？"

"所谓侦探杂志说是指八重被侦探杂志蛊惑而犯罪，八重用低俗的侦探杂志《侦探文艺》来包住石本的命根子。据说八重之前都是听石本给他读杂志，所以两个人很有可能读过《侦探文艺》，所以就有人认为八重听杂志上的小说着魔了，杀死石本并阉割了他。关西大学的苧阪寅之助教授等人就持这种观点，为此《侦探文艺》的主编不得不出面澄清。"

"八重不是用报纸来包那玩意的?"

"不是,她用的是杂志,预审调查书上也是这么写的。"原田一边翻材料一边这么回答道。

"用什么都一样,要是有小说让人读了之后想割掉男人的命根子的话,我也想读读。"

古城打了一个大大的哈欠,原田闻到了一股恶臭的味道。

"另一种化学公害说就更邪乎了:当时工厂污水排到隅田川,这条河的污染情况越来越严重,案发前一天食品加工厂向隅田川里排放了大量的化学废水。八重吃了河里的鱼和植物,吸收了大量的化学物质,一时间变得躁郁,于是杀了石本。"

"要是有这样的化学物质,日本军队会很高兴吧。"古城哼了哼。

"这并不是无凭无据的空话,在八重杀掉石本的几乎同时,尾原町还发生了另一起命案。五月十八日下午四点左右,在隅田川河岸发现了一具男性尸体,死因是溺水窒息,但是尸体脑后有击打痕迹,应该是被人击中头部,掉到河里的。"

实际上,"美佐喜"的老板娘在早上五点半去派出所报警的时候,在桥上与这名男子擦肩而过,但是五十分钟后她带警察回旅馆的时候男子已经不在了。男子应该是老板娘在"美佐喜"与派出所之间往返的二十分钟内,被人推下桥的。

"你想说这案子的犯人也是因为化学物质脑子变得不正常了吗?"

"是的,当时的全国工会就是这么主张的。"

"牵强附会，那群假正经的人不认可八重纯朴的动机。爱得太深就想要情夫的那玩意，这理由难道不充分吗？"古城好像对八重的动机十分在意。

"八重死后坠入地狱变成人鬼，如今因为召傩重返人间。"

"对，她很可怜吧。"

回到她并不想回的人间，连续阉割自己不喜欢的男人，确实让人同情。

"一旦死了变成人鬼，就会失去人的感情吗？"

"没那回事，由脑子控制的特性比如记忆、性格、癖好或者习惯，等等，不会因为换了一副躯体就改变。人鬼在地狱的职责是不断地折磨亡灵，他们很快就会丧失人性，灵魂会在重复生前犯罪的过程中感到快乐。"

八重的灵魂就是变得以杀人、阉割别人为乐了吗？

"但是要说起生前的犯罪，有些在当下实施起来却是很困难的，比如用箭射杀、用刀砍杀。"

"手法完全相同本来就是不可能的。越接近生前的犯罪手法，人鬼就越快乐，但是没有必要完全相同。"

如果八重要用完全相同的手法，那她就必须和受害者交媾后掐死受害者不可。但是与八十年前的情况不同，这次的受害者不是八重的情人而是陌生人。在河岸边或者漆黑的地下停车场出其不意地偷袭受害者，才是更为现实的犯罪手法。

"如果人鬼被受害者反击受了致命伤会怎样？也会死吗？"

"会死，召傩本来就是一种不讲逻辑的仪式，把死者的魂魄召唤到活人的身体上。通过召傩复活的鬼魂会给它的宿主身体造成巨大的负荷，一直这样的话，几天或是几周的时间这副身体就不能用了，也会死去的。"

古城边说边演示，翻起白眼倒在桌子上。这种事原田还是第一次听说。

"所以即使你不来收服这些人鬼，过几周之后它也会消失吗？"

"那不可能，通过召傩复活的人鬼可以转移到其他活人的身体里，现在借用的身体不行了只要换一个宿主就可以。"

"那这么说，把人鬼送回地狱就不可能了，人鬼只要在快被杀死的时候，换一个宿主不就行了？"

"换宿主没有那么自由，必须接触对方含有遗传信息的体液，最简单的方式就是咬，让唾液与血液相接触。所以不能给人鬼咬人的机会，在它行动之前砍掉它的脑袋就行了。"

古城突然转向原田，敲了敲他的脑袋，烟灰缸被打翻，烟头飞到空中。

"如果人鬼的灵魂转移了，那么之前宿主的身体会怎样？"

"变成没有意识的废人，几分钟或者十几分钟后就会死。"

"几天后你的这副身体也不能用了？需要换一个身体？"

"我不是通过召傩复活的，是阎王直接把我的魂魄附到尸体上的，所以不用像人鬼一样要换身体，我能够自然老死。"古城打开储物柜拿出收拾卫生间用的刷子，看样子他要收拾一下地上的烟头。

"你很多虑啊，你放心，我会按照约定，明天就杀一个人鬼给你看看。"

"接下来要怎么办？"

"我已经采取行动了，先去见见我的线人。"古城伸了个懒腰，露出衬衫下腹部的毛。

4

晚上七点五十分，原田和古城在新宿区百人町的咖啡店"raimi"最里面的位置等人，餐桌被高大的盆栽所遮挡。

"都是老头老太太啊，感觉看到了一群老狐狸。"

古城看着窗外人行道上来往的人流嘟囔道。他生活的年代人的平均寿命只有四十五岁左右，所以他觉得街上走的人都是老人就不奇怪了。

"现代人的平均寿命超过八十岁了，日本人的最长寿命记录达到一百一十七岁了。"

"那还是人吗？不是老狐狸精吗？"

"你说话注意点。"原田不经意间语气变得像教训小孩子一样，"你当时死于多少岁？"

"三十六岁，正当年的时候。"

"你是怎么死的？真的是被坏蛋算计了吗？"

"差不多。"

"据说警方为了维护治安，压下了你的讣告，这是真的吗？"

"是啊，但是警察的狼狈样我在地狱都忍不住叹息。"古城苦笑道，令原田意外的是，在地狱似乎可以看到人间的情况。

"瞧，咱们约的老头来了。"古城站起身，向盆栽的另一侧探出头去。

一名外表精悍的男子牵着狗走了进来。他五十多岁，年龄还算不上是老头，大背头，鼻子长得很端正，穿着条纹衬衫，像一名在六本木附近工作的外资证券家。男子缩紧下巴，表情沉着，手里的绳子拴着一条拉布拉多猎犬，似乎是一条导盲犬。

穿着深红色背心的服务员上前和男子搭话，接着熟练地把他带到原田他们的座位旁。

"你好，我是古城孙作，这是我的随从阿亘。"

古城弯下腰摸了摸拉布拉多的鼻子。

"你真的是古城伦道的孙子吗？"男子试探性地问道。

"总有人冒出来说自己是名侦探的孙子吧，你要是不信，我跟你讲讲你爷爷的秘密。"

"不必了，我听说两家祖辈是相互帮助的伙伴，我们家能有今天多亏了你祖父。"男子低头致谢，接着让狗蹲在椅子旁边，自己坐到了椅子上。古城认为如果把自己复活的经过如实道来会被看作灵异事件，所以他决定自称是古城的孙子。原田有些慌乱，叫来服务员，点了三杯混合咖啡。

"所以你发现了有用的线索？"古城压低声音，脸向男子凑过去。

"对，我听你说了之后马上就反应过来了。"

男子等服务员离开后才开口。

"一月五日晚上，警方调查了尾原的老字号洗浴中心'凡尔赛'，若仅仅是这样的话没什么大不了，但据说警方反复向老板确认是否雇用过一名有杀人前科的女子。"

"警方是掌握了什么线索吗？"

"我也是这么想的，于是向警察里的熟人打听，果然被我猜中了。从你调查的三起案件里受害者的遗物中，找到了他们案发前几天都去过尾原町的证据。加贺大史和松永佑的公交IC卡的乘车记录显示他们去过尾原，槙野辰德的钱包里有一张尾原町便利店的小票。我觉得他们十有八九是去了尾原町的风俗店。"

古城像青春期男孩一样坏笑。

"就是说三个人都去了尾原，和罪犯认识，后来在家附近与罪犯再次相遇被阉割杀害。"

"对，但加贺和槙野都是本分的人，不像那种会逛红灯区的男人。警察还透露他们像是被诱惑去了尾原一样。"

是重返人间的妖妇八重定引诱这三名男子去的尾原吗？

"我要找的一定就是这家伙错不了！"古城粗鲁地抓住男子的手腕说道，"我还有一件事想求你。"

"没问题，只要我能做到，有困难了就要互相帮助。"

"我明天抓不到罪犯就麻烦了，我大概已经知道罪犯的藏身地点了，但是人手不够，明天晚上能借几个你的兄弟给我吗？"

"好的，明天我让几个年轻力壮的兄弟去帮你。"

男子当即点头同意，似乎古城和他的祖辈之间关系了得。这名男子到底是什么人？年轻的服务员端来咖啡，在男子牵起狗起身的时候，原田在古城耳边问道："这个人是谁啊？"

虽然原田压低了声音，但是男子挺直了腰板向原田看过来。

"不好意思忘了自我介绍，我是荆木会的干部、刑部组组长刑部九条。"

刑部组？昨天刚从美代子父亲口中听到这个组织的名字。

"你说刑部组？是那个因为浦野灸发现走私毒品的证据而遭受毁灭性打击的刑部组？"

"对，就因为那个混蛋自以为是正义的化身，我蹲了三年的牢房。"刑部露出白牙笑了，他并没有意识到面前坐着的男人与浦野长得一模一样。

"刑部组和冈山的松脂组关系真的很差吗？"

原田紧张地问道。

"我们和那些乡下小混混水火不容。"

刑部舒展脸颊，露出笑容。

"你知道得不少，莫非和黑道有联系？"

原田十分紧张，唾沫都没咽下去，喉咙发出奇怪的声音。他想这时候还是装作不知道为好。

"我就是想起来以前在报纸上读过的东西了。"

"是啊，这家伙可不是能和黑道兄弟打交道的料。"

古城得意地敲了敲原田的头，他明明是侦探，却还和黑道不明不白，真是不像话。

"你挺爱学习啊，看来当侦探的助手也挺不容易的。"

"他不是我的助手，是随从。"

古城一脸认真地说道。

5

一月八日晚上六点，距离古城和原田约定抓到人鬼的时间还剩下六个小时。

"嘿，老爷子，你的帽子不错，卖给我得了。"

古城嘴里塞满梅干饭团，嘴都合不上了还跟邻桌的老爷子这样说道。

他在一家名叫"丰丸"的饭团小铺里，这家小铺位于尾原一丁目、红灯街和旅店街之间狭窄的胡同里，门口挂着一盏灯笼。店主是一位驼背的老婆婆，店铺很小，五名顾客就能装满，还不能随意走动。

"说什么呢！我才不卖。"

戴着一顶巴拿马草帽的老爷子满脸疑惑地瞪着古城，但当他看见古城从钱包里拿出一张一万日元的钞票时，表情立刻变得柔和起来。

"我不太知道现在物价如何，这个应该差不多够了吧？"古城的口吻像是个有钱人。

"价格很合理。"老爷子摸了摸胡子点头说道。

"等等，你这是干什么？"

原田吞下青花鱼饭团，敲了敲古城的手腕，要是古城再乱花事务所的钱可不好办了。

"你别管，这也是破案的一个环节。"

古城缓缓地挥手，他的谎言太过明显。

老爷子把破烂的帽子扣在古城头上，抽出古城手指间夹着的钞票急忙离开了小铺。

"你不过是个随从，别太张狂了。你到现在还不相信我是名侦探古城伦道？"

古城口齿清晰地说道。

"我暂且信你，但是没把握确定。"

"这就让你有把握，老奶奶，多谢款待。"

古城突然起身，递给老奶奶两个一百日元的硬币，老奶奶握着硬币，声音颤颤巍巍地道谢。

"咱们该干活了。"古城抓起帽檐装模作样地穿过门帘。

他们来到了这附近的尾原神社，据说过去的艺伎歌女会到这里祈求神灵保佑自己的家人生活安稳。在神社的门前有三个看上去绝非善类的男人，光头且皮肤略黑，酒桶般粗壮的体格穿着合身的西装，明明没有露出文身，但是他们光站在那里就给人一种混黑道的感觉真是不可思议。

"刑部组的各位兄弟，今天就拜托你们了。"

听到古城的招呼声，三个男人挺直腰板大声回答道："请多指教！"

原田觉得要是这时被杂志记者拍到照片就不好了，有些不安。

"今天的任务是复仇，但好在不用挨家店铺地找，我的随从阿亘会戴着这顶帽子在街上闲逛，目标肯定会上钩去接触他，我想让你们抓住目标后把那家伙带到胡同里，确定身份后再干掉。"

"知道了！"黑社会还是这么守规矩。

古城把帽子扣在原田头上，而原田却一头雾水，他不清楚古城计划的意图是什么，要是被杀的三个人都戴着帽子还能说得通，但是他没听说有这样的事。

"那我们开始吧！阿亘，你出发吧。"

不由分说，原田就被派了出去，在街上闲逛起来。

经过了八十年，过去那场猎奇杀人案的发生地花街已经变成了关东地区屈指可数的红灯区，在和隅田川平行的三条街上，洗浴中心、情人旅馆和中介所比比皆是。一眼望过去，可以看到西式灰墙长廊的"凡尔赛"、蓝色霓虹灯耀眼的"人鱼"、外形是天守阁的"江户城"、混凝土外表剥落的"监狱"，这些店都花了心思设计。

原田在街上逛了五分钟左右，前来搭话的都是穿黑色服务员制服的小哥，完全没有一个像是人鬼的家伙靠近他，他若无其事地回头看，发现那几个黑社会在距离他三十多米远的地方跟着。他心想这么做真的有意义吗？

这时，一名少女从右手边的情侣旅馆"江户城"里跑出来，金色短发，右眼下方有一颗黑痣，水手服外套着粗呢大衣，一边紧张地看着这家旅馆，一边拼命地用手机打字，原田心想她可能是做援助交际的少女。

"喂！不要跑！"

一阵骂声传来，"江户城"的门开了，跳出一个长得像多毛狒狒一样的男人，少女被他撞倒，一屁股坐在地上。男子从少女手中抢过了手机，抓住她右手手腕，把她往"江户城"里拖。

"住手！"

原田拉住少女的左手手腕，他清楚现在不是卷入其他纠纷的时候，但如果是浦野在场一定会做同样的事。

"你干什么？"狒狒气势汹汹地靠近原田，喘出的气息里都是酒味。但原田可是在市井长大的，不可能输给找碴打架的醉汉。他一拳打到了狒狒的鼻子，疼得狒狒蹲下了身子呻吟，紧接着又是一脚踢到了狒狒的肚子，狒狒转身离开呕吐不止。

他回头看见二十米外的黑社会兄弟们正疑惑地看着这边，原田双手交叉表示这不是目标，是其他人。

挣脱狒狒的少女缓过神来，抢回了手机，她对原田说道："小哥，来这边！"便拉着原田的手腕开始跑了起来，从大厅穿过走廊，钻进了门半开的一〇三室，迅速地上了锁，在门上挂上了链子。

少女说："这下放心了，那家伙进不来了，过一会儿店里的人就会来接我。"

她飞快地说着，靠在沙发上长舒了一口气。狒狒似乎没有继续追过来。

屋子里的报刊架上放着色情杂志的一月刊，桌子上有计时器和化妆水还有粉色的名片，上面写着"应召女郎店'死星'佳苗"。原来她不是做援助交际的女高中生，而是真正的小姐。仔细一看也不是少女的年纪了，金色头发发质很差，皮肤暗淡，牙齿泛黄。

"小哥，谢谢你帮了我一把。"

女子缓缓地站了起来，从包里抽出一把水果刀。

什么？这个女子就是八重定？

原田慌忙转身，转动门把手，门上挂着链子，他手指上都是汗，没能拿稳链子。

"我还想请你帮个忙，"女子用食指摸了摸刀，指尖流出血滴，不，原田不想被阉割，"你能和我一起死吗？"

刀尖指向了原田，原田立刻屈膝弯腰出拳打在了女子的侧脸上，刀从她的手指间滑落。女子的后脑勺撞到了床边，眼睛还睁着但动弹不得。

原田以为她死了，惊恐地弯腰卷起她水手服的袖口，看见她的手腕上满是割痕。八重只是阉割了情夫，并没有自残。原田觉得自己看到女子举刀就认定她是八重太武断了，她不是人鬼。确认她还有脉搏后原田松了一口气。

对于自己打了女子的脸原田有些过意不去，但他毕竟不是和陌生人首次见面就愿意陪她一起自杀的老好人。原田把女子抱上了床，自己戴好了帽子。

他伸手去开门的时候突然感到了一丝不对劲，好像察觉到了什么重要的事，但是又说不清，原田让自己冷静下来，开始环顾房间四周。过了一会儿终于弄明白了，在原田脑中挥之不去的是杂志，不是应召女郎屋子里的那一本，而是八重用来包住石本的性器官的《侦探文艺》。

八重被捕时，石本的性器官是被《侦探文艺》的纸包裹住的。《侦探文艺》放在"美佐喜"后院，为什么八重不用客房里的报纸而偏偏用后院的杂志呢？

比较合理的推理是这样的吧：八重阉割了石本后用报纸包住了他的性器官，但是报纸数量不够，离开"美佐喜"之后包裹开始渗血。回到"美佐喜"发现石本的惨叫惊醒了老板娘，老板娘去了客房，八重觉得自己藏起来要紧就躲到了后院，在那里看到了杂志就扯了几张重新包了起来。

但仅仅如此并不奇怪，问题在于古城的话。

"八重不是用报纸来包那玩意的？"

原田对古城说明关西大学教授的猜想时，古城如是说道。他八成在阅读资料之前就已经掌握案件的基本情况了。

但是因为《侦探文艺》的主编被迫澄清事实，所以在当时多数媒体的报道中，八重用的是杂志。古城为什么会想当然地认为八重用的是报纸呢？

如果刚才的猜想正确，八重在刚离开"美佐喜"大门的时候应该用的还是报纸，当时古城应该看到了从"美佐喜"离开的八重。八重定案发生在一九三六年五月十八日，几乎在石本被杀的同时，有一名男子从尾原町的桥上落入隅田川而死。如果左门我泥记录准确，古城也是在那一年春天失踪的，如果落水男子是古城，那么就说得通了。古城因为某些原因来到尾原町，在那里遇到了逃离"美佐喜"的八重定，之后是被她袭击了吗？古城说自己重返人间收服人鬼，是因为人鬼中有个家伙曾经想杀他，八重

124

定就是那个杀了古城的嫌犯吧。

原田放下门链逃出了一〇三室,此地不宜久留。他穿过走廊和大厅,从入口回到了大街上。就在这时,原田的后背遭到了重重的一击,一阵反胃,他把青花鱼饭团吐了出来,原田被拽回到店铺门前的路上。

"喂!你吐我鞋子上了,真恶心!"

狒狒用力踢了原田一脚,原田弯下身子缩成一团,他眼睛里进了呕吐物看不清四周。他心想刑部组那三个人到哪儿去了。

原田不自觉地闭眼,不久听到了熟悉的呻吟声,他惊恐地睁开眼,看见狒狒蹲在地上。有一个眼睛像螳螂一般大的男子摆开架势,看来又出现了一个不认识的家伙。

螳螂快速来到原田身边,把他架起来,带到了"江户城"和"人鱼"之间的胡同里,接着穿过空调风扇和蓄水槽来到了一处没有人的草丛,附近可以听到隅田川潺潺的流水声。

"您是古城先生吧?"

螳螂看着原田的帽子,小说里没有写古城平时戴帽子,难道真实的他在生活中戴帽子?

"对不起,请原谅我对您做的事情。"

他声音颤抖,抓住原田胸前的衣服,这时三个黑社会突然跳了出来,要制服螳螂,螳螂挥舞双手抵抗,但是双拳难敌四手。

"小心别被他咬到手腕。"

古城出现了,面无表情,与刚才判若两人。

"您果然生气了。"螳螂呕了起来,脸上的液体不知道是鼻涕还是口水。

"这家伙就是我们要抓的人,快动手!"

古城无视螳螂的话,向那几个黑社会发出指令,三个人没有说话点了点头,把夹克脱下来套在了螳螂的头上,其中两个人一左一右按着他的肩膀向河边走去。

"求您原谅我!求您了!"

一个黑社会踹了螳螂的大腿让他跪下,抓住他的头按入河水中,螳螂一边叫嚷一边颤抖,他挣扎时拍水的声音连续不断,两分钟后四周安静了下来。古城把螳螂拖到岸边,扯下了套在他头上的夹克,他的眼睛失去了活人的神采。

"可以麻烦你们处理尸体吗?"

那几个黑社会点了点头,古城拍了拍他们的肩膀向他们致意。

"阿亘,你也辛苦了,咱们去吃饭团吧。"古城用平时的语气对茫然无措的原田说道。

晚上十点,红灯区的街道更加热闹了。两人穿过"丰丸"的门帘,点的饭团和两个小时前一样。古城抽着烟看着老婆婆捏饭团。

"八重定案案发当天,落入隅田川溺水身亡的男子就是你吧。"原田压低声音说道。

"对,没想到竟被你猜到了。"

"五月十八日早晨,你为什么去尾原町?"

"我是被石本叫去的。"

"你们两个之前就认识?"

"我第一次见到那个家伙,是调查发生在神田料理店的连环失窃案的时候,他很崇拜我,吹嘘自己是我的助手,有时候会有这样的笨蛋。我是不雇助手的,最开始觉得他碍眼,但是渐渐发现他脑子不坏,还做得一手好菜,最重要的是他待人亲切,总和客人聊天,街上发生的事情很快就会传到他的耳朵里。作为侦探,我一直单打独斗,承认石本是我的助手还是头一遭。我也见过八重好几次,听说她是个不错的女人。"

老婆婆把梅干放在饭团上,古城大口地咬着饭团,接着喝玄米茶把米饭送到胃里,然后缓缓地吐气。

"老婆婆,刚才你一直在听着吧。"

老婆婆微微睁开下垂的眼睑,瞥了古城一眼像是在打量他,微微摇头。

"别开我的玩笑了。"

"没开玩笑,你知道我是谁吧?"

"不知道。"

"你说谎,我是古城伦道,我送你的情人回地狱了。"

老婆婆睁大眼睛,咽了咽口水,可以看到她的喉咙在动,微微张开了嘴,但只是发出呼气的声音没有说话。

"你就是八重定吧?"古城重复地问了几次。

老婆婆把手泡在盐水里沉默不语。难道这位老婆婆才是八重定,刚才淹死的那个男子不是?

"这……这老婆婆是人鬼？"

"不是，她从没死过，就是个普通人。"

这时老婆婆突然拿起刀向古城挥来。

"哟呵。"

古城举起右手的茶杯，把滚烫的玄米茶泼在了老婆婆的脸上。

"烫！"老婆婆叫了出来。原田挺身来到柜台，从老婆婆手里抢过了菜刀。

"你才是真正的八重定？"

原田问的时候破音了。

老婆婆用黄布擦了擦脸上的玄米茶水后，手扶灶台撑起腰，缓缓地点头。

八重定生于一九一〇年，一九三六年五月案发时二十五岁，活到现在该有一百零五岁了。年纪很大但不是不可能，现在有很多人活过了百岁。

八重定不是人鬼，她一直活着。

"那复活的是谁？石本吉藏是你杀的吧？"

"我没杀人。"

她声音沙哑，关节突出的手指指向古城。

"八十年前，是这个男人杀了吉藏。"

老婆婆的声音更加低沉沙哑。

6

"真过分啊，老婆婆，我可不记得我对你下过手。"

古城把茶壶里的玄米茶倒进杯子里，喝了起来，右肘支在柜台上。

"你怎么知道我是八重定？"老婆婆低着头说。

"巧合，我的随从在街上走，一个脸长得像螳螂的男子跟他搭话，男子似乎把戴这顶帽子的人误认为是古城伦道了，但是我——真正的古城伦道讨厌帽子。那男子是怎么把帽子和古城伦道联系起来的呢？只可能是那个男子从你这里听说了有一个自称是古城伦道的男人戴着巴拿马草帽，所以我突然想到你可能就是八重定。"

古城云淡风轻地说道。这当然不会是巧合。古城在"丰丸"饭团铺里买下老爷子的帽子，买完又自称"名侦探古城伦道"，就是为了给老婆婆设下圈套。他八十年前见过八重，应该是从老婆婆的动作和表情认出了她是八重。

"你真的杀了石本吉藏？"原田语气慎重地问道。

"对，就像她说的那样。"

"那刚才在河边杀死的男人是谁？"

"那就是石本，石本才是八重定案真正的罪犯。而且我们没杀他，只是把他送回地狱而已。"

原田完全没有听懂古城的话，问道："案件的预审调查书上写着八重掐死了石本。"

"保留下来的记录未必是真的，这就像你崇拜的古城伦道也和现实中的不同，要多去怀疑。"说这话时古城的表情是难得一见地认真。

"那我就按顺序说明一下,要是说错了你就指出来。"古城舒缓语气俯视老婆婆,见她耷拉着肩膀,缓缓地点头。

"八十年前我死的那天,因为有事就去了尾原町。早上五点半'美佐喜'的门开了,这位老婆婆、当年只有二十五岁的八重定走了出来,当时的情况确实也像你猜测的一样,八重小心地拿着用报纸包着的东西。接着她关上门,慌张地躲到'美佐喜'的后院。十几秒之后,旅馆老板娘推门向马路飞奔而去,几分钟后我被打昏推到了河里,我们先不谈这件事。"

古城表情严峻地看着八重。

"案发两天后,你在江户川站前的旅馆被人发现,当时你是用杂志纸包着石本的那玩意的。杂志好像是从'美佐喜'后院里麻绳捆起来的那一摞中取出来的。但是案发之后你逃离现场的时候手里确实拿着报纸包裹,旅馆客房有一周的报纸,用报纸包裹石本的那玩意是再自然不过的,那么为什么要重新用杂志纸来包呢?"

"不是因为报纸不够了,血渗出来了吗?"

"不对,如果是想包住渗出的血,那么在报纸外边再裹一层杂志纸就行了,没有必要剥开报纸,重新用杂志纸包。"

原田一时语塞,古城说得确实有道理。

"是因为不想让重要的东西染上报纸的墨水吧。"

"《侦探文艺》长时间放在后院,所以上面满是灰尘,倒是它更不干净。"古城立刻就推翻了原田的假设。

"那我就不知道了,八重真的重新包了那东西吗?"

"我也感到疑惑,急于从案发现场逃跑的犯人,没理由特意剥掉报纸,用脏纸重新包裹一遍,八重自始至终都是用杂志纸来包东西的,从来没用过报纸。从'美佐喜'跑出来的时候,八重手中的报纸里根本就没有包东西。"

"那为什么带报纸逃出来?"

"当然是为了包住石本的那玩意,八重从'美佐喜'出来的时候,为接下来包住那东西准备了报纸,但是发生了一些情况没能按计划进行。"古城抿了一口玄米茶,润了润嘴唇。

"你是说旅馆老板娘去派出所后,八重才回到二楼的客房阉割了石本吗?那这就奇怪了,在八重第一次离开旅馆的时候,老板娘看到了被阉割的石本。"

"真是这样的吗?可老板娘说客房里有一名全裸的男子躺在地上,胯部盖着被子,被子被血染成了红色。其实这时候石本的那玩意还在,他只是装作自己被阉了。"

"那为什么被子上有血呢?"

"那是石本设计出来的,他的手臂上有许多针孔,把抽出来的血洒到了被子上,再把被子盖在下半身,装作被阉割的样子。如果这时候老板娘掀开了被子,肯定会骂石本。石本这么做就是想让老板娘去找警察和医生,八重逃跑后他处理了抽血用的注射器。"

八重和石本合谋,装作是八重阉割了石本。

"他们为什么要这么做?"

"为了得到杀我时的不在场证明。"

古城浮出自嘲般的微笑，看着无精打采的小老太太。

"他们两个人的计划是这样的：案发前和我说'有要事商量'，叫我去尾原町。早上五点半，石本在客房盖上染血的被子，悲痛地喊出声来，八重抓住老板娘赶到二楼的时间差逃出大门，让老板娘觉得八重逃跑了。这期间我有可能看到八重，但是他们一开始就打算杀了我，所以也不怕被我看到。

"老板娘想要打电话报警，但是电话线被切断了，于是她不得不跑去派出所报警，在这过程中，她在桥上看到了我。

"石本在确认老板娘出了门后，立刻起身穿上衣服离开旅店找到我，猛击我的头打算杀了我。随后马上返回旅馆，挥刀自宫，把割下来的东西递给藏在后院的八重。

"二十分钟后，老板娘和警察就会发现受重伤的石本。在警方之后的调查中，老板娘会作证五点半的时候石本重伤，同时我还活着。石本就会得到完美的不在场证明。"

原田明白后一身冷汗，身上像是有虫子在爬一样。

"就为了这挥刀自宫？"

"那玩意没了也没什么关系，没有骨头，用把小刀轻易就能割掉，割掉也死不了，伤口小也容易止血，最重要的是，没人会想到他是自宫的。"

古城的语气像是说你也去自宫吧。

"想得到不在场证明应该还有更简单的办法。"

"或许吧，但奇怪的性癖好会排在前面优先选择，预审调查书也记载了八重在案发前就想割掉石本的那玩意，石本也有兴趣。

石本有必须杀掉我的理由,所以干脆就选择自宫来为自己创造不在场证明。"

古城突然露出粗俗的笑容看着柜台后面的老婆婆,她紧闭嘴唇盯着自己的指尖看。

"那八重为什么最后用杂志纸包裹?"

"这要怪蜉蝣。"

老婆婆眼神犀利了起来,古城的推理完全正确。

"美佐喜"位于尾原町比较偏僻的地方,没有什么客人来,一般来说会安排客人入住一楼的客房,很少使用二楼客房。但是五月十一日有许多蜉蝣钻进一楼客房,老板娘在一楼客房撒了樟脑丸,只好把石本和八重安排在二楼的客房。如果住在一楼的客房,石本自宫后拉开拉门就可以把那东西递给藏在后院的八重,但是住在二楼的客房就要从楼上丢下去。

"两人比较担心的是土,一旦那玩意掉到地上,就会粘上土,用报纸小心包裹起来的东西是不会粘上土的,如果警方对此怀疑而查了旅馆后院,发现血迹就麻烦了。如果石本把那玩意递给八重的事败露了,那么伪造不在场证明就会接连被识破。

"石本多次想要换一间客房,但是老板娘没有同意,五月十八日他们担心的事情成了事实,八重没能好好接住石本丢给她的东西。"

这是肯定的,没人能像接球一样接那玩意。

"我不清楚当时八重的行动是事先计划好的还是随机应变,她没用事先准备的报纸,而是撕破了后院捆起来的杂志,用杂志的纸包裹住石本的性器官，杂志长期放在室外原本就积满灰尘，八重应该是想用这样的纸来包裹就不用担心被怀疑为什么重要的东西上会有灰尘了。但是，石本没想到那之后发生的事，他自宫并把自己的性器官从窗户丢下去后，忍受着疼痛等着老板娘和警察来，但当时有一个死里逃生的男子闯了进来。"

古城露出僵硬的微笑，老婆婆脸色变得惨白。

"这个男人就是你吧？"

"正是，石本认为他已经杀死我了，他用装满沙石的袋子猛击我的头，击碎了我的头骨。但是他运气不好，打的是我的右脑，我的那一边脑子被摘除了，所以我只是轻微脑震荡，并没有死。天下第一侦探才不会被人算计死，我要找他算账就来到了'美佐喜'的二楼客房，看见石本倒在地上，我就掐死了他。"

老婆婆抬起头，盯着古城看。

"这时候一楼传来了开门声，警察来了，我最后自我了断，从窗户跳进了河里。

"你是在逃亡过程中才知道石本死了的吧？你一开始打算背负阉割石本的罪名，但实际上又罪加一条，背负上谋杀情人的罪名，但是为了瞒住石本的杀人计划你别无选择。

"被我掐死的石本坠入地狱，被阎王一眼相中成为人鬼，阎王看中他的理由不是因为他杀了许多人，而是因为他用奇特的手法骗过了许多人。

"八十年后，石本因为召傩以一副新皮囊重返人世。"

"人鬼会在重复生前犯罪的过程中获得快乐，但是石本活着的时候没有阉割别人，那为什么会杀掉三个人还阉割了他们？"

"你设想的前提错了，加贺、槙野、松永三个人都是石本的宿主，石本最先附在加贺的身上，为了与八重见面，来到了尾原，在'丰丸'饭团铺见到了八重，之后每当宿主身体不能再用时他就换个宿主继续去尾原，所以那三个人才会像着了魔一样来到尾原。"

"那三个人又为什么被阉割而死？"

"这是因为一旦被人鬼附身就一定要做些什么，石本生前自宫、杀人。但是他应该也不愿意让无辜的人受苦吧，于是自宫之后附到另一个人身上，再击打上一个宿主的头部杀死他。"

古城喝光了茶杯里剩下的玄米茶，弯下腰来看老婆婆。

"告诉我，八十年前你们为什么要杀我？"

她像耳朵听不见一样沉默不语，不一会儿看向马路，眼神似乎在回忆过去。

"石本是老派、爱虚荣的人。"

她语速缓慢但是口齿清晰地开始说了起来。

"他家的怀石料理店从元禄年间开始到当时已经有两百年历史了，他的手艺也确实不错，但是当时流行方便的即席烹饪，怀石料理店生意萧条。他到处借钱，想方设法重振店铺，但这么做只会让自己的经济条件更差而已。因为好面子，他让借给他钱的朋友不要和他的家人和店员说借钱的事，之后发生了经济危机，终于难以维持下去了，就在他打算关掉店铺的时候，有个黑道上的人说可以替他还债，但条件是杀掉你——古城伦道。"

老婆婆声音颤抖,仿佛眼前又浮现出当年的情景。

"他本来不是会被这种事情所诱惑的人,但店铺关门他心有不甘,每天为钱发愁,那段时间他像变了一个人似的,在四月的某天晚上他说自己想到了一个万无一失的办法,让我做他的帮凶。"

"你很支持他啊。"

老婆婆露出了不好意思的微笑。

"我也曾觉得他可怕,但是他完全接受了我,甚至也接受我异于常人的地方,所以我决定只要是为了他,无论背负什么罪名都行。"

古城很是扫兴,视线离开老婆婆,抬头看向饭团铺的门帘。

"你敢在尾原开店真是大胆啊!"

"我和他约定好了,等一切都过去后,还在尾原碰面。"

"你也知道石本死了吧?"

"当然知道,但是我怎么也不愿意相信他死了。"

所以在之后的八十年里,她一直在这里等着不可能会来的石本,老婆婆的每一道皱纹都刻着思念,沧桑凄凉。

这份感情一直藏在心中,老婆婆像少女般天真无邪地笑了。

"他竟然真的来见我了。"

"你们明明是密谋杀人,弄得还挺开心。"古城苦笑一声。

"你只说错了一点。"老婆婆沙哑的声音稍微变大了一些。

"他杀了那三个人不是因为要换身体。八十年前要杀你的时候他就十分后悔,好不容易能回到人世,想要见你并向你道歉,他说了好多遍,但是没有人知道你的消息。报纸广播报道那天'美佐喜'附近死了人，但是没有说那人就是你，恐怕是警方把消息压了下去，在人世找不到你，在广阔的地狱也遇不到你。

"你活着的可能性比较小，但是他还相信这非常小的可能性。如果发生和八十年前手法相同的案子，消息没准会传到你那里，这才是他杀掉三个人的原因。没准他觉得被你杀掉是件好事。"老婆婆眼神清澈，看着古城。

"开什么玩笑，别随便拿我当你们犯罪的借口！"

古城双手揣在衣兜里，向见底的茶杯里啐了一口唾沫。

"我就是要把人鬼一网打尽再杀掉它们。"

7

尾原町的抓捕大戏过去了一周，一月十六日星期六。原田再一次来到了情侣酒店"江户城"。

"我能约一下佳苗吗？"原田紧紧地抓着话筒，桌子上的色情杂志是尾原町红灯区那一页，他不是被佳苗迷住，而是想再见她一面，为自己打了她的脸向她道歉。

"先生对不起，佳苗辞职了。"电话那头的男子语气异常平稳。果然是那天发生的事太过震撼了吗？他想起了佳苗手臂上的刀伤。"现在您可以约新人艾莉娜，怎么样，先生？"男子没有感情地接着说道，原田简短地道谢后挂断了电话，接着失望地付钱离开了"江户城"。

刚过正午，红灯区街上的行人很少，有时会开过磨砂玻璃的汽车，这些车是接送应召女郎的。

拐过柳树丛生的大道就是尾原神社的鸟居①。那家在大楼一层有门帘的饭团铺"丰丸"不见了。拉门紧闭，玻璃窗户里一片漆黑，也没有贴停业通知。

八重定离开了尾原町。石本回到了地狱，她也没有理由再留在这条街道了吧。

"喂！你在叫我吗？"

传来一声破坏气氛的叫声。原田回头一看，一个熟悉的身影站在老虎机店门前，对着一人高的电子屏幕大喊大叫。

"喂！你是在招呼我吧，咱们去哪儿？"

外表是浦野灸，实际上是古城伦道。电子屏幕上放映着穿泳衣的女模特的背影。

"古城先生，这是影像不是真人。"

古城惊讶地跳了起来，用手指戳了戳屏幕的表面，不甘心地咂起舌来。

"你怎么回事，阿亘，大白天来红灯区，跟种马一样。"

"跟你想的不一样，我就是来见个人。"

"随从不能对主人有隐瞒，我一眼就看出来你是个色狼。"

古城高兴地拍了拍原田的后背。

原田还不敢相信这就是他一直以来崇拜的侦探的真实样子，但是四天时间抓住人鬼倒是真的。

不过实际上，原田也感觉自己上了他的当，因为他明明知道

---

① 日本一种常设于神社入口处的牌楼。

八重定案的真正罪犯是谁，还花言巧语说自己能很快破案。

"古城先生你又为什么来这里？"原田想换个话题。

"你怎么回事？随从多管主人的闲事？别太张狂了！"古城的声音特别大，像是有什么不想让别人知道的理由。

"你做了什么见不得人的事了吗？"

"闭嘴！我回头好好教训你，你记住了！"

古城说了句不疼不痒的话，转身就消失在胡同里。过了老虎机店前的马路，就是神社的鸟居，古城不像是特地来拜谒弁财天①的，应该是有别的事吧。

原田穿过鸟居门，面前的道路两侧种着杉树，沿着这条路前进半分钟就看到了一个小小的参拜殿。神社里只有鸽子，风吹树叶的声音掠过耳畔。登上石阶，原田看到参拜殿后面有一块墓碑，这在神社里不常见，古城是来拜谒这座墓碑的吗？

原田拨开蜘蛛网，跨过灌木来到了这块小小的墓地，墓碑上长满青苔，被杂草吞没，左侧刻着"昭和十一年五月十八日　石本吉藏"，碑前供着一朵小小的菊花。

---

① 印度教的一位神明。

农药可乐案

1

"咦？你是有里子？"

一个长得像疣猪的男子追问不停，眼球震颤，泡沫从他的嘴边爆裂飞出，加上有里子心情糟糕透了。

这个长得像疣猪的男子名叫赤木隆太，三十二岁，在商社工作，血型 AB 型，BMI 指数二十五点五，没有病史，肝功能和血糖值有问题，痔疮。有里子之所以对这个男人的情况这么了解，是因为她是负责赤木的护士。

一月二十日晚，赤木住进湘南大学附属东京医院传染病内科，他说自己三十九度高烧并有腹痛症状，被急救车拉到了医院。因为他还有便血的症状，而且一月十九日前一直在柬埔寨出差，值班医生认为他很有可能患上了细菌性痢疾，立马安排他住院。

但是赤木第二天的情况比意识障碍、尿毒症更棘手——他竟然退烧了。因为在医院，照顾小孩子和大叔最费事了，而且赤木还属于最棘手的那一类大叔。他似乎把医院当成酒店了，有事没事就按铃叫护士，像猪一样用鼻子哼哼着"我热！""我头晕！""有味道！"，过了熄灯时间还用手机打电话大声说："我得了痢疾，那是痢疾啊，真够呛吧，呵呵呵。"当有里子用哄幼儿园小朋友的语气提醒他，他看了看有里子的姓名牌说"有里子你可别怪我呀！"等一些莫名其妙的话。

住院的第三天，检查结果出来了，是阴性，听到结果的赤木马上就恢复了精神。那天下午大肠内视镜检查也没有发现问题，医生诊断出现便血是因为痔疮。

傍晚的时候主治医生同意他出院，但当他看见住院治疗费用明细后又开始抱怨起来："就是说我当时不住院也行吧？""这算医疗过失吧？""这是谁的责任？""要是在美国，我能把你们医院告上法庭！"总之就是不想支付住院费用。因为解决不了他拒绝付款的问题，有里子还去找护士长了，但是护士长也只是对她说："要体谅患者的立场，把事情说明白。"没办法，她只能向赤木道歉说是主治医生判断有误。

有里子在和值夜班的同事交接完工作离开医院时已经十一点多了。

真是受够了，自己以护理学第一名成绩毕业，为什么要被这种脑子不如猫狗的男人骂？有里子越想越气，她冒出奇怪的想法，觉得自己必须大喝一场，还好明天不当班，但是都这个点了，没人会陪她一起去喝酒，只能去夜店玩了，有里子打算喝个痛快、跳个通宵。这么一想，她的心情畅快了不少，上学时她总去夜店跳舞，但最近一年她都没有去过了。

有里子回到家，因为一路匆忙把这一天的汗都流光了，匆匆地吹了吹头发化好妆，加重了眼线和口红，针织毛衣外套配长风衣，一身春天的打扮离开了家。

深夜零点，涩谷车站十字路口，有人着急坐上末班电车，也有人想接着玩。饭馆和卡拉 OK 的霓虹招牌让街道灯火通明。有里子觉得自己工作的医院竟然也在这条街上，真是讽刺。

在街道嘈杂的声音和脚步声中传来了救护车的警笛声。救护车被困在了十字路口前没能前进半步。行人即使听到了警笛声也没有停下脚步，这是这条街上经常能够见到的景象，有里子跟随人群走过了人行道。

道玄坂这边都是些洋溢着青春气息的年轻人，乍一看他们各有特点，但是仔细观察就能发现风格其实就那么几种。最近，梳短鬈发戴红色围巾的女孩比较显眼，这是因为受到了去年九月上映的电影《爱丽丝》的影响。在这部电影中，日本犯罪史上那些著名的杀人鬼化身美少女闹出大乱，十分无稽荒唐。日本女演员宿刘横惠出演了这部电影，她扮演绰号为"TOKIO"的向井鸨雄风格媚俗又时尚，一时间成为话题。在去年万圣节的涩谷，短鬈发红色围巾打扮的人随处可见。

沿着道玄坂向上走五分钟左右，左转后再走三十秒就到了涩谷蜥蜴大楼。这栋八层建筑每层都是夜店，可谓聚会一族的专属大楼。有里子要去的"D-MOUSE"位于这栋大楼的一层和二层。

有里子走进入口，在交费窗口交了钱，工作人员让她出示驾照来看她的年龄①。未满二十岁不能进夜店，所以年轻客人都要接受检查以判断他们是否成年。有里子拿过门票，推开了厚重的门，

---

① 日本没有统一的居民身份证，一般出示驾照证明身份。

一瞬间，电子舞曲低沉的声音让整个人都开始摇晃起来。夜店里香水味、香烟味、酒味乃至尿味混合在一起，形成了一种独特的味道。

双脚踏入夜店，平日里套在身上的枷锁就被解下来了，感觉内心变得自由起来。就像爱丽丝来到了奇妙王国，那里的一切规则都与别处不同。

打开夜店的门，左手边是厕所和存衣处，直走就是卡座区，最里边是舞台，右手边是吧台，右手后方是音乐设备放置的地方，存衣处前面以及舞台右手边各有一段楼梯通往二楼的贵宾包间。夜店里的DJ打扮得像篮球运动员一样，穿着无袖背心打碟，五彩的灯柱在夜店里游走。店里的客人大约有八十个人，男女人数六四开。

有里子把衣服存在了存衣处的柜子里，坐在了吧台边。她发现在舞台右手边通往二楼贵宾包间的楼梯上坐着一名女子，短鬈发红色围巾打扮的她把头埋在膝盖处，一动不动。

"您没事吧？"

有里子有点担心她就轻轻碰了碰她的手腕。女子低着头晃着肩膀，说话含糊不清还在干呕。她身上散发出的茉莉花味香水混合着酒精和汗水的味道，令人不快。她的脖子火红，可能是急性酒精中毒。

有里子犹豫着要不要帮助她，结果还是什么都没有做就回到了吧台。她觉得要是再工作自己就不行了，此时的自己不是护士。

她从吧台拿了瓶啤酒放在了桌子上，自拍一张照片传到了

Club D-MOUSE 平面图
（涩谷蜥蜴大楼 1楼）

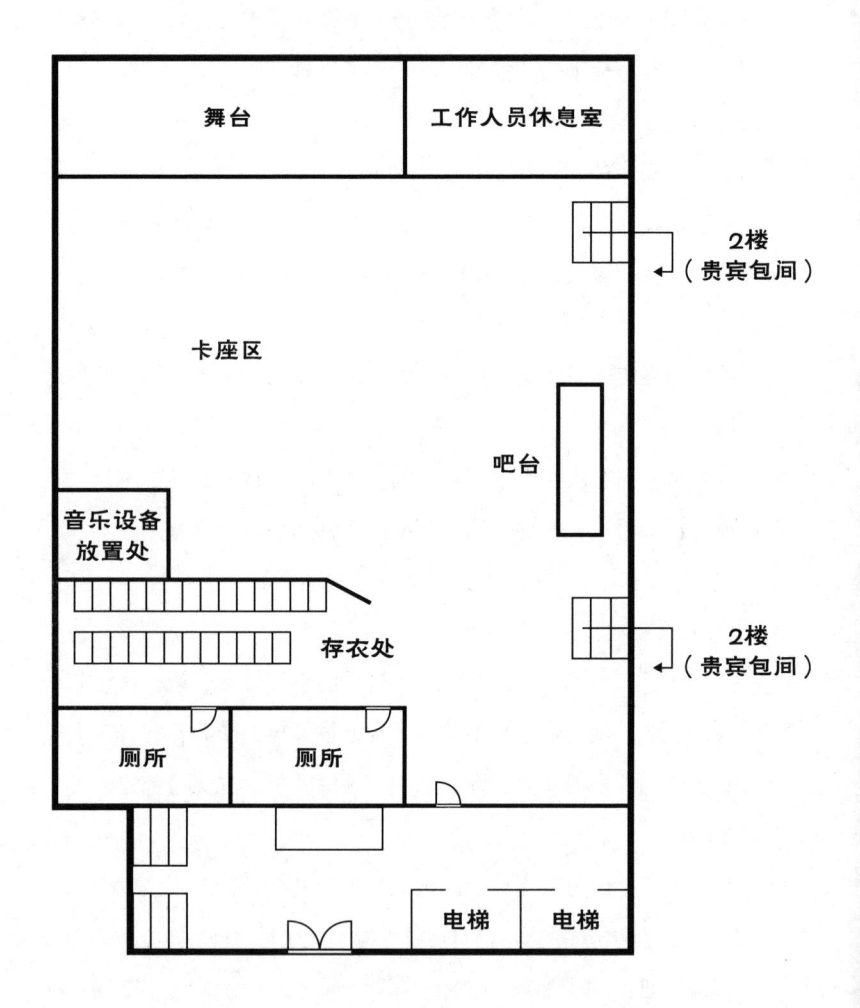

| 舞台 | 工作人员休息室 |

卡座区

→ 2楼（贵宾包间）

吧台

音乐设备放置处

存衣处

→ 2楼（贵宾包间）

厕所　厕所

电梯　电梯

社交平台上，配上了一行字：今年夜店第一场！涩谷·夜店·D-MOUSE。

她重新看了上传的照片，发现自己的脸浮肿得厉害，头发也有点湿了，身上的针织衫满是褶皱。想重拍一张，最后还是作罢，因为她觉得反正是蹦迪，头发和衣服本就会变得一团糟。

距离上一次在社交平台上传照片已经过去了半年。翻了翻自己的上传记录，她看到了许多值得怀念的照片。

> 期待已久的第一次夜店！太棒了！D-MOUSE·涩谷·聚会时间·蹦迪。

三年前，有里子还不会化妆，照片上的她做作地鼓起脸颊。

之后的一个小时里，她什么也不想，就只是蹦迪。音符像洪水一般从音响里席卷而来，身体随之摇摆，蹦迪的时候不知道碰到了谁的身体，仿佛周围的世界消失了，平时隐藏起来的本性被释放了出来。

深夜一点十五分，有里子去卫生间顺便补了妆，准备在夜店的卡座区后方休息一会儿。

一名男子单手拿着皇冠啤酒，搭讪有里子："怎么样，你玩得高兴吗？"

肯定是个不三不四的男人，有里子正打算随便应付一下转身离开的时候，像被泼了一杯冷水，她马上就醒了酒，身体却动弹不得。

男子是圆圆的蒜头鼻，呼吸声跟打鼾一样，就是那个长得像疣猪一样的赤木，如今正咧着嘴朝她笑。

"我叫隆,你叫什么?"赤木慢慢眨眼,仿佛他的眼皮特别重。可能是他喝多了,而且有里子化了妆和上班时大不相同,所以赤木没有认出来眼前的人正是自己的护士。

有里子认出了他,心想:被这恬不知耻的家伙骂惨了,要是他真得了痢疾死了多好。

"不好意思。"

有里子真实的想法是用酒瓶敲他的脑袋,但是嘴里只说出了这样的话。她转身离开想去别的楼层的夜店,要是被赤木认出自己就麻烦了,而且她也不想看着这张疣猪脸跳舞。

"咦?你怎么走了?"

赤木粗壮的手指抓住了有里子的手臂,十分有力。有里子甩也甩不开,他把有里子拉到了存衣处那里,把她推到了墙上,对有里子动手动脚,有里子的脖子能感受到他急促的呼吸,全身汗毛都竖起来了。

有里子苦苦叫喊,但被夜店里嘈杂的声音盖过,甚至连自己也听不见自己的叫声。从里面走出来的男子向有里子这边看了一眼,但是面无表情地离开了。

就在这时,一名陌生女子上来和有里子搭话:"小莎你在干什么呢?快过来呀!"赤木吃了一惊回头看去,女子马上抓住有里子的手一起跑上了楼梯。

有里子被女子带进了贵宾包间,满眼是荧光灯闪烁的淡淡灯光,夜店在播放贾斯汀·比伯嗓音清澈的歌。有里子战战兢兢地向楼梯下看去,没发现赤木有要上来的意思。看来包间门口系红领带、体格像金刚一样的安保人员还是有用的，赤木没法对贵宾包间里的人动手吧。

"刚才真是谢谢你！"

"没事没事，有困难了互相帮助嘛。"

女子说完坐到了沙发上，举起了注满香槟的酒杯。有里子喉咙感觉到渴，就接过酒杯喝了下去。

"我叫柴郡，你叫什么名字？"

女子敲了敲旁边的座位，微笑的表情像是在说可以坐下，有里子就听了她的话坐了下来。柴郡的五官轮廓分明，是褐色皮肤的辣妹，也是意料之中的"TOKIO"式打扮，衬衫在第五颗扣子附近就开着，可以看到她火辣的身材，应该是等待登场的舞者。

"怎么样？玩得开心吗？"

"不太开心。"

"真可惜，那我们来玩点有意思的。"

柴郡一边抓花生米一边说道。有里子以为她要卖毒品给自己。

"那个，我们来交换秘密吧，你有绝对不会对家人朋友说的秘密吧？就是那些只能对名字和联系方式都不知道的陌生人说的秘密，咱们现在就来交换秘密吧。"

有里子感到失望，自己本来还有所期待，这不就是小孩子的游戏吗？就像是《爱丽丝梦游仙境》中荒唐的茶话会。

"我要告诉你哪个秘密呢……"

柴郡鼓起两腮咀嚼花生，抬头看向天花板的管道。有里子好像也同意开始这个游戏了。她想了想，自己可以分享的秘密太多了，在搜索记忆的过程中，杯子里的香槟逐渐变少，手撞到了想去拿花生米的柴郡，香槟洒到了针织衫上。

"哎呀，对不起，怎么样？你想好说什么了吗？"

在有里子点头同意前，两个人就开始猜拳决定谁先说了，有里子出了石头，而柴郡是布，输的人先说，有里子觉得自己被骗了，但还是凑到柴郡耳边说了起来。

"来巡诊的教授骚扰我，太过分了，我就把他论文的数据放到了网上。"

"哈哈哈，干得不错，"柴郡夸张地拍手，然后伸展腰背，"接下来该我了。"她把嘴凑到有里子的耳边："我，现在要去杀人。"

包间里贾斯丁·比伯的歌再也不能唱到有里子的心里了。

"这一定是恶作剧，"有里子这么想着，露出和善的微笑，推了推柴郡的肩膀，说道，"你别开玩笑了。"

"有里子，把你的手机拿出来。"

柴郡脸上的笑容消失了。有里子感到脊背一阵发凉。

"你用手机拍下接下来发生的事，明天传到社交网站上。"

这个女人在说什么？虽然她刚刚帮了我，但是也没有权力命令我，而且夜店本来就是禁止摄影的，她果然是吸了毒，在胡说八道。有里子心想。

"如果你不听我的命令，我就去医院把你做的事都说出来。"

柴郡摸了摸有里子的脸，手指从下巴滑向喉咙，尖尖的指甲抵着有里子的皮肤，有里子不自觉地挥手拨开她。

"你别开玩笑了，你怎么会知道我在哪儿工作？"

"是湘南大学附属东京医院吧，你是护士加上有里子。"

有里子面无血色。

"你认识我？"

"哈哈哈，你上当了。"

柴郡把花生米放进嘴里，站了起来挥挥手。

"那就辛苦你录像了。"

柴郡短发的背影消失在舞台一侧的楼梯处。有里子像是丢了魂一样，站不起身来。这个女人说要去杀人！这肯定是胡言乱语，但她是怎么知道自己工作的医院和全名的？

有里子突然觉得有人看着她，体格像金刚一样的安保人员看着有里子，拿着对讲机小声地说着什么。她听说过有人因为没有额外缴费待在贵宾包间而被禁止入店。有里子站起来，从她上来的楼梯原路返回。

什么也没有发生，夜店里的客人随着艾维奇的电音摇摆身体，有里子想要找到柴郡，但是有两个和柴郡一样打扮的女子走了过来。有里子觉得自己出现了幻觉，但马上就意识到了那不是柴郡，"TOKIO"式打扮的女子真是太多了。清醒的"TOKIO"架着喝多了的"TOKIO"走出了夜店，茉莉花香水混合泥水的味道特别奇怪，就是之前在楼梯醉得不省人事的女人的味道。

有里子看了一会儿店里，发现并没有什么异样，但是也找不到柴郡的在哪儿，难道是自己被戏弄了吗？

"咦？你回来了？"又是赤木的声音，麻烦接连出现。

有里子打算转身回到出口处，但是她走了半步就停下了。赤木的样子变得很奇怪，脸色就像他刚住院的时候一样差，嘴唇两端冒着泡沫，眼球震颤不停。

"咦？你是有里子？"

赤木手指着有里子说道，他突然"哇"的一声呕了起来，声音就像是下水道返水一样，突然向身后退去。晃悠悠地闯进夜店的卡座区，一个转身的男人倒霉了，赤木吐了他满怀。与此同时，从吧台那边传来了玻璃杯打碎的声音。一名戴着荧光眼镜、留着"TOKIO"短发的女子，靠在沙发前的桌子上，痛苦地大口喘着气。与赤木的情况一样，女子抬起头，她的脸和手在抽搐，猛烈地呕吐。

"我，现在要去杀人。"柴郡刚才的话回荡在有里子的耳边。说是"现在"要去杀人还不准确，如果柴郡说完之后才去下毒，那毒发未免也太快了，也就是说她在表明要杀人之前就已经下了毒。

有里子刚才就环顾了夜店，但是并没有找到柴郡，两个人下楼前后差的时间还不到三十秒，这段时间根本不够穿过人员密集的 D-MOUSE 大厅离开，她消失后去了哪儿？

有里子知道自己现在应该做什么，确认倒下的人的意识和呼吸，保证呕吐物不会堵塞他们的气管，必要时按压他们的心脏，让周围人叫救护车。她脑子里很清楚要做这些事，但是脚动弹不得，呆立在那里。

十分钟前有里子也喝了柴郡递给她的香槟，如果柴郡也想杀自己，那么那杯酒里也是下了毒的吧。从那时起有里子的性命就已经掌握在柴郡手中了。

大厅里一片惊恐骚动的声音，穿着制服的安保人员也手足无措。艾维奇的电音仍然砰砰响个不停，十分吵闹。

有里子感觉自己误入了另一个世界，从口袋里拿出了手机按下了录像键。

2

"今天晚上我还是去一趟神奇之国吧。"

二〇一六年一月二十五日上午十一点，原田平时这个时间都是在事务所的桌子前看报纸或者浏览网页新闻，但是他今天和古城一起去了养老院"坎贝尔饭田桥"。此行的目的是得到古城老朋友的帮助来调查案件，现在他老朋友的儿子正在停车场等着。

古城说的话像童话里主人公的台词，他会这么说是因为从上周开始他就频繁出入位于秋叶原的一家名叫"神奇之国"的酒吧，他认为那是一家正经的酒吧，但是听描述，明显是有撒娇发嗲的女孩子的那种酒吧，古城好像迷上了一个叫爱丽丝的女服务员。

如果再把事务所的银行卡放在古城那里，那储蓄都会被花光的。就在上周，两人约定，每月给古城五万日元，但是古城不管不顾，连续三天晚上都去"神奇之国"。结果由于铁路总武线的列车故障，他没钱打车回来只好在醉酒后一头扎进车站前的树丛里。或许是遭到了报应，他钱包里的纸币也被偷走了。

"我口渴了。"

古城痛苦地咳了起来。一只手拿着瘪瘪的钱包，里面只剩下一百八十日元，抬头看着自动售卖机，一罐咖啡要一百二十日元，买了的话他这个月剩下的日子就要靠六十日元生活了。

"如果你承诺不再去女子酒吧，那我就把下个月的钱预支给你。"原田喝了一口可乐后这么说道，但是古城瞪起眼睛，凶狠地盯着原田看。

从饭田桥回到中野，坐东西线要花二百日元，坐中央线要花二百二十日元，就算古城忍着不买咖啡，他的钱也不够坐车回去了。

"别把我当小孩子糊弄，我可是明治年间出生的，你别忘了我比你爷爷还要大。"古城说着歪理，赌气走出了停车场。

在通往"坎贝尔饭田桥"的路上有一家建材超市，没想到古城竟然看起园艺货架上的东西，这可和他的气质不搭，他是想选花送给爱丽丝吧。

几分钟后，原田喝光了可乐，古城也看够了花，开始玩起了手机。一辆红色的双门跑车停在了停车场，从驾驶室走下来一位精神矍铄的老人。灰色短发、黑框眼镜，他叫国中笃志，八年前还是警察局的高级官僚，今年七十一岁，是住养老院的年纪，但今天古城想来见的是国中笃志的父亲。

"你是古城孙作先生吧？你旁边的这位是？"

"他是跑腿的亘。"

"亘，真是个少见的名字啊。"

两人在国中笃志的带领下，走进了"坎贝尔饭田桥"，与窗口的工作人员打过招呼后坐上了电梯。

"很少会有警察之外的人来拜访爸爸。"电梯门关上后,国中笃志试探性地问道。古城事前只和他说过他父亲曾经帮助过自己,国中笃志似乎觉得两人的真实身份可疑。

"我八十年前和你父亲一起玩过,要是他还记得那就太好了。"古城一边这么说一边玩着手机。明治年间出生的人却能够把最新型号的手机玩得这么溜,是因为迅速收集信息、机动调查会用上手机……才怪,其实是想搭讪女孩子就必须用手机软件。

听了从这种侦探嘴中说出的话,国中笃志不禁噘起嘴皱起眉头,说不出他是因为古城傲慢的态度生气,还是因为古城离奇古怪的说辞感到可疑,大概这两种原因都有。古城的长相只有四十多岁,不可能经历过八十年前的事。

叮的一声,电梯门开了,国中笃志表情僵硬地离开电梯,沿着走廊走到第三个房间前打开了门。十平方米左右的房间里有一张老人床,床上躺着一个满脸皱纹的老人。他似乎在睡午觉,呼噜打得十分响。这个老人就是国中笃志的父亲、现年九十三岁的国中功也。

"爸爸,有客人来了。"

国中笃志碰了碰父亲的肩膀叫醒他,国中功也睁开眼睛,伸手戴上了眼镜,在国中笃志的搀扶下坐了起来。

"哎呀,小功,你精神不错啊,"古城举起右手打招呼,"我今天来找你是有事相求,能让你儿子协助我们查案吗?"

"你在说什么呢?"

国中笃志慌张地说道，但是看见父亲的表情他一时语塞。国中功也惊讶万分，眉毛挑到头顶，下巴都要惊掉了。

"莫非你是古城老师？"

国中功也说对了。古城所说的小功，也就是国中功也是成城警察局第一代局长国中亲晴的儿子。而国中亲晴正是在左门我泥的小说中出场的东京警视厅的出色刑警，现在亲晴的儿子功也都九十三岁、孙子笃志都七十一岁了。

"我记得古城老师从不雇助手。"

"不愧是小功，你记得没错，但是这家伙不是助手，就是个跑腿的。"古城高兴地拍了拍原田的头。

"我父亲总说你会回来，我一直以为他是不想让我难过才这么说的，原来是真的。"国中功也眼袋颤动，声音激动，像是要哭出来，他似乎把古城的形象刻在了脑海里。

"我一说你就懂了，真是太好了，我能复活，这背后情况复杂。"古城坐在藤椅上，把七个人鬼通过召傩复活、阎王为了抓他们回地狱让自己复活的事情都说了一遍。功也和笃志两人都张大了嘴，用同样惊讶的表情听着古城讲述。

"就是这样我开始了捉人鬼的工作，但是信息不够，就想让亲晴的后代来帮帮我。"

"原来各种离奇案件都是人鬼犯下的罪，"功也语气生硬但是脸上露出了笑容，"笃志，你来帮助古城老师。"

"真的没问题吗？"笃志似乎还是不能相信古城所说的。

"我来担保，他真的是古城老师。"功也声音沙哑但是中气十足，脸色渐渐变好了。

笃志长长地叹了口气，卷起袖子转身面向古城说道："我相信我的父亲，该怎么协助你？"

"第一，希望你能提供人鬼过去犯下的案子的资料。第二，如果发生了类似案件要告诉我警方的查案进展。第三，我们为了抓人鬼而犯下的罪希望你不予追究。"笃志只是在听到最后一条时皱了皱眉毛，他似乎有些失望，他一定在想所谓的帮助是派遣机动部队等规模更大的帮助吧。但是古城有黑社会组织刑部组的帮助，人手充足。

"知道了，我会和老部下打招呼的。"

古城对笃志低头致谢。

"等事情办好了，有关我父亲的事我一定要问问你。"功也目光炯炯，露出少年一般的阳光笑容。

走回饭田桥车站，东西线的车站闸机人流密集。

"啊，口真渴！"

古城把手伸进垃圾箱里开始找塑料水瓶，只要他保证不去女子酒吧就能得到钱，但他就是不做保证，真是个倔强的男人。这时，车站内的广播响了起来：

"各位旅客，东京地铁东西线受到恐吓，为了确保安全，列车将暂停运行，对您的出行造成不便我们深表歉意。"

上班族全都怨声载道，因为最近手段狠毒的大案频发，人们会忽视小案件，但实际上，小案每天都有。

二人正打算改去中央线的月台，这时手机响了，原田和古城打了声招呼就接了电话。

"上次多谢您了。"电话对面传来的声音听起来耳熟，原田突然心头一紧，他看见古城晃晃悠悠不知道要去哪儿。

一分钟后原田挂断了电话，古城一脸不知情的样子走了回来，问道："怎么了？咱们事务所也收到恐吓邮件了？"

"没有，是刑部组组长打来的，他想立刻见到你，好像有事拜托你。"

原田这么一说，古城像是碰到了麻烦事一样，为难地揉起脖子来。

3

下午一点，距离两人离开养老院刚刚过去了一个小时。原田和古城乘坐的出租车在二十号国道线上飞奔，来到了新宿区百人町的刑部组事务所。

"我有一件案子想让二位来办。"刑部九条表情严肃地说道，他摸着拉布拉多的头，今天也穿着看起来很高级的条纹衬衫。旁边的二当家脸型像水煮蛋一样，一脸不服地看着古城和原田。

据说在涩谷的一家夜店接连发生了投毒事件，这家夜店是刑部组经营的企业。昨天有顾客中毒身亡，这事如果发生在去年一定会轰动社会，但是最近总发生涉及十几条人命的案子，相比之下就没那么有名了。警方的调查也迟迟没有进展。

如果就这样放过罪犯那刑部组将颜面无存，他们无论如何也要抓住罪犯扯断他的肠子泄愤。古城欠他们人情，自然就被选中去抓罪犯。

"小事一桩，我要是拒绝了你，死了以后也没脸去见你祖父了，但是查案也是我的生意，调查费一百万日元，三十万定金如何？"

多亏刑部的眼睛看不到，古城十分摆谱地坐在沙发上，他漫天要价看来还是想去"神奇之国"。

刑部点头的同时竖起了三根手指。

"我希望你三天之内抓住犯人，你能办到吗？"

"两天就够了。"古城耍起酷来。

"我是黑社会，虽然你是古城伦道的孙子，但到时候你办不成来诉苦我可不吃那一套。"

"你不用担心，我身上可留着古城伦道的血。"

刑部从钥匙盒里拿出一串钥匙，打开了桌子下面的保险箱，拿出一摞钞票摆在了桌子上，一共是三十万日元。看到这些钱古城垂涎欲滴。

之后一直到太阳下山，两个人听二当家说明了连环投毒案的详细情况：目前为止一共发生了三起投毒案，都发生在涩谷区圆山町二丁目的涩谷蜥蜴大楼的夜店里。这栋大楼有八层，楼层从低到高一共有四家夜总会，分别是"D-MOUSE""MAD HAT""DUCHESS""QUEEN QUEEN"①，全部都是刑部组的店，

---

① 这里出现的几家店铺的名字都取自《爱丽丝梦游仙境》的人物，柴郡（猫）、睡鼠、疯帽子、公爵夫人、红皇后、白皇后，以及前文的神奇之国、蜥蜴大厦均取自这本小说。

刑部组员还充当安保人员常驻在店里。目前他们推断，案件发生时，犯人偷偷把有机磷杀虫剂混到吧台上、酒桌上的酒瓶和酒杯里。

一月三日，"MAD HAT"发生了第一起投毒案，一名女性受害者喝了两瓶皇冠啤酒后，突然感到目眩恶心就回家了，但是她的症状没有缓解，第二天一早，打电话叫了救护车被送往了医院。医生从她的呕吐物中检测出杀虫剂，立刻给她洗胃，注射PAM解毒剂，所幸她摄入的毒物量少，症状轻，四天后就出院了。

当时没人报案，所以警察和刑部组对案件都不了解。

一周后，一月十四日，"D-MOUSE"发生了第二起投毒案。深夜三点多，店里有两名女性呕吐昏厥，店员叫了救护车把两人送往医院，从这两名受害者的呕吐物中同样检测出了杀虫剂，也是摄入量不多，二人一周后出院。

警方这时总算开始对案情有了眉目，通过医院提供的信息确定了上一周发生在"MAD HAT"的事件是投毒案，并把案情当作是连环投毒案立案侦查，派遣警员到刑部组调查。

但如果案情只是这种程度就还只是司空见惯的小事，没有出现重伤患者，四家夜店也还在继续经营，客人也正常来店消费。

但是在一月二十三日，"D-MOUSE"发生了第三起投毒案，这次有六名客人相继被毒倒送往医院，六人的呕吐物中全部发现了杀虫剂，其中有一名男性死亡，还有三人昏迷不醒，这次症状较重，所以据推测，罪犯投入了更大剂量的杀虫剂。

发生第三起投毒案时,"D-MOUSE"里有八十名左右的客人,当时接连有人倒下,在场的人都陷入恐慌之中,除了这六名受害者之外还有几个人受伤。但是等警方到场时,多数客人已经逃跑,所以警方对案件的具体情况并不清楚。

"饮品里加杀虫剂啊,真了不得。"

二当家的说明结束后,古城一边收起三十万日元的钞票一边嘟囔着。

一月二十六日上午十点,古城打开事务所的电脑,发现警察厅的前长官国中笃志已经发送来许多资料,都是人鬼犯下的七起案件的调查资料。

"工作效率真高,果然有空的老人家值得拥有。"

按照古城的指示,原田把杀虫剂连环投毒案调查报告书打印了两份,将其中一份递给了古城。

无论古城再怎么想赚钱去夜店找女人,他也没有时间接手调查与人鬼无关的案件。原田也察觉到投毒案像是人鬼犯下的案子。

"这就是人们常说的农药可乐案吧,真是令人厌烦的命名。"

古城边抱怨边翻动资料,原田也开始阅读资料。

第一起案件发生在一九八五年四月八日的雨夜。一名住在东京练马区的大学生打工结束回家时,正打算买自动贩卖机的营养饮料,突然发现自动贩卖机上放着一瓶可乐就喝了下去。之后那个年轻人觉得腹痛恶心,十五分钟后就失去了意识。在医院洗胃治疗,也吃了解毒剂,暂时恢复了意识,但是两天后的四月十日,他因为多脏器衰竭而死。警方从他喝剩的可乐以及他的呕吐物中检测出了有机磷杀虫剂。

在受害人拿到可乐的四个小时前，有人目击了穿灰色上衣、形迹可疑的人。目击者是一名小学生，他在穿雨衣骑自行车经过的时候，看到有人站在道路左侧的自动贩卖机前。这个形迹可疑的人身高一米五左右，如果他是一个男人，那么身材相当矮小。男孩儿刚好目击到这个人伸手把可乐放在自动贩卖机上，这个人的手臂挡住了脸。

那时的相关报道比较少，警方的调查也没有进展，直到五个月后的九月十一日——又是一个雨夜，发生了第二起案件。一名住在武藏野市的上班族喝了自家附近自动贩卖机上放着的一瓶可乐被毒死。因为犯罪手法相似，所以警方认为这是练马区投毒案罪犯时隔五个月后的再次犯罪。

在那之后情况发生变化，罪犯用同样的犯罪手法在东京、千叶、琦玉三个地方接连作案。九月发生了五起，十月发生了四起，十二月发生了两起。所有案件中被害人都中毒身亡，死者达到了十二人。犯罪手法都是在雨夜，把混有杀虫剂的可乐瓶放在自动贩卖机上。哪些案件是同一犯人所为，而哪些是模仿作案，不得而知。媒体大肆报道日渐增加的受害者。但是由于缺乏物证，警方的调查陷入僵局。

到了十二月，调查终于取得了新突破。九月二十八日发生在江户川区的第四起投毒案的案发现场发现了几条线索，分别是目击者的证言、监控录像、可乐瓶上的附着物。警视厅认为这些是调查的突破口，进行了重点搜查。

三条线索中最受期待的是目击证人的证言。下午四点左右，也就是被害高中生喝下自动贩卖机上的可乐的前两个小时，一个穿着灰色上衣、短小身材的人被目击到在自动贩卖机前往瓶子里放入了什么东西。这与第一起投毒案的证言和嫌疑人特征一致。所以证言的可信度很高。警方在案发现场周边进行了大规模排查。因为这种廉价上衣的销量比较高，所以并没有能够像警方期待的那样锁定嫌疑人。

第二条线索就是监控录像，在十二起投毒案中，这一起案件中的自动贩卖机是唯一被监控录像拍到的。自动贩卖机的所有人同时经营着一家电器店。所以他自费在自动贩卖机的左上方安装了监控。但是案件发生当晚雨很大，监控器的记录装置出现了故障，录下的视频基本不能播放。

最后被寄予希望的一条线索就是猫毛。在掺有杀虫剂的可乐瓶外侧发现了附着的猫毛，受害的高中生不喜欢动物，没有和猫接触的习惯，所以猫毛被认为是借罪犯的手粘到瓶子上的。但是案发现场附近有许多野猫，平时也有许多当地居民和猫接触。因此也不能根据这条线索来锁定嫌疑人。

新年之后相关报道就逐渐减少。警方把有前科的人作为调查的重点对象，重点调查了二十多名嫌疑人，但是没能找到可以逮捕罪犯的决定性证据。新的物证一直没有出现，时间就这样过去了。直到二〇〇〇年这起案子过了追诉期，成了一桩迷案。

"罪犯好不容易逃过一劫，死后却又被召回人间，想必他也没有预料到吧。"

古城读完资料后，盘起腿，打了一个大大的哈欠。

"你觉得罪犯是一个怎样的人？"

"是个穿着夹克外套、身材矮小、喜欢猫的东京市民吧。就是那种随处可见的不起眼的普通人。"

"你是说这个罪犯不像石本吉藏那样聪明吗？"

原田想到了尾原町的抓捕行动，古城做作地叹了口气。

"这我也不知道，普通人犯罪才是最难办的案子。"

"为什么？"

"天才罪犯有计划犯案会留下许多线索，比较容易推测出他的犯罪动机，揭露诡计，也容易找到证言的矛盾之处。但是普通人想一出是一出的犯罪，不会留下任何线索。想抓到没有才智的罪犯是一件不容易的事。"

原来如此，他这么一说，原田感到确实是这样。

"但是凡人也有弱点，他们的弱点是自我表现欲比较强。普通人容易误把自己当作天才，得意忘形就会露出马脚。但是这起案子的罪犯知道天高地厚。"

古城憋回了第二次的哈欠，不情愿地站起来。

"只看资料太无聊了，我们去案发现场看看吧。"

终于要开始正经的调查工作了，原田跟着他一起站了起来。

"咱们走吧，继续待在事务所里是遇不到犯人的。"

实际上原田已经遇到了往可乐里放农药的人，只是他不知道而已，等他知道时已经是破案之后的事了。

4

穿着滑雪服的宿刈横惠低着头说："要是我说喜欢你，你会怎么做？"

古城谄媚地对着柱子说："我也喜欢你，咱们现在就走。"他们二人在涩谷车站的地下街，古城看到的其实是两米高的电子屏幕上放映的细长影像。

原田从侧面戳了戳古城的肚子提醒他说："这是广告哟！"

古城后退了一步看着柱子，十分惊讶，仿佛踏进了奇异王国。

"混账，竟然骗我！"

明治年间出生的侦探适应现代生活果然还是需要一段时间。

从涩谷车站忠犬八公像出发走五分钟左右，拨开人群前进就来到了涩谷蜥蜴大楼，大楼前聚集了二十多个年轻人，他们中有人用手机录像，有人透过破碎的玻璃门向里看。一楼的D-MOUSE关着门，只贴着一张纸，上面写着"一月二十四日至二十六日临时停业"。

原田跟着古城绕着大楼走了一圈，发现楼后有一个特别小的停车场和小仓房，这个停车场只有两个停车位，小仓房里杂乱地堆放着竹制笤帚和垃圾袋。二人回到大楼的正面，坐电梯上到了三楼的"MAD HAT"、五楼的"DUTCHESS"、七楼的"QUEEN QUEEN"，但是每一家都大门紧闭，店里的情况不得而知。只要和刑部组联系一下就能进去看看，但要是让他们知道调查到现在还没有进展就麻烦了。

"你们和案子有关系?"

二人一出电梯,就有一个梳着玉米辫长脸男子举着相机走了过来。

"你在录什么?"

"转播杀人现场。"

不知道长脸为什么得意地回答,看他不像是关注新闻的那类人,但是似乎也听到了这件案子的风声。

"你怎么知道这里发生了命案?"

"通过视频,网上传得沸沸扬扬,我也想凑凑热闹。"

太不像话了,原田把长脸赶走后,在社交网站上搜索关键词"涩谷 夜店 命案"。

找到几个相关视频,大多数视频点击量只有十几次,但有一个视频的播放量达到了十多万次。

视频的上传者叫爱丽丝,视频的标题叫作《涩谷 夜店 D-MOUSE 惶恐》。视频时长为七分四十二秒,爱丽丝只上传过这一个视频。

两个人走到大楼的阴暗处播放了视频。最初他们以为这视频是由固定相机拍摄的,但是突然出现被特写的手指让他们确定这是有人在进行拍摄。从夜店卡座区后方拍摄的影像大概拍到了五十多个年轻人密集地站在一起,可以看到画面中的一处有一个女人倒在地上。

夜店里的客人逐渐从玩闹兴奋中冷静下来,大约过了四十秒后,不知从哪儿突然传来一声尖叫,于是店里的所有客人都开始向后面跑去。接下来的景象十分悲惨,夜店正中央的地方有一个年轻的女性开始呕吐,与此同时,夜店出口附近大约有十个人相继倒下。一个胖男人踩在呕吐物上打滑,转身回到沙发桌子处,一个女子惊慌失措地拿起皇冠酒瓶挥舞起来。

"简直是地狱。"原田发表了感想。

"真正的地狱比这还要恐怖呢!"古城说了一句原田并不想知道的话。

恐慌开始后五分钟左右,人群终于平静下来,剩下的客人开始缓缓从出口离开。在视频七分三十秒左右最后的客人也离开了,只剩下一脸疑惑的工作人员和受害男女,还有痛苦的呻吟声。

"视频中拍到罪犯的可能性不大吗?"

"怎么说呢?罪犯是普通人,但普通人和傻瓜还是不一样的。"

古城沉默了一会儿,突然大声地说道。

"啊!爱丽丝,好久不见!"

原田以为他是去多了神奇之国不正常了,但看见楼前的人群中有一个女子听到声音后正看着这边。

"看来我猜中了。"

女子表情错愕,古城靠近她,迅速地抓住了她的手腕。

"你被罪犯威胁了吧?告诉我当时的详细情况。"

十五分钟之后,古城和原田在道玄坂沿路一家叫"灰色"的咖啡厅与加上有里子相对而坐。有里子看上去二十岁出头,素颜但是短发很整洁,给人感觉是个正经女孩,不像是泡夜店的人,当然和神奇之国的爱丽丝没有任何关系。

"我是古城孙作,这家伙是我的随从阿亘,因为发生了一些情况我们在调查这起案件。"

古城一边往咖啡里加方糖,一边说道。查案中的食品开销是另外计算的。

"当时你在贵宾包间吗?"

有里子满脸狐疑地听着,脸变得苍白,嘴唇也失去了血色,眼睛是红肿的。

"不知道你在说什么,我只是看了这个而已。"古城把手机放在桌子上,播放了案件的录像。

"当时在场的人们应该不知道自己身上发生了什么事情。在密闭的空间里相继有人倒下,下一个倒下的也可能是自己,这么一想,发生恐慌事件也不是没有道理,但是只有一个人一点也不着急,那就是拍摄这个视频的人,眼看着惶恐在人群中蔓延开来,只有这个家伙一动不动稳稳地拍摄着视频,好像知道自己是安全的一样。"

视频很少有抖动,让人感觉确实像是固定镜头拍摄的一样。

"你是说这个视频是罪犯拍摄的吗?"原田插嘴问道。

"并非如此,像我们这种事后观看视频的人是看不到拍摄者本人的,但是在场的客人肯定会看到拍摄者的长相。罪犯十分重视目击证人的证言,这样的家伙不会轻易地露出自己的庐山真面目。视频的拍摄者知道会发生什么而被逼迫拍摄现场的视频,她应该是被罪犯胁迫的。

"这样一来,把这个视频上传到社交网站也就不是拍摄者本人的意愿，而是受罪犯的指使。但是也有其他人上传案发现场的视频。如果用假账号来上传视频，就没法让罪犯知道这段视频是自己上传的。爱丽丝看上去是假名，但是拍摄者本人真名的可能性很大。

"我想到的就是这些，我还想拍摄者可能会来现场看一看，就试着喊了一下名字，结果你就转身看了过来，有时候运气也是一种才能啊。"

古田哈哈哈地笑出声来。

与三十一年前的命案不同，这次的投毒案几乎没在社会上形成舆论。但是罪犯不允许这样，想通过视频来炒作。过去一贯保持沉默的罪犯这次也要采取对策。古城分析普通人的弱点在于自我表现欲，这一点确实如此。

"接下来该你说了，把威胁你的家伙的详细情况告诉我。"古城提高嗓音问道。有里子撩起刘海，身子往前挪了挪贴近桌子，嗓音清晰地开始说了起来。

"变态骚扰我的时候，她出现了。"

有里子把一月二十三日那天发生的所有事：包括自己为了释放工作压力去夜店、被疣猪男骚扰、被柴郡带去贵宾包间交换秘密、被柴郡强迫拍视频的事一五一十地告诉了古城。

"视频里没有拍到柴郡吧？"

"没有，我已经看了上百遍，里面确实没有拍到柴郡。"

古城也预料到了这一点，罪犯是普通人但不是傻瓜。

"被杀人犯知道自己的全名和工作单位，想想就怕得不行，我怎么会遇上这么倒霉的事?"

有里子说是很害怕,但实际上是愤怒自己遭到了这种不讲道理的威胁。古城苦笑一声,耸了耸肩。

"可能是当晚夜店的人中,你的面相最容易被说服吧。"

有里子张大鼻翼,十分愤怒。

"我的全名和单位,柴郡全知道,她肯定早就盯上了我。"

"不对,你好好想想,案发当晚,你是工作不顺心时隔一年才去的夜店,就是说你是心血来潮,她不可能事先预测到一个路人什么时候来这家店,再去事先调查背景。她在店里遇见你之前对你应该是一无所知的。"

"那她为什么知道我的底细?"

"是她用脑子推测出来的。你读过福尔摩斯吗?"

有里子两手一摊,脸上的表情在说她没读过。

"就是从方言和衣服上的污渍等来判断人的底细的推理。"

原田帮助古城解释了一下,有里子听后扬起眉毛看了看自己针织衫肚脐附近,灰色的针织衫只有那里染黄了,是当时与柴郡说话时不小心洒上香槟弄脏的。

"但是,助手先生,那只是小说中的情节吧。"

"他不是我的助手,是仆人,"古城咬文嚼字地纠正她,"福尔摩斯的冒险故事确实是虚构的,但是那部小说写于十九世纪末二十世纪初,现在可是二十一世纪了,想找对方的个人信息易如反掌,你别看我这样,我可是认真学习过年轻人的文化。"

古城学习互联网技术的理由是搭讪酒吧女服务员,但是事情就看怎么说，他点击手机屏幕关掉视频，打开了社交平台。

"你到了夜店后，在社交平台上发了张自拍吧？"

"是的。"

"柴郡就是看到了那个，搜索夜店的名字马上就能看到账号，你看，就是这样。"

古城搜索关键词 D-MOUSE，点击了显示出来的一张照片，照片中的女子，也就是他们眼前的女子容光焕发地把脸贴着皇冠啤酒瓶。账号是 @alicekagami0127，一目了然。

"我也不傻，不会上传可以确定自己工作地点的照片。"

"那柴郡就比你聪明了。"

古城认真地看着照片，露出了大胆的笑容。

"你好好看看，这张照片上你的头发发梢是湿的，二十二日深夜到二十三日东京没有下雨，头发会湿是因为工作后冲了澡急忙赶到夜店的，也说明了你家到夜店的距离还不能让头发变干，就是说你家住在涩谷区，阿亘，你认识的人里有住在涩谷的吗？"

"没有，房租太贵了。"

"不惜高价租房，那么工作地点在涩谷的可能性很大，你还和柴郡说了来巡诊的教授骚扰你，所以你的工作地点就是大学附属医院，阿亘，涩谷区的大学附属医院有几家？"

原田用手机登录医院检索网站，打开了涩谷区医院一览表。

"只有湘南大学附属东京医院一家。"

古城的右手打了个响指。

"还剩下职业没确定，医院有许多岗位，负责陪同教授巡诊的要么是医生要么是护士,或者就是临床实习的医学生,但是你对柴郡说过'来巡诊的教授骚扰我,太过分了',就说明你平时就常驻医院工作,那肯定就不是医学生,而且翻你的社交平台记录,最早去那家夜店是在三年前。"

古城把一张照片给有里子看。照片上有里子一副天真烂漫的表情,噘着嘴面向镜头。

"期待已久的第一次夜店!太棒了!"表情阴郁但文案喜悦。

"未成年人无法进入夜店,既然说是期待已久的第一次夜店,那么那一年你刚好二十岁,也就是说你现在二十二岁或者二十三岁。阿亘,如今要成为一名医生至少要多大年纪?"

"稍等一下。"原田在手机上输入"成为医生需要多久"。

"要从六年制的医学部毕业并接受国家统一考试,所以最年轻的实习医生也要二十四岁。"

"那护士呢?"

"从五年制的高级护理学校毕业并接受国家考试,最年轻也要二十岁。如果是实习护士可能会更年轻。"

"不管怎么说,和你的年纪相符合的就只有护士了。我不知道柴郡推理到了哪一步,但是如果她愿意,就可以轻易地调查清楚你的背景。"

有里子不知所措地愣在那里。

"现在我知道她是如何弄清我的底细了,但是她为什么要做这么麻烦的事情呢?"

"为了让你害怕,好听她的话把现场的情况拍成视频传到网上。现在的人明明亲自把个人信息上传到社交网络上，但是害怕被自己不认识的人知道底细。比起那个，我更在意的是那个女人像柴郡猫一样消失的理由。"

古城再一次播放了视频，认真观察了当时夜店里的情况，根据有里子的描述，柴郡是从舞台一侧的楼梯下楼的，而有里子是从存衣间一侧的楼梯下楼的，中间差了不到三十秒。看视频可以知道，当时夜店里有五十多名客人，很拥挤，拨开舞台前的人群向出口走去，至少需要一分钟。那也就是说当有里子下到一楼的时候。柴郡应该还在夜店里，但是有里子没有找到柴郡。她所拍摄的视频中也没有柴郡的身影，柴郡这样一个大活人就消失得无影无踪了。

当然不会发生这种事情，肯定是有里子看错了或者看漏了什么地方。

"在 D-MOUSE 中，有许多女子的打扮都和柴郡一样，模仿了电影中的人物。柴郡也是利用了这一点吧。"

原田想起了一个月前，在木慈谷乡土资料馆打听津山案时的事，馆长六车不耐烦地说过"津山案最近拍成了美国电影"，他说的那部美国电影就是《爱丽丝》吧。

原田用手机搜索了"向井鸧雄"，网页上显示的图片一半是罪犯向井本人的照片，还有一半就是短发红围巾、嘴里衔着铁钉的 TOKIO 的形象。TOKIO 的红围巾灵感来自向井的红头巾。这么说来，刚才走在道玄坂的时候就和几个打扮相似的女孩擦肩而过。

"除了柴郡，你还记得当时有什么人打扮成了 TOKIO 吗？"

面对原田的询问，有里子皱了皱眉头开始思考。

"有好几个人呢，先看到了两个女子，一个清醒的女人架着一个喝醉的女人，想要带她离开夜店，还有紧接着赤木倒下的那个戴太阳镜的女人，这几个人和柴郡都是同样的打扮。"

古城考虑了几秒钟后摇了摇头。

"这三个人都不是柴郡。"

"为什么？"

"第一个人，她借喝醉酒的人肩膀靠，我们暂且叫她肩子，这个家伙首先被排除在外，你觉得她没醉是因为你能清楚地看到她的脸来判断吧。"

"是的，"有里子点了点头，"柴郡不是这个人。"

"第二个人，醉成一摊烂泥，我们叫她泥子，我认为她也不是柴郡。你来到 D-MOUSE 之后马上就在楼梯下面看到了烂醉的女人，这家伙有可能是在装睡，而实际上却是清醒的吗？"

"不可能，她流了许多汗，而且皮肤绯红。"

"你看到的这个女子不是泥子？"

"不，就是她，"有里子摇了摇头，"虽然我没看到脸，但是两次遇见的女子身上都有茉莉花香水的味道，我认为是同一个人。"

"那么泥子就真的是烂醉如泥，她也不可能是柴郡，这家伙也是清白的。"

原田不太情愿地点了点头。服装和香水是相同，那么两次见到的应该是同一个人没有错。

"第三个人情况又如何呢？既然她戴着墨镜，我们就叫她黑子吧。"

"她吐了不如叫她吐子。"

"戴墨镜把脸遮起来,吐子有可能是柴郡伪装的。"

"这怎么说好呢?被送往医院的六个人都从呕吐物中检测出了杀虫剂。那不是演技,而是真的中毒倒下的,吐子如果是柴郡,那么柴郡也喝下了毒酒。"

"有可能是通过这种方式来洗清自己的嫌疑。"

"这太荒唐了,那我们来确认一下吧。"

古城点了一阵手机,把手机屏幕递给有里子看。那是一篇题为《涩谷夜店 D-MOUSE 虐杀案 受害人真实姓名和简历》的博客文章,文章中排列着受害人的照片。

"这里面有柴郡吗?"

有里子用左手的食指快速翻页,在疣猪男赤木隆太那一栏时停下了手指,但是很快就滑到了文章最下面,摇了摇头。

"没有。"

"你看,第三个人也是清白的。"

受害人中没有柴郡。

"那柴郡真的是凭空消失了吗?"

"当然她应该先算计好了。"

在接下来的十分钟里,古城问了有里子许多问题,但是并没有获得重要的信息。

"我们还有一天破案的时间,可以慢慢想。"

古城喝光了咖啡,轻轻打了个嗝。原田把电话号码告诉了有里子,请她如果想起什么就联系他们。

"问了这么久,结果还是没能查出柴郡的行踪。"

有里子一边穿上外套一边吐槽。

"别把怨气发在我身上啊,"古城立马回呛道,"你从惶恐不安中解脱出来的唯一办法就是走到街上去找柴郡,要是你找到了她,我们就一起抓住她。"

"什么?这不是你们的工作吗?"

有里子生气地扇动鼻翼,原田也觉得她说得有道理。

"我这么说是为了你好,但没有强迫你的意思。"

古城并没有看向有里子的眼睛,抓起方糖放入嘴里,有里子哼了一声离开了咖啡厅。

"你怎么把她气走了?她可是好不容易才找到的证人。"

"你懂什么?这是激将法。"

古城用餐巾纸擦了擦嘴。

5

一月二十七日早上过去了,中午过去了,直到太阳落山了,古城都没有来事务所。

这次的案件和八重定案可不是一个级别的,要是今天抓不住犯人,那古城就违背了和刑部组组长的约定。被阎王复活的名侦探又被黑社会打死送回地狱,笑话都不敢这么讲。

因为联系不上古城,原田就开始看这两天的报纸,很罕见,竟然没有找到与人鬼相关的案件报道。上面的新闻都是些什么消费者协会领导被骗两亿日元、有人在消防局放火并偷走制服、街头艺人表演吞剑丧命等，都是些愚弄读者的新闻。那天给东京地铁东西线发恐吓邮件的犯人似乎到现在还没有抓到。

晚上九点，古城终于出现在事务所里，就像换了一个人似的，满脸疲惫，头发乱糟糟的，一身酒气，胡子也没刮，下颚和脸颊都肿着。

"你又去神奇之国了吗？"

古城没有回答一头倒在沙发上，痛苦地喝水。原田脑子里闪过了最坏的念头。

"你把从刑部组组长那里得到的三十万日元都花光了吗？"

"没办法，爱丽丝想喝麦卡伦的陈酿。"

原田猜中了。无论再怎么传奇的名侦探，只剩下三个小时不可能抓住犯人。

"古城先生，咱们去给刑部谢罪吧。"

"你给我查查涩谷蜥蜴大楼的夜店有没有重新开业，昨天门口的告示还贴着停业。"

原田在手机上搜索了一下，发现除"D-MOUSE"之外的其他夜店从今天晚上开始都会重新营业。

"那就没关系了。柴郡今天晚上还会回到那栋大楼的，只要在那里抓住她，就万事大吉了。"

古城微微抬起头说完这句话之后，脑袋就埋在抱枕之间，开始打起了呼噜。

晚上十点半，古城和原田再一次来到了涩谷。

街道比白天还要热闹。二人与各种各样的人擦肩而过,有看起来一本正经的上班族、穿校服的高中生、来观光的外国游客、品性恶劣的小混混,还有从事色情行业的男男女女和打扮奇特、仿佛从巴黎时装秀走出来的人。

"之前的几起案子,犯人的作案间隔都有十天左右,但是今天距离上个案子只过去了四天,柴郡真的会来吗?"

"随从就要信主人说的话,我接下来要潜入'MAD HAT',你去'DUCHESS'或者'QUEEN QUEEN'哪个都行,看到奇怪的家伙就联系我。"

古城胡乱下达指令,坐上电梯下了三层楼,从口袋里拿出浦野的驾照,向"MAD HAT"的入口走去。

原田独自向五楼的"DUCHESS"走去,在装修成车库模样的入口处交了钱,给工作人员看了自己的健康保险证,走进了夜店。

打开厚重门板的一瞬间,爆竹般炸裂的声响仿佛让原田短暂失去了意识,声音太大了,甚至都无法判断在放哪首歌。在过道处,块头粗壮的安保人员目光炯炯,他们是刑部组的成员。

原田在观察夜店的卡座区域时,口袋里的手机震动了。他以为是古城打来的电话,但手机显示的是未知号码。

原田跑向楼梯下的昏暗处,掩住耳朵按下了接听键,夜店里的喇叭放出的声音震耳欲聋。

"啊,请问是随从小哥吗?"

夹杂着噪声只能听见微弱的声音,几秒钟过后原田才反应过来这是加上有里子的声音。她似乎也在夜店里。

"有什么事吗？"原田提高音量问道。

"我现在在'DUCHESS'，那女人也在，而且她正在往杯子里放什么东西。"

原田的心怦怦跳动，用力捏紧了手机。

"你是说柴郡？"

"不，是肩子。"

肩子？之前已经得出结论，那个架着醉酒女子离开夜店的女人不是柴郡。

"我也在'DUCHESS'，你现在在哪儿？"

"在卡座区后侧，吧台的角落。"

原田告诉有里子在那里等他就挂断了电话，转身走向过道去喊安保人员。

"我受你们刑部组长委托调查毒杀案，现在这家店里出现了重要人物，请你看住这里，绝对不要让人出去。"

保安神情怪异地盯着原田，和对讲机说了几句话后，对他说了一句"我确认一下"就开始打电话了。

原田也拨通了古城的电话，但是古城没有接。保安只顾打着电话，原田回到了卡座区，他马上就找到了有里子，她一手支在满是空瓶子、酒杯的柜台上，眼珠滴溜溜地盯着卡座区那边，她看见原田时眼前一亮，就像捡了一条命一样。

"你怎么来了？"

"因为你家侦探说我要自己找柴郡。"有里子声音尖锐。

"肩子在哪儿?"

"刚才还在那边……"

有里子指向卡座区前方,那里聚集了十名左右的客人,激光灯无规则地照着客人。

原田要去找肩子,但是突然被有里子拉住手腕。

"怎么了?"

原田回头,吓了一跳。

有里子睁大眼睛,张大嘴巴抓着胸口,眼角渗出泪水,摇着头。从柜台上掉下一只空杯子。

"你不会喝了吧?"

肚子一哆嗦,喉咙一紧,原田感觉脸上是一阵温暖,完全看不清四周。他用袖子擦了擦脸,清除进入口鼻的呕吐物。当他睁开眼睛的时候发现夜店里的客人都茫然地看着他们,有几个人想要从通道离开,但是被强壮的保安伸手拦住。有里子趴在原田的脚边,肩膀和脖子抽动着。

必须赶快叫救护车,给有里子喝下解毒剂。原田从口袋里拿出手机的时候,突然听到背后再次传来尖叫声。在夜店卡座区出口处聚集的一群人四散逃开。人群中央一名陌生男子呕吐倒下,一名想要向舞台逃跑的女子跌倒,之后十来个人开始相继跌倒。这和之前在社交网站上看到的视频情况相似。

就在这时,古城钻过保安的腋下飞奔进来。

"啊,阿亘,倒霉被毒了?报警了吗?"

古城拍了拍原田的肩膀,像看戏似的俯视着有里子,原田摇了摇头。古城用手机报了警。

"夜总会有人中毒倒下了,这里是涩谷区圆山町二丁目的涩谷蜥蜴大楼。马上派人来吧,拜托了!"

古城挂断了电话,表情像是解决了一件事情一样,转动自己的肩膀。

"古……古城先生,有里子小姐她……"

"所以才报的警啊,反正不是致死量,死不了。"

有里子的手脚像蚯蚓一样扭动。

"必须赶快抓住柴郡。"

"冷静,我已经布下局了,等着就好。"

古城看着被控制在夜店里的客人这样说道,因为没有工作人员看管,他顺手就从柜台深处拿出一瓶香槟,和壮汉保安打了声招呼,保安就侧身让他过去了。保安应该是接到了刑部的命令让他听从古城指挥吧,原田也战战兢兢地跟在后面,夜店卡座区里传来的疑惑之声更大了。

古城站在电梯前,抬头看楼层指示电梯在一楼。

"救护车来还需要一段时间,我就告诉你柴郡二十三日那天是怎么从 D-MOUSE 脱身的吧。"

古城直接拿起瓶子喝起了香槟。

"先从结论说起,肩子和泥子,这两个人就是柴郡的真身。"

"柴郡是两个人吗?"

"不,柴郡移魂换体了,二十三日晚上,柴郡事先找到了和自己打扮一样的人,将她灌醉,把她放倒在吧台角落里,有里子看到的就是那个人。

"深夜一点多,柴郡把有里子带到贵宾包间,强迫她拍视频,从舞台一侧的楼梯下到一楼后,接近昏睡过去的女子,假装照顾她并趁机咬了她的手指,就转移到那个人身上了。

"睡了几个小时后那名女子的醉意已经消去大半,依附到新躯体的柴郡捂住前一个宿主的口鼻让她窒息而死,之后搭起尸体的肩膀,装作送走喝多的女人离开了夜店。即使被有里子看到了也不用担心,因为她换了张脸,这就是柴郡凭空消失的把戏。"

古城一脸得意地说道,把香槟灌进喉咙里。屋外可以听见救护车的警笛声。

原田很佩服古城,但是觉得自己上当了。

"那柴郡为什么要做这么麻烦的事,明明直接从存衣处一侧的楼梯迅速逃跑就好了。"

"直接从案发现场逃跑会让有里子知道,如果有里子还认为自己就在附近,就会因为恐惧乖乖为她拍摄视频了。所以她才耍了这个小把戏。"

古城突然看向电梯的楼层指示灯,显示电梯正从一楼升到二楼,应该是救护人员到了吧,古城连忙拧上了酒瓶盖子。

电梯径直向五楼驶来,叮的一声响后,门开了,走出来一名戴头盔穿制服的男子,背着红色帆布包,腋下夹着担架,客人们长舒了一口气。

"我是急救队员,有人不舒服或者身体受伤吗?"

男子大声喊道,这已经是第四次发生类似案件了,他似乎已经知道发生了什么。这时发生了难以置信的事情，保安绕到急救队员身后，反剪起他的双手。

"你干什么！快住手！"急救队员高声喊道。

古城右手拿着酒瓶对准男子的正脸说："被抓住了吧，傻瓜。"他像是挥动球拍一样用酒瓶猛击急救队员的后脑勺，接着就是碎裂的声音。夜店卡座区又传来一阵尖叫。

"真遗憾你被抓住了，你以前只是运气好罢了。"

急救队员抬起头，凸起的眼珠歪斜下垂。古城多次击打急救队员，急救队员口齿不清地说了什么，手脚开始抽搐起来。

"对你们组长说，这家伙就是连环投毒案的凶手。"

古城用急救队员的制服擦了擦自己的双手，保安松开手，急救队员一头跌落到地上。

"我知道了，但是不是做得太过了？"

保安环视夜店卡座区后这样说道，有三十名左右的客人正看着这边，其中还有人拿着手机录像。

"不能说是发生了事故吗？"古城用脚尖踢了踢尸体。

"有这么多目击者在场恐怕不行。"

那是当然了。

"那没办法了，"古城搔了搔脸看着原田，说道，"黑道摆不平，就找警察，阿亘，给国中笃志打电话。"

6

一月二十九日，距离夜店骚动已经过去两天了。原田来到事务所,看到古城面色发青地躺在沙发上。

"之前令我着迷的真的是神奇之国吗?"古城弱弱地问道。

原田一问,才知道原来是昨天晚上,古城带着刑部的大笔酬金去神奇之国终于说服了爱丽丝,二人去了酒店,好事将成,但是一关灯,古城发现原来爱丽丝是男人。

"这世道在不经意间变了啊。"

古城从沙发上滚下来,伸展手脚摆成一个"大"字,眼睛看着天花板。他一直把女装酒吧当成女子酒吧了。

"那你和爱丽丝发生关系了吗?"

"怎么会?!发现她是男的我立马离开,可爱丽丝却哭了出来,说什么'所以我才不愿意和你来酒店'。"

说这话时,古城也快哭了。

"古城先生,看来你对这个时代的了解甚少啊。"

原田说了句风凉话,古城一赌气翻了个身。

那天下午,二人被刑部组长叫去了新宿区百人町的刑部组事务所。

"我到底为了什么才费事破这起案子的啊?"

古城步伐沉重,一张嘴就是抱怨和叹息。

"这回算是个教训,以后别花重金去风月场所了。"

"你闭嘴,你怎么会懂我在地狱每天面对鬼怪低三下四的痛苦。"

原田像是在逗小孩子一样。

在刑部事务所的斜对面有一家便利店,那里有一个大屁股大叔拿着相机对着事务所门口拍。他应该是黑道杂志的记者,可能是想抓拍头条新闻。

有人怕黑社会,也有人乐于买黑道杂志,每个人的爱好都不同。

按响事务所的门铃,那个鸭蛋脸的二当家立刻就开了门,带二人前往会客室。刑部组长和他的拉布拉多并排坐在沙发上,古城漫不经心地打了招呼,坐在了刑部的对面。

"我要先向你们道谢,多亏你们案子才水落石出。"刑部低下头表示感谢,二当家也随之低头。

最后报纸等媒体上报道那晚骚动的情况是这样的:

> 二十七日晚上,一名穿着急救队员制服的不明男子出现在"DUCHESS"。男子背着可疑的背包,被工作人员喝止,但是男子开始行凶,在场的另一名工作人员打了男子的脸部使其失去意识。当男子被送到医院时,已经由于心力衰竭而死亡。
>
> 涩谷蜥蜴大楼的夜店发生连环投毒案,但是那天之后就再也没有发生新的投毒案。而且在案发后的现场取证过程中,大楼后面的小仓库里发现了被勒死的年轻女性,尸体与该案的关系尚不明确。

报道的全部内容就是这些。警察厅的前任长官介入,古城当天杀死人鬼的事自然就被压了下去。

报纸也只把这件事情刊登在了社会版面上,电视节目也没有报道这件事情。那晚之后,社交网站上出现了许多相关视频,但是因为当时室内比较黑，通过视频并不能确认古城是下死手击打男子的。

"有些遗憾没能够亲自看到罪犯，但那也没关系。又是给夜店里的客人下毒，又是装作急救队员，罪犯到底是什么目的？"

"这种事情知道了也无益。"

"那就把支付给你的报酬还给我。"

"这就有点……"

刑部组长的一句话让古城脸色大变，因为涉及钱。

"好吧，那我就按照顺序来说明。但我想先问你一件事，如果我说我曾经死过一次，你相信吗？"

听到这句话，刑部果然皱起了眉头。

"你在说什么？"

"不好意思，你只能相信我说的话，实际上我并不是古城伦道的孙子。"

古城把因为召傩，七个罪犯复活的事，阎王为了抓住他们让自己复活的事情说了一遍。

"莫非这次的投毒案也是人鬼所为？"

刑部又震惊又怀疑。

"我从接到你的委托开始就认为是这样的，因为在复活的人鬼中有生前犯过相似案子的罪犯。"

古城抓重点介绍了一九八五年的农药可乐案。

"原来是这样，犯罪手法确实相似。"

"虽然是这样，我也不能够确定，因为也有可能是碰巧发生的相似案件。但是听了目睹犯罪现场的女证人的话后，我开始确信就是这样，因为如果犯人不是人鬼，就无法从犯罪现场逃跑。"

古城讲述了加上有里子的证言以及人鬼逃脱夜店的把戏。到这为止的推理原田都曾听过。

"但这时我发现了一个奇怪的事情，农药可乐案的罪犯形象与柴郡并不相符。农药可能成为一宗悬案，并不是因为犯罪手法多么巧妙，而是因为罪犯是个普通人，知道自己的斤两。他不会向周围人吹嘘自己犯下的罪行，也不会花式作案。所以警方的调查才会陷入僵局。但柴郡又是怎样的呢？猜中了有里子的底细，还要把戏让自己消失得无影无踪，以为自己是天才，所以我不认为柴郡是农药可乐案的罪犯。"

刑部把自己的手指埋在拉布拉多的毛里，声音僵硬地说道："你想说的事情我都清楚了，但这都是你的推测吧。"

"确实是这样，但是当我看到有里子针织衫上的香槟污渍后，我认定自己的推测是正确的。"

这是什么意思？刑部和二当家的脸上同时表现出惊讶的神色。

"读了农药可乐案的资料后，我马上就知道一件事情。第一起案发时，在受害人看到可乐的四个小时前，有一个穿着夹克的嫌疑人被人目击。目击者是骑着自行车路过的小学生，他刚好看到可疑人员伸手把可乐放到自动贩卖机上。因为那个人的手臂挡住了脸，所以小学生没能看见嫌疑人的脸。

"从小学生的视角来看，自动贩卖机在道路的左侧，嫌疑人的脸被手臂挡住，就是说他用左手把瓶子放到了自动贩卖机上，所以嫌疑人是左撇子的可能性比较高。"

古城得意地张开、握紧自己的左手。

"嫌疑人注意到从左侧过来的小学生，就马上用手臂挡住脸而已，难道不是这样的吗？"

"不对，如果他只是在买可乐的时候被看到，那什么问题也没有。如果注意到孩子的目光，就可以等孩子过去之后再把瓶子放到自动贩卖机上。"

"啊，是这样。"

"虽说如此，但人不是机器，平时惯用右手的人，也不是不可能一时心血来潮就改用左手。

"我又接着读了一些资料，发现在第四起案件中，嫌疑人与第一次被目击时一样，穿着灰色的夹克，就知道这不是模仿犯罪，而是真正的罪犯。在第四起案件中，可乐瓶的外侧粘有猫毛，因为受害人平时没有接触猫的习惯，所以猫毛可能是通过嫌疑人的手粘到瓶子上的。

"但是案发当天下着大雨，根据证言，如果可乐瓶被放在自动贩卖机两个小时，那么猫毛应该被雨水冲刷掉，也就是说，这起案件中不是罪犯把瓶子放到自动贩卖机上的。"

原田歪头表示不解，刚才古城说的这些与报告书上的记录并不相同。

"把可乐瓶放到自动贩卖机上的犯罪手法应该是一系列案件中的共同点。"

"我懂了，就是说罪犯并没有把可乐瓶放在自动贩卖机的上面，而是放在了其他地方，可能是取货口处。但是在受害人来到自动贩卖机之前。瓶子被某人挪到了自动贩卖机的上面。这应该是与罪犯无关的第三者的所作所为。那个人来到自动贩卖机买可乐，看到可疑瓶子就把它放到了自动贩卖机上面吧。"

"那为什么只有那次瓶子没有被放到自动贩卖机的上面呢？"

"这个问题问得好，警方的调查陷入僵局的一个原因就是他们不清楚在这一系列案件中哪些是同一人所为，而哪些案子又是模仿犯罪。只要重复同一手法就可以混淆自己和模仿犯罪者。但是没有这样的好事，罪犯应该也不想改变犯罪手法。只要读了报告书就能找到答案，第四起案件中的自动贩卖机主人同时是一家电器店的老板，他在自动贩卖机的右上角设置了监视器。罪犯在向瓶子下毒后发现了监视器，大概身高一米五，把瓶子放到自动贩卖机上需要踮一下脚，这就很可能被监视器拍到脸，所以不得不把下了毒的瓶子放在取货口处。"

"稍等一下。"

从表情来看，刑部并不能接受古城的说法，他站起身来，把墙上的钥匙盒看作自动贩卖机，举起右手把塑料瓶向天花板方向放去。

"如果他不想改变犯罪手法，那这么做就可以在挡住脸的同时把瓶子放上去了吧。"

"确实如你所说，"古城打了个响指，"监视器设置在自动贩卖机的右上方，所以能够拍到正侧面的脸。如果用右手放瓶子，那么自然而然就可以用手臂挡住监视器的拍摄角度,但是罪犯没有这么做,为什么呢?罪犯的惯用手不是右手,他没有自信在踮脚的同时把瓶子放到头上的高度。

"当然他这么做有可能成功,但是万一失败的话就会被监视器拍到脸,没有必要冒险,罪犯就是这样想的。"

"啊,原来如此。"

看刑部的表情,像是着了魔一样,他把塑料瓶子换作左手来拿。

"话说回来,二十三日晚上,贵宾包间里的有里子还在犹豫说什么秘密的时候,与伸手去拿花生的柴郡撞到了手,手里的香槟洒了出来。有里子用左手的食指来滑动手机屏幕,所以她是左撇子。与有里子并排相坐撞到手腕,也就是说,柴郡的惯用手是右手,但是农药可乐案的罪犯是左撇子,所以柴郡不是农药可乐案的罪犯。"

记忆、性格、癖好和习惯等受脑子控制,即使变成了人鬼也不会改变,惯用手也是如此吧。浦野是左撇子,但是同一副躯体的古城的惯用手就变成了右手。浦野用左手拿钢笔刺向锡村蓝志,但是古城用右手向八重定泼玄米茶、用右手拿酒瓶击打装作急救队员的人鬼。

原田理解了古城的推理,但是这样一来,柴郡和农药可乐案就没有关系了。那为什么柴郡会犯下投毒案呢?

"这就令人百思不得其解了。柴郡无疑是人鬼,但不是农药可乐案的罪犯。那么柴郡是谁呢?"

刑部似乎也在思考同样的问题，古城煞有介事地清了清嗓子说道："召傩复活的七个罪犯中还有一个人犯下了投毒杀人案，那就是青银堂案的罪犯。"

青银堂案。原田记得这是一起由人鬼犯下的案子，但是他还没有读国中笃志发来的相关资料。

"是一名男子闯入珠宝店，让营业员喝下毒药后抢走珠宝的案件吧？虽然是一起投毒杀人案，但是和这一次的案件手法并不相同。"

刑部不愧是黑社会头目，见多识广。

"并非如此。"

古城压低了声音，开始讲述青银堂案。该案发生在一九四八年，是古城死后的第十二年、日本战败后的第三年。那一年的一月二十七日下午六点多，位于东京都丰岛区的珠宝店青银堂来了一名戴着东京都政府袖章的中年男子。他拿出名片自称是厚生劳动省的技术官员，他告知店员附近发生了群体性痢疾感染，有一名感染者曾经来过店里，要求全体店员喝下预防药。

有店员察觉到了异样，但附近的确出现了痢疾患者，也就同意喝下预防药。全体店员以及勤杂工家属共计十六人按照男子的指示把预防药放在茶水里分两次喝下。根据生还者描述，喝完之后，他们感觉像喝了威士忌一样胃很灼热。几分钟后，店员相继开始倒下。据调查，他们喝下的是氰化物，具体成分不明。

男子在抢到现金和珠宝后逃走，有十二个人中毒身亡。七个月后，男子被捕，他实际上是一名画家。男子遭遇到了近似拷问的调查，就暂时承认了罪行，但是在公审中，又主张无罪，一九五五年被判为死刑，他在一九八七年因肺炎去世之前都不断地提请上诉，如今真相还是不得而知。

"警方初期调查缓慢，还错抓了完全不相干的人，仅仅是因为真正的罪犯运气好，但他误以为自己是天才，这家伙和柴郡的人物特征一致。"

"但我认为青银堂案与这次的投毒案犯罪手法并不相同。"

"不，其实是一样的。通过对死亡的恐惧让对方内心动摇，把毒药说成解药让受害人喝下，柴郡的犯罪计划就是如此。

"青银堂案是在日本战败之后的混乱期才能够实行的犯罪。被害人之所以能够按照罪犯所说喝下毒药，是因为惧怕痢疾的群体性感染。但是柴郡复活后，世界完全变了样，痢疾传染病骤减，现在用同样的犯罪手法骗不了任何人。人鬼改变犯罪手法，快乐就会减少。

"于是柴郡就开始思考，决定不改变犯罪手法，而是改变世界。人们对痢疾的恐慌消失了，那么只要制造出新的恐慌就好了，所以柴郡决定在夜店连环投毒。"

原田突然想起了从有里子那里听到的疣猪男的事情。疣猪男赤木隆太被怀疑得了痢疾住院治疗，检查的结果是阴性。他还称这是医疗过失，让有里子很是头痛。赤木的行为虽然令人不耻，但他觉得自己不会得痢疾这种心情是可以理解的。

"在夜店玩就有可能被下毒，柴郡想要制造出的恐慌就是这个。但是恐慌并没有如自己想象般传播开来，即使连环投毒，年轻人还是一副事不关己的样子沉迷游乐。所以柴郡把目光放到了视频上。演员松永佑被阉割杀死的现场视频被扩散到网络上，引起热议。年轻人想把这种冲击性视频分享给朋友，柴郡正是利用了这一点。"

原田想起了案发后的第二天，涩谷蜥蜴大楼周边聚集的年轻人。他们看过有里子的视频后，不仅亲自来到案发现场周围看热闹，还有人想要自己拍摄视频来获得点击量。

"柴郡威胁有里子把受害者被毒倒的样子拍摄成视频上传到网上，这很有效果。视频被传开，投毒案受到了年轻人的关注。自己也有可能被下毒的不安在年轻人之间蔓延开来。"

"由此他做好了犯罪前的准备吧。"

刑部和拉布拉多坐在一起，向前挪了挪身子。

"柴郡应该在年轻人感到恐慌的时候开始作案，于是我们就决定在夜店恢复营业的二十七日晚上潜入涩谷蜥蜴大楼。

"和我想的一样，柴郡当天的作案计划如下。首先将杀虫剂混入柜台上和沙发桌子上的饮料中。在引发恐慌前，离开夜店下到一楼，到大楼后面的小仓库内换上急救队员的制服。

"在那儿等听到急救车的警笛声后就从小仓库里走出来，坐电梯上来。因为涩谷站附近的十字路口很多，行人的数量也很多，即使听到警笛声，救护车还需要一段时间才能到达。在这一段时间内，回到"DUCHESS"，装成急救队员对在场的人说'你们喝下杀虫剂的可能性很高，请马上喝下解毒剂'。"

原田不自觉地"啊"了一声,他想起了两天前读报纸时看到的一篇报道。

"前几天,消防局着火,制服被偷走了。"

"这肯定是柴郡所为。装成是急救队员获得夜店中客人的信任,然后让店里的人喝下致死毒药,杀光他们。"

想一想当时的情景就不寒而栗,如果古城没有赶到,那么"DUCHESS"真的就会成为人间地狱。

"但是这个计划中有一个问题,扮成急救队员出现的人如果之前出现在夜店里,即使换了身衣服还是有可能会被认出来。所以柴郡在这里耍了个花招,这你们应该知道了吧。"

古城看了看刑部,刑部的脸上露出微笑。

"就是把自己的魂魄转移到事先准备好的另一个宿主身上吧。"

"正是如此,柴郡在大楼后面的小仓库里从女子宿主换到了男子宿主。在案发当晚提前准备,把一名醉酒的男人带到了小仓库里,给他穿上了急救队员的制服,把他的手脚绑起,关在那里。案发当天,柴郡向饮品下完毒之后来到一楼,再转移到这名男子的身体里。"

"原来是这样,那我懂了。"

刑部靠在沙发上,搓起双手。

"但是你当场就把罪犯打死,有点做过头了吧?如果那个人是真正的急救队员,那可是无法挽回的错误。"刑部的话并不像是一个黑社会说的。

"所以我在报警的时候只对接线员说涩谷蜥蜴大楼的夜总会有

人被下毒。这栋楼有四家夜总会,二十七日那天有三家营业。急救队员并不知道应该去哪家,但是电梯直接从一楼就上到了五楼的"DUCHESS",也就是说那个家伙并不是急救队员,所以我才动了手。"

"原来如此,不愧是古城伦道,办事周全。"

刑部像是能够看见一样,用手抓住古城的手腕,低头表示敬佩。

"真心感谢你,你拯救了许多人的生命,只给你一百万太少了,今后你有什么困难,随时来找我。"

古城脸色疲乏,叹了口气,靠在沙发上敲了敲肩膀。

"实际上我确实有些困扰,自己迷上的女人竟然是男的。你能让我的心得到宽慰吗?"

"那是当然。"

刑部站起身来打开钥匙盒,取出一把钥匙打开保险库,从里面拿出了黑色的腰包。

"我有个好东西,每次有争斗的时候,我就会让我们组的年轻伙计带上这个东西,给你来些怎么样?"

刑部打开了腰包,里面注射器的针头闪闪发光。

7

从刑部组事务所的楼梯下来,发现大屁股大叔已经不见了,寒风刺骨,原田裹紧了大衣的衣襟。

"等一下。"

古城在枯叶飞舞的大街上快速前进，并不是他看不见这充满诗情画意的都市风光，而是有他伤心的理由，他裤子后面的口袋里鼓鼓囊囊，装着能让他打起精神的药物。

"你打算回去注射了它再去神奇之国吗？"

"蠢货，我怎么还会去？"古城头也不回地说道。

"古城先生，我有件事想问你。"

"你真烦啊。"

"柴郡想做的事和你做的事一样吧。"

"多嘴！"古城的话语里满是怒气。

"我想让爱丽丝幸福才去神奇之国的，别把我和那个为了杀人才去夜店的家伙相提并论。"

"不不不，我说的不是这个，我想说的是上周去见国中功也时的事。"

古城停下脚步，看着原田，眼神像是遇见麻烦事一样。

"听到你刚才的推理我想起来了，离开养老院，从饭田桥回中野的时候，东西线因为收到恐吓邮件停运，就在向中央线月台走的时候，我接到了刑部组长的电话，结果我们是坐出租车走的，我挂断电话的时候，你说过这样一句话：'咱们事务所也收到恐吓邮件了？'"

"那又怎么了？"

"我之后在报纸上读到了，当时，东京地铁确实收到了恐吓邮件，但是站内广播只通知了受到恐吓要暂时停运，广播之前我还在打电话，你要是当时开玩笑说地铁收到了恐吓电话我还理解，但为什么没说是恐吓电话或者恐吓信或者恐吓消息，偏偏说了恐吓邮件呢？难道你知道隐情？"

第一次遇到浦野的时候，浦野戳穿巡警谎言正是用的相同办法。人在想要隐瞒什么的时候就会不小心说漏嘴。

"碰巧说中了呗。"

古城的表情看不出他是焦急还是认栽了，只是无精打采。

"古城先生，你从等待国中笃志到进入'坎贝尔饭田桥'国中功也的房间为止，一直都在摆弄手机对吧？是不是就在查询东京地铁的联系方式，用一次性邮箱给东西线发恐吓邮件？"

"你问这么多干什么？"

"那天你喝多了，钱包里的大票都被偷走了，只剩下一百八十日元，坐东西线到中野站要花二百日元，中央线要花二百二十日元，想回事务所钱根本不够。但如果东西线停运的话情况就不同了，最便宜可以买一百四十日元的换乘车票，可以坐中央线去中野。"

严格意义上来说，换乘车票只能在乘车区间内使用，如果被车站工作人员抓住了就麻烦了。

古城喝多被偷那天，遇上了总武线车辆故障，就是那时候他知道了换乘车票的事情吧。

古城背过脸去，长长地叹了一口气。

"你当了我的随从，脑子也开始好使了。"

柴郡和古城做的事情十分相像，二人都是为了成功犯罪而犯下了另一宗罪。仅仅为了二十日元就威胁铁路公司，原田觉得古城的性质更为恶劣。

"你到底发送了什么样的邮件呢？"原田面对古城的后背问道。

"就是农药可乐案。"

"什么？"

"就是在邮件中写了：'我放了一杯掺有农药的可乐，你们小心点。'"

原田呆住了，无言以对。

"你这牛吹得可真大。"

"吹牛？什么意思？"古城摇头晃脑。

原田突然想到了最坏的可能性。

在"坎贝尔饭田桥"的停车场等国中笃志的时候，古城无所事事地看着家居城的园艺柜台，那个时候古城如果偷偷地拿出一瓶农药的话……

再或者是那之后，成功取得国中父子的帮助后前往东西线饭田桥站的月台，他伸手去翻垃圾箱捡塑料瓶，那个时候古城如果找到了喝了一半的可乐的话……

"古城先生，你不会真的放了一瓶农药可乐吧，要是有人喝了怎么办？"

"所以我在邮件里告诉他们了啊。"

原田张大了嘴却无言以对。

"你别瞎想啊。"

古城突然声音变得僵硬，好像能够读懂原田的心思一样。

"我胁迫铁路公司不是为了钱。你不是说只要不去神奇之国就给我预支花销吗？你这是在说傻话，我当时真的被爱丽丝迷住了，不可能遵守这样的约定，所以想给你看看我的决心。"

古城眯起了眼睛，盯着风中飞舞的落叶说道："今天晚上我还是去一趟神奇之国吧。"

津山案

《向井鸨雄　第三封遗书》

　　我在死前留下这样一封遗书，我决意赴死。该杀的人没杀掉，却杀了不该杀的人。我对不起自己的祖母，她从我两岁起就养育我长大。我知道自己不该杀她，但是想到只留她一个人在这世上很可怜，就想让她轻松些，但是我下手太狠。我也对不起姐姐，十分抱歉，请你们原谅我。

　　事情不如意，今天做出这样的抉择，是因为我以前的情人屯仓有子回到了木慈谷。但是我放跑了有子，还让直芳活了下来，真是不应该！他们毫不掩饰地讨厌肺病患者，这种人应该从这个世界上抹去。天要亮了，我该上路了。

　　　　　　　　（选自司法省刑事局　津山案报告书）

1

"大人物登场了。"

二〇一六年二月六日上午十一点。

　　原田来到事务所的时候，古城正盘腿坐在沙发上全神贯注地看电视。桌子上放着的一本书，书表面的塑封皮还没有拆。

　　电视上的男播音员一脸愁容地读着新闻稿，新闻背景是山中的树林，警察们慌张地来来回回。

"这里是案发现场兵库县加东市的汽车露营地。今天深夜两点左右，一名男子持武士刀和猎枪闯进帐篷，袭击这里的露营游客。警方表示，截至今天上午九点，已经确认二十二人遇难身亡。"

原田在家里也看到了同样的新闻，听到武士刀和猎枪，他想到的案件只有一个。

"这是津山案罪犯所为吧。"

古城的眼睛没有离开电视这么说道。

七十八年前，该男子挨家挨户袭击木慈谷居民，一夜之间杀害了三十个人，如果没有他，美代子也不会远离自己的故乡，锡村蓝志也不会着手召傩仪式吧。

"你去向国中笃志询问调查状况，我请求刑部的支援，这次的抓捕行动会是大动作。"

古城伸手去拿桌子上的电话。

"呃，关于刑部组长……"

"又怎么了？"

古城漫不经心地看过来，睁大了眼睛。

"你的脸咋了，在脸上点火模仿蜡烛？"

当然不是这样。

原田脸上青一块紫一块，眼皮和嘴唇都肿了一圈。

前一天晚上，也就是二月五日的晚上，原田在猪百戒吃盐味拉面的时候，两个男人叮叮当当走进店里，一个人留着黑人烫，还有一个人梳着三七分,他们一身黑色西服像是刚从葬礼上回来,原田没太在意接着吃面。

"给我滚出来。"

黑人烫低声说道,攥起粗壮的手指,好像是找原田有事。原田仔细一看,想起他见过这两个人,他们是黑社会组织松脂组的成员。

原田还想把拉面的汤喝完,但是被他们一左一右架了起来,拖到了店外,店长装作没看见,原田有一种不祥的预感。二人拖着原田走了二十多米,把他带到了一辆停在路旁的黑色丰田世纪边上。

磨砂车窗摇了下来,车里坐着的是松脂念雀,他是日本最凶的黑社会组织松功会的直参,也是美代子的父亲。

"啊,您好!"原田自觉地低头问好,"您来东京旅游吗?"

松脂给两个喽啰使了眼色,原田就被三七分反剪双手,黑人烫一拳就打中了原田的肚子,但是原田没感觉疼,黑人烫瞬间露出诧异的表情立刻扯开了原田的衣领,纽扣掉下,露出了黑色的防刃背心。

"哦,你还有心理准备被人捅呢?"

松脂语气生硬地说道。他错了,原田怎么会有这种心理准备。

"这是我师傅的遗物,我把它当作护身物,或者说是用来辟邪的。"

"谁让你多嘴了!"

黑人烫一拳打到了原田的鼻子上。

"你小子和荆木会那帮人关系不错啊。"

松脂从怀里掏出照片,上面是古城和原田走进刑部事务所时的背影。原田想起了在侦办"DUTCHESS"的投毒案被叫到刑部事务所时,斜对面便利店门口大屁股大叔对着他们拍照的事了,原来那个大叔是线人。

"欺骗美代子,潜入我们组织,你好大胆子啊!"

"不是的,对不起。"

黑人烫又一拳打中了同样的地方。

"你小子看不起我吗?"

松脂从座位上起身,揪住原田的刘海,两眼杀气腾腾,这下糟了,在这儿被杀可上不了天堂,必须想办法解开误会。

"实际背后有隐情,我不是间谍,那只是巧合。"

松脂掐着原田的脖子抬起了他的头,狠狠地对着他的脸颊打了一拳,果然是黑社会头目,下手真重。原田向后撤身,但是立刻就被两个黑社会抱起。每次他想站起身来时就会被松脂揍,重复几次后,脸被揍得像黏土一样柔软,倒流的鼻血呛到喉咙里,难以呼吸。

原田眼冒金星,就在他快要失去意识的时候,松脂终于不再打他,原田倒在地上,一边咳一边吐血。

"你这个刑部的狗腿子,我知道你的如意算盘,你打算谎称是我们先开枪的,把全部责任都推给我们,卑鄙的虫子,长长脑子吧!"

原田不知道他在说什么,似乎是松脂组与刑部组之间起了纠纷。

"去给我告诉刑部,要想击垮松脂组,我会毫不犹豫杀掉他的。"

"不杀我吗?"

原田高兴自己保住了性命,但说了多余的话。如果松脂说:"那我就杀了你!"就不好办了。

松脂脸色仍然铁青,他抓住原田的下颚,声音恐怖:"你是美代子喜欢的男人,这次放你一马,给我离美代子远点,没有下一次了。"

"如果刑部要摧毁松脂组,那么我一定会杀掉刑部。"

三十多名成员聚集在新宿区百人町的刑部组事务所,他们全都神情严肃。坐在沙发上的只有刑部九条和两个鸭蛋脸的人,其他人整齐地站在房间两侧。

二月七日下午一点,为了与刑部面谈,古城与原田来到了事务所。

"松脂组长和我这么说的。"

原田补上了最重要的一句,鸭蛋脸的眉毛和鼻子上的肌肉都开始抽动,好像马上就要冲过来打他。刑部轻轻地抚摸膝上的拉布拉多。

"我很遗憾亘先生隐瞒了自己与松脂组的联系,但是你帮助我解决了发生在'DUCHESS'的案子,我就不追究了。但是今后我无法再帮助你们二位了。"刑部毫不犹豫地说道。

"这也太无情了吧！就为这点事儿，断了八十年的缘分，死了之后会被你的爷爷砍掉手指的。"

古城放开他的破锣嗓子，做出一副用手切小指的动作，真不知道谁才是黑社会。

"这和亘先生的事情没有关系，就像你们看到的，刑部组全体都严阵以待准备战斗，现在也没有多余人手可以帮你们了。"

"二流黑道才只知道大打出手，聪明的黑道会不战而屈人之兵，你也知道这一点吧。"

古城纠缠不休，原田都看出了劣势。

"我们的兄弟被枪弹击中了，绝不能忍气吞声。只要松脂组不道歉，那我们就必须复仇，这就是黑社会！"

刑部的语气平稳，但是不容反驳。

昨天晚上原田回公寓的时候上网查了一下，马上就知道了两个黑社会组织起纠纷的原因。

二月三日晚，位于名古屋市中区锦的高级夜总会"志凉"发生了枪击事件。开枪的是松脂组的年轻成员，被击中的是刑部组的干部，子弹从刑部组干部的胃穿过，干部喝下的红酒都喷了出来，所幸子弹没有击中心脏，但伤到了脊柱，很有可能留下后遗症。

那一天，为了参加二月六日的亲睦团体组长的葬礼，包括松脂念雀在内的松脂组二十人提前来到名古屋。开枪的组员是其中的一员，他从傍晚开始在常去的"志凉"独自喝了三个多小时的酒，晚上九点左右，他注意到刑部组的干部也来了，就口齿不清地找碴，喊道："我要为老夫人报仇！"就开了枪。男子被店里的工作人员控制，后来被赶到的警察逮捕。这些是刑部组的说辞。

如果仅仅听这些片面之词，好像过错全都在松脂组。但事实并没有这么简单，开枪的也不只是松脂组的成员。有客人目击其实当时在对射。夜总会里也发现了多处弹痕。问题就在于是谁先开的枪。双方都声称是对方先开的枪。"志凉"站在刑部组一方，他的老板属于志岐岛商会，该商会又是荆木会的二级组织。不能否定志凉有包庇兄弟组织的嫌疑。松脂组则主张这是刑部组为了打击松脂组而故意给自己的组员设下的圈套。

枪击事件已经过去了四天，双方的上级组织荆木会和松功会的干部聚在一起谈判，但是谈判成功的希望很小，如果双方谈崩，那么一场复仇大战在所难免。

"组长先生，求您帮帮我吧，我也是命悬一线，黑道火拼是为了保面子，抓人鬼是为了保护这个国家的安全，您好好想想哪个重要。"

古城想要抓住刑部的肩膀，但是被鸭蛋脸挡住了。刑部默不作声，摸着拉布拉多的肚子，仿佛在古城孩子般的要求前败下阵来，他垂下肩膀，站起来打开钥匙盒，取出钥匙打开了桌子上的抽屉。

"你知道如果我的弟兄现在向西进发去冈山，会发生什么事吧？我也想避免无意义的流血牺牲。"

他的右手从抽屉里拿出一把手枪，看到枪，原田不由得心跳加速。

刑部把手枪和弹夹放在桌子上,拍了拍古城和原田的肩膀。

"算是我给你们的饯别礼物,我再也不能为你们做什么了。你们自己努力抓人鬼吧!"

2

下午六点多回到事务所时,原田发现国中笃志已经发来了一封附有调查情况的邮件。

汽车露营地命案的死者增加了两个人,现在一共是二十四个人,罪犯还在逃亡中。但是在二月六日上午十点左右,有人目击罪犯从姬路站坐上了开往新见方向的姬新线列车,男子穿着立领学生服,没有背包。兵库县警局和冈山县警局发布了紧急追捕令,姬新线全线停车,部署警力排查,但还是没有发现罪犯。

"给我看姬新线的路线图。"

原田按古城所说的,用手机检索路线图,看着手机显示出来的画面,原田不经意间就叫出声来,从姬路到新见要经过津山。

向井此行的目的地一定是他的故乡——津山市的木慈谷地区。时隔七十八年,他要回到自己曾杀了三十个人然后自我了断的因缘之地。

"那正好,我也刚好有事要去木慈谷。"

古城给国中笃志打电话,说他第二天要去津山,并告诉他要重点加强木慈谷地区的警戒。

原田订了新干线的车票,稍微犹豫了一下,但还是给美代子发了信息说自己明天要去冈山县。

二月八日上午十点多，原田和古城从东京站上车，坐上了开往广岛的希望号。东京的上空是晴空万里，但是天气预报显示濑户内海一带被低气压覆盖，上午会有强降雨。

原田在座位上看手机，发现发给美代子的消息还是未读状态。平时美代子只要三十秒就会回复，应该是她父亲要她分手吧。

"你的脸色像落魄武士，和相好的闹别扭了？"

古城并没有对新干线的速度感到惊讶，他一边翻动体育报纸一边开玩笑。

"怎么会。"

"哎哟，说曹操曹操到，今天晚上六点到七点，BS电视台就会播放电视剧版的《八墓村》。咱们赶紧解决了向井再一起看那部片子吧。"

古城用手指敲了敲电视剧一栏。《八墓村》是一九四九年至一九五〇年间刊登在《新青年》杂志上的小说，横沟正史的代表作之一。刚认识美代子那会儿，她还推荐原田看来着，但是原田最近才知道这本书中的案件原来就取材自津山案。

"古城先生，你一九三六年就死了，怎么还知道《八墓村》？"

"在地狱可以看到人间，我就是为了现在这一刻才认真观察人间的，这就是所谓名侦探的直觉。"

"那向井也知道这部作品了？"

"这不好说，多数死者对人间不感兴趣，对他们来说人间只是过去，也有家伙刚死的那几年一直关注人间，但是渐渐地就失去了兴趣。我想向井应该不知道他死后十年的作品吧。"

"原来如此，要是他看了肯定心情复杂。"

原田放下座椅后背的折叠桌，从背包里拿出国中笃志送来的资料。由冈山地方检察院检事局整理的、司法省刑事局公布的津山案报告书详细记载了案件的调查过程、案发现场情况、死者尸检结果、相关人员的陈述以及罪犯的遗书、媒体报道等。

该案发生在古城死后的第二年，也就是一九三八年的五月二十一日凌晨。罪犯是住在木慈谷村的二十一岁青年向井鸨雄。他相继袭击村民的住宅，残忍杀害村民后，在山里开枪自尽。向井在遗书中详细说明了自己犯罪的理由。遗书共有三封。其中两封是向井犯罪前准备好并放在家中的，还有一封记录了犯罪后自己最后的想法。报告书中有遗书的复印件。

第一封遗书上写着"留言"，这封遗书是竖写的，一共有十二张纸的内容，很长。越往后纸张的污渍越多。遗书中提到了他家老房子，那房子与废屋无异，这封遗书就是在那里写的。

这封遗书从"我的命运会变成现在这样，是我做梦也没有想到的"开始，介绍了他从出生到犯罪之时的人生经历。

向井于一九一七年出生在木慈谷西北方向二里半的真方村，在他懂事前父母就去世了，他和姐姐由祖母一手带大。三岁的时候，跟随祖母回到了祖母的故乡木慈谷。十七岁的时候，姐姐嫁到了一宫。于是他开始和祖母二人生活，高小的时候他成绩优异，周围人都很喜欢他，但是因为体弱多病，经常请假。

十八岁那年的春天，他得了肋膜炎，医生嘱咐他要长期静养。

但是等他的肺好了以后体重却没有恢复，经常会出现贫血症状，没法帮忙干农活，干轻活也会出现严重的头痛和眩晕症状。他偶尔忍受着头痛继续工作，有时甚至失去了意识。

他觉得自己连祖母的忙都帮不上，很没用，就生自己的气。他开始避人耳目前往神咒寺，祈求自己恢复健康，但是症状并没有改善。

一年夏天，向井在修理神棚的时候含着铁钉工作，感觉不坏。即使走到炎热的屋外，只要含着铁钉脑袋就不会痛。他很高兴自己发现了这个方法，但同时也害怕自己变成怪物。可能是迷信落魄武士的灵魂，向井比以前更加频繁地前往神咒寺。

向井害怕自己的变化被周围人知道，但是自从他的祖母到卫生所询问医生之后，村里就传开了他发疯的流言。村里人都厌恶地称呼他为"含着铁钉的鸦"，过去和他亲近的女性开始拒绝他。向井想下功夫改掉自己的怪癖，但是事与愿违，他对铁钉的依赖越来越强，没有铁钉就无法生活，甚至只要从嘴里拿出铁钉，几秒他就开始感到强烈的恶心。

十九岁那年夏天，为了从流言中逃离，他计划和祖母翻过天狗腹山，搬回真方。

在三岁之前和父母一起生活的真方村还留有与废屋无异的老房子。向井的内心十分期待新生活，但是搬到真方后，当地人并不想和他说话，这是因为他过去的情人屯仓有子和她现在的丈夫直良在村子里传起了"含着铁钉的鸦"的闲话。向井的经历比之前还要难过，内心绝望，没过一个月就回到了木慈谷。

向井身体纤瘦,在二十岁时接受征兵体检只得到了丙级评价,实际上就是不合格。被这件事影响,向井受到了更加严重的孤立。

二十一岁的某一天,他与屯仓有子再次相遇,有子带着自己的孩子回到了木慈谷。向井亲切地搭话,有子却嘲笑、咒骂他。向井大发雷霆地说道:"我要杀了你!"有子留下一句"我不可能被你这怪物杀死"就逃跑了。向井又愤怒又不甘,就是在那时决心向看不起自己的人复仇。

向井向农工银行借了钱开始购买猎枪和武士刀。他的祖母注意到向井的企图,去津山警察署报案,结果向井的猎枪和刀都被没收了。

向井极度失望,整理心情重新开始收集作案工具。他从刀剑爱好者的熟人那里得到了武士刀,拜托猎人朋友购买猎枪和子弹。

一九三八年五月,他做好了行凶准备,最终下定决心复仇。刚好此时屯仓有子和丈夫直良一起回到木慈谷的老家。

向井在第一封遗书的结尾这样写道:"我留下这封遗书是为了告诉世人,我不是神经病,只是决意赴死。"

古城读完了第一封遗书后,打开了在车里买的瓶装咖啡。

"向井好像有异食癖。"

"异食癖?"

"就是一种特别想吃非食物的病。有很多病例是吃土或者冰,也有病人会吃金属或者玻璃。向井是因为缺铁而觉得含铁钉会让身体舒服,才形成这种癖好的吧。"

向井的不幸在于他没有正经看医生，而选择相信落难武士可以依附到人身上的迷信。

"遗书后半部分出现的屯仓有子就是进行召傩仪式的锡村蓝志的曾祖母吧。"

浦野临死之际，锡村承认自己就是向井和屯仓的后人。看遗书可以推测出有子刻意隐瞒孩子的父亲是向井，她冷漠对待向井，意在与孩子的生父保持距离，和直良好好过日子。

原田开始看第二封遗书，上面写着"给姐姐"。这封遗书中有许多他向姐姐忏悔的话，内容不多，只有五页信纸，每页信纸的右侧空栏都沾染了黑色污渍。

文中反复提及自己对村民的怨恨，并对自己没有事先与家人商量就选择结束自己的生命的行为表示歉意。"我想到黄泉之下与父母团聚，请姐姐务必坚强地活在这个世界上。"遗书表达了自己对家人的感情。在遗书末尾还写道："我还会写一封遗书，请姐姐也看看那封遗书。"

"想和父母团聚？一个杀人犯还想在黄泉之下悠闲地生活吗？"古城一脸不悦地嘀咕着。自杀明明是期待见到故去的双亲，死后却在地狱当狱卒做牛做马，想必向井也没能料到吧。

第三封遗书是他在犯罪后写于荒又岭的。纸是从记事本上撕下的，纸的褶皱和上面泥土的污渍十分显眼，向井字迹潦草，文字歪扭，读起来很困难。

遗书上写满了没能如愿的懊悔："事情不如意""放跑了有子，还让直芳活了下来，真是不应该"。

有人解释说遗书中第一次出现的"直芳"其实是向井写错了屯仓有子丈夫直良的名字。木慈谷的居民登记中没有叫直芳的人。

遗书的结尾写着："天要亮了，我该上路了。"向井就此停笔。

接着向后翻报告书可以发现，除了三封遗书外，还有一篇向井留下的文字，那是一篇题为《恐怖振子人》的短篇小说，内容很多，有六十多页稿纸。

向井喜欢读《少年俱乐部》《国王》等少年杂志。在十六七岁的时候，自己也开始写故事。根据村里人的回忆，向井有时候会叫孩子们去空地，给他们讲自己写的小说。《恐怖振子人》是唯一一篇流传下来的小说。

这篇小说讲述了住在山村里的十岁少年时男被熊袭击身负重伤，被送到陆军医院接受治疗。他被来视察的陆军大将注意到，大将给他安排了秘密手术，为他更换了一个机械心脏。时男从医院逃出后，自称是振子人，杀人抢劫，轰动日本，但是在逃亡过程中，被警察击中头部，再一次被陆军关押，接受了第二次秘密手术。手术后，时男的意识被移植到振子时钟的机械部分上，成为名副其实的振子人，永远随着时钟转动。

报告书中收录了这篇小说的原稿是因为当时的调查人员认为，故事中农村长大的少年用暴力让世人震惊的桥段，暗示了向井的罪行。但是从作品中时男受到了因果报应这一点来看，认为作者向井把自己的愿望投影到小说中的时男这一角色是过于武断的。

两个人接下来又看了调查报告书、相关人员的笔录以及报纸报道。与遗书中体现的丰富感情不同，其他材料证明了向井冷静地计划犯罪，并逐渐付诸实施。

案发后，警方在村里的两个空房子里发现了猎枪和子弹，应该是向井事先藏好的，为了保证即使犯罪过程中猎枪出故障也能马上继续开枪。

案发前一周，很多村民目睹他骑自行车往返山道。他当时应该是在测算如果村民下山求助，警察赶到的时间。

案发的前两天五月十九日，他去了真方村的老房子，在那里写下两封遗书，故意离开木慈谷应该是害怕在犯罪前被祖母看到遗书。这封遗书在案发后的木慈谷家中被发现，但是在真方村的老房子里留下了他当时写遗书用的铅笔和纸张。

案发前八个小时，也就是五月二十日下午的五点左右，附近的居民看到一名男子爬上电线杆在摆弄什么。案发后，根据技术人员的调查，配电线被切断，包括木慈谷、真方在内的附近村落都停电了，但是在当时，停电是一种比较常见的现象，村民也并不觉得奇怪。

太阳下山，时间来到了二十一日，深夜一点，村子一片寂静，向井首先用斧头砍断了祖母的脖子将其杀害，并携带好武器和一身装备，向着万籁俱寂的村子出发。据推测，向井之后的犯罪路径如下：

在矶田贞行家　用斧头和武士刀斩杀三人

在矶田龙一家　　用猎枪击杀这家四口人中的三人

在东山宗士家　　用猎枪击杀全家四口人

在屯仓浩一家　　用猎枪击杀这家七口人中的五人,直良和有子逃到屯仓孝吉家

在屯仓孝吉家　　用猎枪击杀五口人中的一人,直良和有子在床下又躲过一劫

在屯仓好二家　　用猎枪击杀全家二人

在屯仓满吉家　　用猎枪击杀了全家六口人中的一人和来帮忙的二人

在番场辰一家　　用猎枪击杀全家二人中的一人

在池谷继男家　　用猎枪击杀全家七口中的四人,被继男用柴刀刺中后背,受重伤

在屯仓壮一家　　用猎枪击杀全家三口中的一人

在山田足穗家　　用猎枪击杀全家二人

在犯罪过程中,向井扮作三只眼的鬼,穿着黑色学生服,两腿都打着绑腿,红头巾左右挂着手电筒,脖子上挂着自行车灯,腰上别着武士刀,背着猎枪,嘴里含着几枚钉子。

遗书中提到行凶的武士刀是从刀剑爱好者朋友那里得到的,但具体是谁不得而知。与向井关系较好的刀剑爱好者中可以举出名字的有二人,分别是他高小的同学、园丁番场敏夫和住在津山的牙科医生石神英二。最后结案时警方也还是没弄清到底是谁把刀给了向井。

深夜三点,向井在山田足穗家作案后,离开村子沿河而上,向一户人家讨了笔纸,因为六十岁的户主行动迟缓,他就向同户的十一岁男孩提了要求。男孩认识向井,因为他参加过向井的故事会。男孩把铅笔和记事本递给向井,向井收下后离开,并对男孩说:"好好学习,将来做个有出息的人!"这是最后一次有人看到向井。

同一时刻,津山警局接到报案,全体警员和消防人员出动。最先发现向井尸体的是一名叫筑后郁的年轻警员,他是真方村人,对木慈谷周边的地形很熟悉。到达现场之后不到一个小时就在距离木慈谷三里远的荒又岭发现了尸体。

向井留下一封简短的遗书,用猎枪击中自己的心脏自杀身亡。死亡时间大约为凌晨四点左右。为了不让遗书被风吹走,他还把刀放在了遗书上面。刀上满是血,严重地卷刃。

尸体上除了枪伤,背上还有在第九家行凶时被池谷继男刺中的伤。

"死者太多,资料读起来太烦了,有意思的就只有这部《恐怖振子人》了。"

古城从一堆报告书中抬起头来,挠了挠鼻子下方,希望号列车经过京都向新大阪方向驶去。

"向井听到了会来杀你的。"

"那正好。"

原田把津山案的资料收到背包里,拿出了向井犯下的新案的调查资料。

自从召傩仪式后，有三起案子被怀疑与向井有关。

第一起发生在十二月二十七日上午十点左右。案发地点是大阪市中央区的宇贺神医院。被向井附身的是十四岁的佐佐木笑。她用刀相继刺伤患者和护士，三十个人惨遭杀害，医院内没有生还者。

十二月二十五日，佐佐木在回家途中遭身份不明的人砍伤肩膀，被送到了宇贺神医院。伤口比较浅，只接受了缝合处置。但是因为惊吓，佐佐木精神错乱。医生诊断她是急性压力障碍。

佐佐木作案时用的刀是防身用的个人物品，就放在书包里带到了病房。

"浦野就是被这把刀刺死的吧。"

古城看了看案发现场的照片，摸了摸自己的肚子。浦野是在询问佐佐木案情的时候被袭击的。

佐佐木作案后从医院逃走，一月七日被发现死在了京都府木津川市的购物中心停车场。死因是心力衰竭，被发现时已经死了三天左右，在那里向井转移到了别的身体上。

第二起案子发生在一月二十日上午八点多，案发地点是京都府长冈京市常叶馆高中。这所高中是体育强校，全国闻名。

罪犯野野村和畅十七岁，是这所高中的二年级学生，曾作为捕手参加夏季甲子园棒球比赛。野野村砍死了三年 A 班的老师和学生，教室里的二十七个人，有二十六个人被他杀害。

野野村十四日晚上没有回家，家人报了案，据说他作案用的武士刀是十九日晚上市里刀剑专卖店失窃的那把。

宇贺神医院案件中医院内的所有人都被杀掉了，但是常叶馆高中案中只有三年A班的学生是被杀戮的对象。一个年级有四百个人，如果想要全部杀光，要花费半天时间。所以罪犯从一开始就把目标锁定在一个班级。

唯一的生还者是名男学生，根据他的证言，案发当天，三年A班开展课外教育，播放防止滥用药物的宣传片。野野村在八点二十分出现在教室里，他穿着立领的学生服，头上裹着头巾，右手拿着武士刀，脸颊肿着，嘴里好像叼着什么东西。

"和七十八年前一样的装束。"

古城口吻冷淡地嘀咕。

因为当时刚好播放视频，幸存的男学生还以为自己出现了幻觉。班主任老师正要训斥野野村，不料野野村迎面挥刀砍向老师，老师摔倒后他又用刀刺向老师的胸口。

野野村命令坐在靠近走廊一侧的学生用桌子把门堵住。依次用刀砍学生的脖子和腹部，虽然这些年轻人的球技和武术练得不错，但是在刀面前也无能为力。

学生中，有人想要报警或者联系家属，野野村用刀柄敲击弄坏了手机。他转生已经有一个月了，应该知道了手机的功能，现场有三部手机的屏幕被破坏。

十分钟后教室变成一片血海，野野村打开门离开了教室。其他班级的老师和学生听到三年A班的尖叫声都感到恐惧，躲到了教学楼的天台或者其他地方。接到报警的警察赶到时，野野村已经不在了。教室里还播放着与场面不相符合的宣传片，而电视屏幕也有刀痕。

野野村最后一次被目击是他在二十日的下午乘坐阪急京都线的列车，到现在下落依然不明。与佐佐木一样，应该是在哪里换了一副身体吧。

接下来就是第三起案子，二月六日，也就是前天深夜两点多，兵库县加东市汽车露营地发生了命案，一名男子持武士刀和猎枪闯入每个帐篷，杀害露营的旅客，包括野外社团的大学生和团建旅行的房产公司职员，露营地一共有三十二人，其中二十四人死亡。

罪犯是葛西悟，今年三十五岁。在一家神户市内的建筑公司工作，从二月一日开始就无故缺勤。他在一周的时间内，从神户市的专卖店购买了猎枪和武士刀，做好了行凶准备。

根据生还者的供述，当天葛西穿着立领学生服，戴着头巾，两只手电筒挂在头巾的一左一右，脖子上戴着灯，背着猎枪，腰间挂着武士刀。他好像含着糖一样，下颚在动着。

"这样一来就容易懂了。"

原田不由自主地点了点头，这几起案子的犯罪嫌疑人都与津山案报告书中记载的向井打扮相似，将这几次案件对比，就能够还原七十八年前向井的样子。

葛西在深夜两点开始杀人，屠杀持续了二十分钟。最开始的十分钟，葛西进入帐篷斩杀睡袋里的游客。之后十分钟，向井用猎枪来击杀一些犹豫逃跑的人。他同样破坏了手机，现场发现了六部屏幕损坏的手机。这起案件中，露营游客有八人生还。其实只要他想动手的话，完全可以杀光所有人，但是葛西只杀到四分之三就收手，转身离开露营地。

"向井似乎很讨厌手机，等你到了津山还是不要总玩手机比较好。"

古城似乎发现了原田每隔几分钟就看一眼手机。古城抬起头，眼神像是在看一个奇怪的人。

3

下午一点二十分，他们在冈山站下了车，换乘日本铁路津山线。这里还没有下雨，在云朵之间有时可以看到阳光。

他们登上日本铁路津山线列车时，国中笃志打来了电话。

古城的预测对了，在杀掉露营地的二十四个人之后，葛西被发现死于木慈谷。葛西穿着内衣倒在了一处民宅的仓库里，死因是心力衰竭，预计死亡时间在七日的下午三点到五点之间。向井为了进行下一次的杀戮而转移到了新的身体里，他带走了学生服和头巾。

下午三点半，二人到达津山站的时候，雨已经下起来了，天气情况完全不同，像傍晚时分一样昏暗，被风吹乱的雨水打湿了月台。雨滴敲打着房顶，声音十分嘈杂。车站周围的景观比较显眼，津山警察局二百多人正在警戒。酒店、旅馆、露营地、学校、刀剑专卖店、猎枪店都被严格检查，二人走出车站闸机处的圆形环岛，发现警车的驾驶位上是一张熟悉的面孔。

"啊，浦野先生，你没事啊。"

犬丸巡警打开驾驶位的车门时，一脸惊恐，眼珠仿佛都要掉下来了。

"我边念着般若经边用牛蒡擦了擦屁股又活了过来，厉害吧。"

古城洋洋得意地坐进警车后座，原田坐到了他旁边。犬丸巡警的表情像是做梦一样，坐到了驾驶位上，发动了警车。

"我听说你成功预测了葛西会来木慈谷，这是真的吗？"

"那可不，鬼门关里走一遭咱就有了千里眼。"

"葛西的犯案手法与津山案相似，我还想他是不是受向井影响才犯下的罪。"

这话是原田一天中声音最大的一句。准确地说不是葛西受向井影响，而是被附身了。眼看事情要变得麻烦起来，原田干脆就随便搪塞过去。

犬丸警官终于注意到原田脸上的伤，像是看怪物一样眨了好几次眼。

"原来是这样，哎，但津山案真是个棘手的案子。"

听语气他很是困扰，犬丸被降职到木慈谷是两年前的事，在这么短的时间内，这里也发生了和津山案有关的事件吗？

"你还受到过津山案的相关困扰吗？"

"不，不是这样的。罪犯向井作案时用的是武士刀和猎枪，那把刀是我的曾外祖父给他的。"

古城脸色一变，国中笃志给的资料明明写着不能确定是谁给了向井那把刀。

原田给古城使了个眼色接着问道:"犬丸警官,您的老家也是木慈谷吗?"

"我不是,但是我曾外祖父是木慈谷的园丁,曾外祖母从一宫嫁到了木慈谷。但是津山案案发后,曾外祖父精神失常,曾外祖母就带着女儿回到了一宫娘家,从那之后,我家就与木慈谷没有什么关系了。当时发生的这些事都是我听曾外祖母说的。"

检事局调查锁定了两个人,其中的园丁番场敏夫竟然是犬丸巡警的曾外祖父。

"但是调查资料显示,当时无法确定是谁把刀送给向井的,你的曾外祖父不是在撒谎吧?"

"不是,我觉得这是真话,曾外祖父不是撒谎的人,得了心病也是因为过分在意这件事。警方没有断定是我的曾外祖父把刀给了向井,那是因为还有一个人有可能做同样的事。"

"你是说牙科医生石神英二吧?"

"对。我还以为东京来的人不知道呢。当时在津山有松脂一家赌博集团,就是现在的松脂组的前身,在当时名声很差,据说石神和这些家伙来往紧密。"

在意想不到的地方听到了熟悉的词。

"和黑道有联系可太不像话了,而且还是那么穷凶极恶的黑道。"

古城打趣地说道。

"是的,松脂一家不仅盗窃还诈骗,把到手的古董和美术品、宝石卖到黑市,从中获取巨额利益。石神把可能成为买家的医生和大学教授介绍给松脂一家，获取中介费。仔细查查这个人就会发现他劣迹斑斑。警察怀疑他也并非没有道理。哎呀！"

犬丸巡警注意到红灯，踩了急刹车。

虽然原田他们也很在意七十八年前的案子，但是现在最要紧的是抓住向井，原田故意岔开了话题。

"木慈谷现在情况如何？"

"警察总部的调查人员正在对发现了葛西尸体的仓库进行调查，尸体已经送到了冈山大学医学部。"

"那村民们呢？"

"他们吓坏了。虽然还没有正式公布情况，但是村里发现了兵库县命案犯人的尸体的事已经传开，大家都很害怕，觉得是不是又像去年年底一样，发生了恶性事件。要是从别的地方来了什么可疑的人那就没有意义了。"

犬丸巡警说法有些奇怪。

"没有意义，那是什么意思？"

"啊，就是在神咒寺案发生后，村委会成立了治安对策委员会。关于如何避免惨案再发生大家商量了一个月左右，从上个周末，也就是二月五日周五，开始对居民进行突击检查。我和自治会会长按照顺序依次来到每个村民家中，检查是否藏了一些不好的东西。"

木慈谷村民似乎警惕性变强了。

"那发现了什么吗？"

"五金店的老板柴田藏了一把匕首，他本人说那只是自己的爱好,但是按照村委会的决定,我们没收了他的匕首,仅此而已。"

木慈谷的人变得风声鹤唳,但还是让手上沾了二十四个人鲜血的杀人犯潜入了村子,村民的不安肯定会达到顶点吧。

信号灯变绿了,犬丸巡警踩了脚油门。警车离开辅道,向昏暗的山路驶去,车座位上下颠簸不停。山上那个"注意滑坡"的警示板对面可以看到斜坡上树木茂盛甚至开始抢占山路的空间。

"乡土资料馆的六车孝现在怎么样了?"

"他现在被关在津山的拘留所。前几天,因放火和杀人嫌疑被起诉了。"

"那么乡土资料馆现在闭馆了吗?"

"没有,从上个月起就有新的馆员来,资料馆重新开放。这种机构和警察不一样,人手十分充裕。今天早上我还看见他们开馆了,吓了我一跳。"

"那青年团的锡村蓝志呢?"

"他上个月就出院了,回到了木慈谷。因为他腿不行了,一个人无法生活,所以卫生所的若本医生在照看他。"

复活人鬼的始作俑者现在竟然还活得好好的。原田想要缓解自己内心的不安,抬头看向树荫之间的天空,乌云阴沉,豆大的雨点倾泻而下。

下午四点十五分,警车到达了木慈谷,一辆辆警车并排停在村里狭窄的道路上,数名警察在各户门口走访问村民。

犬丸把他的警车停到了木慈谷派出所,啊的一声跳出了驾驶室,原田二人也跟随他从后车位下了车。

村子的西北方向,天狗腹山的杂木丛里有一名老人在向下滑落,他穿着迷彩上衣,背着大行李,脚下不稳,看起来快从悬崖上掉下去了。

"那是猪口美津雄,最近他的阿尔茨海默病越来越严重了,他过去是猎人,那时候养成的习惯,动不动就进山。"

这个名字好像听说过,就是那个怪青年团害死了自己的爱犬凡太夫、扰乱神咒寺案办案进程的老人。

"啊,不好意思,我要去带他回来。"

犬丸巡警扣上雨衣的帽子,向田间小路跑去。

"正好,我们也去转转吧,我去天狗头山方向,你去天狗腹山方向。向井有嘴里含着铁钉的癖好,如果你看到了一边含着东西一边走路的人,不要犹豫,马上动手杀了他。"

古城的声音太大了,正在走访村民排查的警察们将怀疑的眼光投向这边。

"你不去认真地查一下吗?比如去发现尸体的现场看一看。"

"去了又怎么样?我是为了杀掉向井才来的。"

"那倒是,但是你打算赤手空拳对付杀人鬼?"

"如果你被袭击了,那就叫我,我带了家伙。"

古城像是拿出烟一样从口袋里掏出了手枪,原田连忙倾斜身体挡住,防止警察看到手枪。如果被发现有枪的话,他们就会被抓起来。

"快收起来吧,我知道了。"

像是恶作剧成功了一样，古城笑了起来，把手枪收到了口袋里。

"没关系，有这么多警察在呢，即使犯人作乱，也马上会被抓起来。向井应该也知道这一点，所以他只会在万籁俱寂的深夜进行杀戮，只要在那之前找到他就好了。"

两个人确认了各自负责的区域，在派出所前分头行动。

雨势越来越大，眼前一片朦胧，甚至连十米外的东西都看不清楚。

田间小路两侧的休耕田积水很多，变得像池塘一样，如果不小心摔进去可能都爬不出来了。原田脚踩在泥泞的土地上。

一路上村民的住宅渐渐映入原田的眼帘。家家户户都打开了挡雨板，完全看不到人影，与原田擦肩而过的都是警察。

原田也考虑过向井可能隐藏在警察之中。葛西的推测死亡时间是昨天下午三点至五点之间。古城告诉国中要警戒木慈谷地区时已经是昨天的六点多了。也就是说，在增援警察赶到村里前，葛西已经死了。驻扎此地的犬丸刑警有可能被向井附身，但如果是这样，那么他不可能熟练地开警车还能详细地谈论木慈谷的近况。

原田想了很多，走了十分多钟后终于看见了一个村民，他穿着荧光蓝色雨衣，五十多岁模样，正在把盆栽搬到玄关里。

原田站了一会儿观察情况，见这个男子嘴里并没有放什么东西，也可能只是碰巧他没有含着东西，但是如果这都怀疑，那就没完没了了。

如果那个男人此时拔刀袭来的话……原田这么一想突然喘不上气来。

常叶馆高中案发生后，向井开始在犯罪前准备武器。但是据说被他附身的葛西空手登上了姬新线列车，兵库县警方和冈山县警方发布紧急追捕令，向井就无法借着葛西的身体去买新的武器了，只能转移到新的宿主的身体里再去置办。但是木慈谷村没有刀剑店或者猎枪店。原田在想，如果自己是向井的话会怎么做。

原田曾经听六车讲过，村里人从落魄武士那里抢到过一把名为赤子杀的魔刀，之后把它装进了千年杉木做成的木盒里，现在就保管在乡土资料馆。向井莫非是想盗取那一把刀吗？因为有新职员上班，乡土资料馆今天也像平时一样开馆，原田决定去那里看看。

他拐出田间小路，走向木慈川沿岸的道路。向下看去，河水浑浊，水势迅猛，溅起飞沫，水位不断上涨，眼看就要漫到岸上了。向着坡路前进，米槠树和山毛榉树的枝叶低垂，压到头顶，周围开始变得昏暗。原田心慌意乱，开始加快脚步。

突然听见一阵脚步声从道路的另一边传来，木桥桥头有一名女子的身影，那个人应该是从乡土资料馆出来的，打着红色雨伞迎面而来。

原田突然心跳加速，难道那个人就是向井吗？原田有自信和她徒手争斗，但是对方拿到了刀，正所谓如虎添翼，相遇就会被砍落河中，自己一个回合也坚持不了。原田站在那里不动，女子似乎也注意到了，她停下了脚步。原田马上把视线从女子身上移开，身子向后退。

"等等！"女子喊道。

原田开始跑了起来，深吸一口气，挥动两手跑下山坡，但身后的脚步声越来越近。他踩在泥泞的土地里跑不快。

"你等等！阿亘！"

这带有鼻音的说话声，原田听着耳熟。

原田在摔倒前一瞬间停住了脚步，转身回头看。

原来是美代子在弯着腰、抖动着肩膀喘着气问道："你跑什么啊！"

"你怎么在这里？"原田的脑子一团糟。但是既然她知道阿亘这个绰号，那就肯定是美代子。她那么讨厌自己的老家，为什么会来这里呢？

美代子沉默了一会儿，无奈地挠了挠脖子后面说道："我想阿亘你也知道，我爸和东京的黑社会起了争执，好像还会危及我，所以我就想在这儿躲躲风头，虽然我不想再来这里，但是生命只有一次。所以周六就过来了。"

美代子说得很快，她把伞柄靠在肩上，说出心事后心情变得不错，两只手臂下垂。在这么紧急的时刻，还能够来乡土资料馆，真像是美代子会做的事情。要是晴了，她应该又要开始拿竹刀练习剑道了吧。

"我还想问你，怎么会来这儿？"

"我来工作啊，你没看我给你发的消息？"

"被我爸删了,你这一脸伤,莫非是我爸打的?"

不准再靠近我的女儿,没有下一次了。原田想起松脂念雀恐怖的声音。但是碰巧遇到了就没办法了。原田把松脂怀疑自己是刑部组间谍的事告诉了美代子,并且强调自己根本不是刑部组的成员。

"正因为如此,我才讨厌自己出生在黑社会家庭。对不起啊,阿亘。我会去好好把事情说清楚的。"

美代子低下头表示歉意。原田感到很高兴,但是问题不在于黑社会,而是人鬼。

"我有件事情拜托你,美代子,我想让你现在马上离开木慈谷。"

"为什么?"美代子皱了皱眉头。

"因为这个村子里藏着一个穷凶极恶的罪犯,那可是一个杀了三十多个人都不眨眼的怪物!我就是为了抓他来到这里的。"

美代子的神情越来越疑惑,她可能在怀疑自己男朋友是不是精神出了问题。

"你是说那个汽车露营地的罪犯吧,我听说他已经死了。"

"不,不是,是那个家伙,但现在已经不是那个家伙了。"

"你在说什么?把事情说清楚。"美代子语气变硬。

原田下定决心,这样一来,就只能和盘托出。

原田带着美代子来到了一间空房子,在那里,他把去年年末七名罪犯复活、津山案罪犯回到木慈谷以及古城伦道借尸还魂附在浦野身上等所有事情,从头到尾全部都说了出来。一开始美代子的表情仿佛见到了邪教信徒,指尖频繁地敲着脖子。但是当原田全部解释完之后,她身体一动不动地认真思考原田的话。

"难怪最近总发生不寻常的案件。"

美代子语气缓和地嘀咕道。

"你相信我说的吗?"

"嗯,虽然我有点怀疑,但是我愿意选择相信你。今天我暂时先住到津山站附近的酒店吧。"

美代子看了看手表,已经下午五点多了。

"但是……竟然是古城伦道……有点儿可惜。"

"什么意思?"原田问道。

美代子害羞地说了一句特别不符合当时气氛的话:"如果真要发生这样的事,我还是觉得转生的是金田一耕助比较好。"

"先解决掉一个。"

古城伦道低头看着躺在地上一动不动的男人,他擦了擦脖子上的汗,这个男人被输液管绑住了手脚气绝身亡。几秒前还瞪着古城的眼睛现在已经暗淡下去了。

没有时间抽烟了,还有一个人需要杀掉。古城蹑手蹑脚走出房间,跑下楼梯,从玄关处离开了房子。不知不觉间太阳已经下山了,他拿出藏在邮筒下面的伞撑开,向沥青路走去。

向坡上走几步,从高处看村庄,古城在思考向井的藏身之处,但是因为大雨,没有一个人在外面闲逛,他也不可能挨家挨户地去搜。于是他转变了想法,开始考虑向井可能去的地方。如果向井想弄到凶器，那么会趁天黑之前。

向井父母的墓地在真方，他很难在暴雨中往返两地，那么他祖母的墓呢？向井在自己的遗书中写道："奶奶，我对不起您。"他一定非常后悔砍断祖母的脖子。他的祖母是木慈谷人，墓地也应该在这片土地上，他有可能赶在太阳落山前去拜祭祖母的墓地。如果他祖母的墓地在村子里的话，应该也是在神咒寺附近吧，从这儿出发走十五分钟就能到。

古城一边回想着木慈谷的地图，一边开始沿着田间小路向东南方向走去。

大约走了五分钟，他听到一声巨响，像是大地在轰鸣。他感到自己脚下不稳，山毛榉树枝叶上的雨水哗啦啦地落了下来，就在马上要跌入休耕田的时候，他连忙向坡上的树林跑去，可能是发生了地震。古城突然听见背后有脚步声，应该是和他一样的当地居民在逃跑吧。

"喂，刚才的声音是什么？"

古城没有听到回答，却听到一声劈开空气的声音，他感觉自己的背受到猛烈一击，瞬间手脚无力，呼吸变得急促起来，他感到身体里的一股热流。

"不会吧！"

这种感觉和八十年前他被石本吉藏击中脑袋时一样。一股温热的液体涌上喉咙，一张嘴，血液仿佛决堤般喷涌而出。

古城膝盖酸软地跪倒在地，从坡上摔了下去，倒在沥青路上，他看到拿着刀离去的身影。

真是不走运，好不容易才复活，难道就这样回到地狱吗？他心想。

趴倒在地的古城被滂沱的大雨击打着。

4

轰隆隆。

原田正准备把收拾好行李的美代子送到公交汽车站就听到了那一阵轰鸣，他蹲下身子，手扶在脚边的地板，如果这是地震的话，也太短了，而且摇晃也很剧烈。

"刚才那是什么？是打雷吗？"美代子手扶着柱子问道，原田摇了摇头表示不知道。当他确认摇晃已经停止，就把手慢慢从地板上拿开。

"我去派出所问问，你就在这儿待着。"美代子茫然地点点头。原田飞奔出房间。

美代子暂住的这间屋子位于村子的南边，她小时候和母亲一直住到小学毕业的那间房子已经卖掉了，所以现在这一间是临时借住的。

原田一边注意着自己的脚下，一边跑过弯曲的田间小路。虽然打着伞，但是当他赶到派出所时，已经浑身湿透了。

他向值班室里探头看，犬丸巡警也和他一样淋得像落汤鸡，手里紧紧握着电话听筒，大声地应答电话。

"发生什么事了？"

犬丸刚刚挂断电话，原田就立刻问道。犬丸把手伏在桌子上，像是要让自己冷静下来一样，深呼吸后说道："六十八号县道天狗头山南段发生了山体滑坡，就是刚才我们路过的地方。"

原田想起了经过山路时看到的那个"注意滑坡"的警示板。

"那就是说，现在不能离开木慈谷村了吗？"

"还不能确定道路何时能够恢复通行，只要雨一直下，那么就没法儿清除滑坡后的沙石。"

犬丸拿起瓶子喝了口水，他回到值班室里，开始轻车熟路地敲击电脑，屋外的喇叭响起了警报声，他通过广播通知村民发生了滑坡灾害，呼吁大家在雨停前尽量减少外出。

墙上的时钟显示时间是六点四十分，太阳已经下山了，向井随时都有可能开始行凶。

"县警本部的那些警察呢？"

"他们已经在三十分钟前撤回津山警局了，现在剩下的只有我。"犬丸的脸像纸一样惨白。

原田正在想古城现在在干什么的时候，手机响了。屏幕显示是古城打来的电话，他立刻接通了电话。

掺着雨声，原田可以听到电话那头呼呼的呼吸声，他有一种不祥的预感。

"喂？"

"阿亘，你没事吧？"声音像蚊子一样小。

"古城先生，发生什么事了？"

"我被向井用刀砍了，要死了。"古城猛烈地咳嗽起来。

"你现在在哪儿？"

"在……在通往神咒寺坡路开始的地方。"

原田忽然听到有东西掉落的声音，随后渐渐听不见古城说话的声音了，只剩下噪声般的雨声。原田请犬丸和他一起去救古城，二人飞奔出派出所。

血水和泥水混在一起，像蛇一样蜿蜒地顺着坡路流下。古城倒在路的中央，后背衬衫被砍破，染成红色，一道裂痕从右肩到屁股。

"啊！你还好？我就要不行了。"古城说着俏皮话，痛苦地咳了起来。雨、血和鼻涕让他的脸一片模糊。

"犬丸警官去找卫生所的医生了，你再忍忍。"

"没用了，我要死了，我很清楚，因为这是我第二次死了。"

"不会死的，你是被谁偷袭的？"

"我没看见。"

田间小路的另一端传来了犬丸警官的脚步声和呼喊声。

"喂，我给你个礼物，在我左边口袋里。"

古城用下巴示意，原田按照他说的，伸手去拿他左边口袋里的东西，抓住了这个沉甸甸的东西，是手枪。

"我不会用枪。"

"别说没出息的话，能保护这个村子的就只有你了，你必须杀了向井，把他打成筛子！"

犬丸警官他们的脚步声越来越近，原田连忙把手枪藏到了裤子里。

"我第一次见到这么严重的伤。"

卫生所的若本大夫看到古城就吊高了眉毛，他是一个七十多岁的老爷子，穿着和服看起来不像医生更像是病人。

原田也低头看了眼伤口，刀口十分不整齐，像是一沓厚纸被胡乱撕破一样。

"我记得你是侦探浦野灸，那这位是……"

"我是他的助手。"

"不，他是我的徒弟。"

古城用非常沙哑的嗓音说道。

原田、若本、犬丸三人合力把古城抬到了担架上，原田抬着头，犬丸抬着脚，若本用毛巾压着伤口，一起小心地向卫生所走去。

古城不知什么时候失去了意识。

卫生所是一栋钢筋水泥的建筑物，窗户很小，门像保险柜一样厚重，即使向井带着猎枪来袭，躲在里面也能够活下来。

把古城搬到了治疗室后，原田和犬丸巡警回到了候诊室，用加热器烘干衣服，等待着抢救手术的结束。

卫生所内部的装饰都是米黄色的，让人感觉很温暖，符合卫生所的风格。接诊台上放着一个 TOKIO 的陶土像。

过道对面的楼梯通往二楼，锡村蓝志住的病房应该就在二楼。

晚上七点二十分，从抢救治疗室出来的若本十分憔悴，像是突然老了十岁。

"我已经清理缝合了伤口，但是伤势十分严重，如果不早一点输血的话，就会危及生命。"

若本拉开了窗帘，望着窗外的倾盆大雨，雨势丝毫没有减弱的迹象。不知何时才能修好通往村外的路，他叹了口气，返回了治疗室。

只能尽力而为了，原田拍了拍脸让自己振作起来，从长椅上站起身来。

"犬丸警官，罪犯可能还会袭击其他人，我们不快点抓住他就麻烦了。"

"确实是这样，但我们现在没有任何头绪。而且，破案的主力浦野先生现在伤势严重，该如何是好？"犬丸巡警急得快要哭了。

"请冷静下来，罪犯有刀，但上周五你参加了村里的突击检查，排查过可疑物品，那个时候村里还没有人有刀，也就是说罪犯是在突击检查后才把刀弄到手的。"

"对，确实如此。"

"但是二月六日，也就是周六的时候，有人目击葛西朝新见方向逃跑。冈山县警方监视了刀剑专卖店，罪犯无法从刀剑专卖店买刀，那么他是从哪里弄到刀的呢？"

准确地说，罪犯如果不是向井，就只是一个普通的罪犯，那么他在警方还没开始戒严的二月六日早些时候可以买刀，但是如果是向井，那么他直到二月七日下午三点都还依附在葛西的躯体上。如果在露营地杀害二十四个人的凶手来到了刀剑专卖店，那么马上会被举报。

"啊，确实是这样，"犬丸巡警抱着胳膊低头说道，突然，吃惊地说,"莫非向井拿的是那把赤子杀吗?"

"是的,我觉得向井可能从乡土资料馆偷出了那把刀。"

犬丸巡警立刻用手机给乡土资料馆打电话。

听筒里的嘟嘟声响了约十秒后,开始播放今日闭馆的录音。乡土资料馆晚上六点关门,现在已经七点四十了。

"不行,打不通。"犬丸巡警挂断了电话摇了摇头。

这是能找到罪犯的唯一线索了。

"我们去看看吧!"原田说。

犬丸巡警紧张地点点头,他的右手紧紧地抓住了腰上别着的手枪皮套。

从卫生所出来时,手机响了。原田想起来他把美代子留在了家中。手机屏幕上显示有许多未读短信。

"阿亘,你在哪儿?"

原田接了电话,听到美代子语气紧张。原田为自己联络晚了道歉,还把古城被向井偷袭的事情告诉了美代子。

"你是说大家都会死吗?"

美代子情绪激动甚至喊出了假声,原田第一次听到她发出这种声音。

原田想了想问美代子:"你认识卫生所的若本医生吗?"

"小时候他很照顾我。"

"你去躲在卫生所吧,那里很坚固,罪犯闯不进去。"

"卫生所……"美代子重复了一遍,"我知道了,我去求求若本医生。"

原田反复叮嘱美代子不要轻易接近别人后，挂断了电话。

原田和犬丸从卫生所走到乡土资料馆费了很大工夫。

他们沿着木慈川的道路向上走了十分钟左右，发现刚才那架粗木桥现在不见了。明明资料馆就在十几米前，但是雨天朦胧，连资料馆的轮廓都看不见，二人呆站在那里。

旁边屋子的窗户开了，一位老婆婆露出头来，她的毛衣上有花哨的刺绣，头上缠着毛巾。老婆婆急忙挥手，过了好一会儿他们才意识到那是老婆婆在叫他们过去。

"六点的时候，我听到了一声巨响，出来一看，原来是木桥崩裂被河水冲走了。"

老婆婆很热心，她告诉二人淋湿了就要去泡热水澡。

"河的上游还有一座桥，有些绕远，我们去那里过河吧。"

犬丸巡警心有不甘地抬头看了看天狗腹山。原田对老婆婆道谢，回到了河边的路上。

二人沿着山路继续向上走，在河面变窄处过了桥，又下了山，十分钟后，看到了乡土资料馆。此时他们的腿像灌了铅一样沉重。

犬丸巡警推了推乡土资料馆对开的门，发现没有上锁。

进到里面仍然能够听到外面的雨声，应该是屋子里的窗户没有关上。原田用手在墙壁上摸索，打开了灯。

"哎呀！"

犬丸巡警吃惊地跳了起来。

地板上有血迹，而且血还没有凝固，结成深浅不一的红色斑块，每块血迹之间隔着一步的距离，一行血迹一直延伸到走廊尽头的沙发那里。

"谁……谁在那里？"

犬丸巡警端起枪，但是没有人应声回答。

犬丸透过亚克力板窗口往办公室里看去，但没发现异常。

沿着走廊前进，右手边的窗户果然破了一大块，吹进来的雨水把储衣柜和长椅打湿了。

窗外可以看到木慈川，屋里地板上有一颗尖锐的石块，应该是向井为了闯进来砸向窗子的，这样的话地板上就应该有他的足迹，他应该是用河边的石头打破资料馆窗子的。

血迹延伸到沙发右手边的门。门上贴着"资料保管室"的新牌子。为了不让自动锁锁上，门下还插着一个橡胶制的门吸。

犬丸巡警跨过沙发，伸手握住门把手，一股血腥味扑鼻而来。

"啊！"

犬丸巡警一屁股坐在地上，手枪掉到了地板上。

一名满身血迹的女子倒在了整齐排列的书架之间。她的脸上有许多褶皱，表情凝固在要哭的一瞬间。

乍一看，这名女子手脚不自然地弯曲，但原田马上就注意到并非如此，实际上是她头的位置比较奇怪，落在了两膝之间。

"她……是谁？"

"她是仁科绫香，就是接替六车孝的资料馆工作人员。"

木楚谷乡土资料馆 平面图

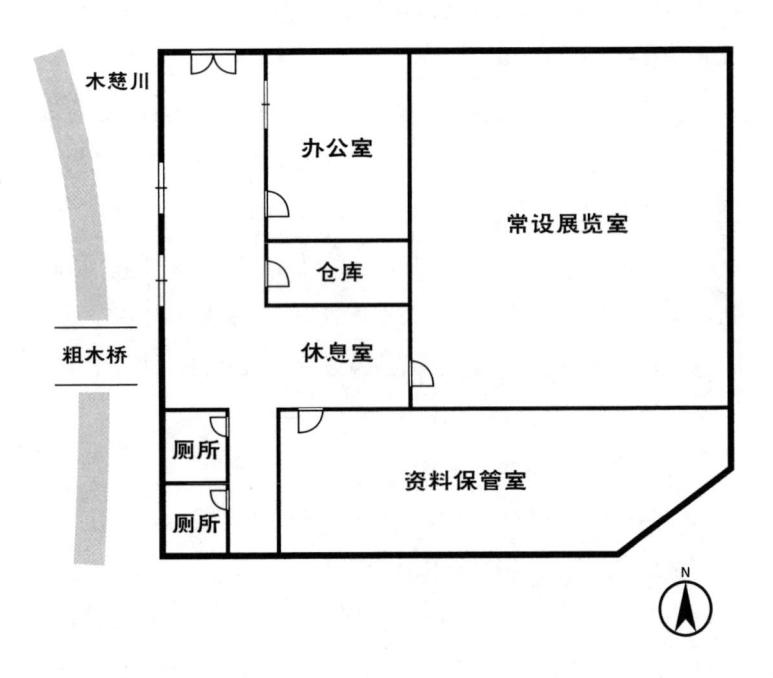

木楚川

粗木桥

办公室

仓库

休息室

厕所

厕所

常设展览室

资料保管室

N

5

晚上八点二十分，犬丸巡警在确认罪犯没有藏在资料馆后就打电话向县警察局报告。

这一次没有浦野也没有古城，原田只能靠自己抓向井来保护村民了。

原田忍受着冷战与恶心，检查仁科绫香的尸体。这当然是他第一次看到没有头的尸体。他的父母断头而死的时候他还只是个婴儿。

他小心不去踩到血迹，观察尸体。仁科的连衣裙肩部和肋腹撕裂开来，肌肉也被划开。应该是向井把仁科砍成重伤之后再砍掉她的头的。

脖子的断面并不干净整洁，应该不是一刀就砍断脖子。罪犯用的凶器就是袭击古城的那一把。

尸体的头颅右侧耳朵上戴着一个浅茶色的东西。如果是耳机的话，挂钩就太大了，应该是助听器。

尸体左脚上穿着拖鞋，上面的橡胶底嵌有细小的玻璃碎片。应该是在走过走廊时踩到了窗玻璃碎片。就是说，罪犯用石头打破窗户的时候仁科还活着。

资料保管室的地板上散落着从书架上掉落下来的书和文件夹，一个一米左右的细长木盒落在了它们的上面。糊在木盒的盖子和盒身之间的纸被顺着接口处撕开。打开盖子，里面什么也没有。应该是向井打开了盒子，拿走了赤子杀。

原田感到一阵目眩，他走出资料保管室时，犬丸刚向警察总部报告完了这里的情况。

"总部跟我说要在道路恢复畅通前保护好现场。他们怎么会说出这么优哉的话？！接下来说不定还会出现受害者！"

犬丸与平日判若两人，十分恼火，他看到原田后深呼吸，想让自己冷静下来。

"原田先生，你知道发生了什么吗？"

"赤子杀果然被偷走了，罪犯是为了得到作案凶器才来到这儿的。"

原田描述了自己在资料保管室看到的东西。

"罪犯从正门进入资料馆，威胁值班的仁科，让她带路去保管赤子杀的资料保管室。在走过走廊时，仁科的鞋底扎进了窗玻璃的碎片。罪犯让仁科从资料保管室里取出赤子杀，拿到手后立刻挥刀杀害了仁科。刀鞘滴着血，罪犯穿过走廊，从正门逃出了资料馆。"

罪犯在回村的路上意外发现了古城，砍中他的后背。

"那是什么？"

犬丸弯下腰看到资料保管室里的尸体的手边有一根T字形旧拐杖，看起来不像资料保管室的收藏品。难道是仁科自己的东西？

"真奇怪呀！虽然见过仁科母亲拄着拐杖，但是仁科自己的腿脚并没有问题。"

"她的母亲也住在这个村子里吗？"

"对，母女俩是上个月月底搬来村里公寓住的。"

原田突然心慌意乱。

"那她的母亲知道自己的女儿没有回来，应该很担心她，没有报警吗？"

犬丸的表情阴沉下来，他想到了最坏的可能性。

"我这就联系一下。"犬丸打电话给公寓的房东，问出了仁科家的电话后直接拨出，立刻就接通了。

"喂喂，是仁科家吗？"

仁科的母亲好像没出事。

"请您冷静地听我说……"

犬丸把仁科被害一事告诉了这位母亲，问了两三个问题之后挂断了电话，但是犬丸没有说仁科身首异处的惨状。

"仁科很喜欢看电视剧，她跟妈妈说下班后在单位看完电视剧《八墓村》再回家，所以她的母亲才没有觉得她晚回家不对劲。"

又是美代子又是仁科绫香，这个村子里喜欢金田一耕助的人很多啊。

"仁科有听力障碍，使用助听器，但是她腿脚正常，她母亲的拐杖也没有不见。"

犬丸把手机收了起来，透过破碎的窗户向村里看去，村里房屋的灯在雨中模糊不清。木慈川的河水也一个劲儿地涨个不停。

"我要回派出所，原田先生也和我一起回吗？"犬丸带上了雨衣的帽子说道。

向井不在这里，没有理由再留在这里，但如果不查明向井的真实身份制止他，就没法阻止杀戮。这里的线索是保护木慈谷村最后的希望了。

原田犹豫不决，最后还是轻轻地摇了摇头。

"我再待一会儿。犬丸警官你也要小心呐！"

犬丸紧张地点了点头，离开了乡土资料馆。

原田平复了自己的心情，之后开始环顾走廊，他有点在意窗户。为什么向井没有从窗户爬进乡土资料馆？

他开始在心中梳理目前的情况。仁科的鞋底有窗玻璃碎片，向井在乡土资料馆威胁仁科带路到资料保管室的时候，玻璃已经碎了。

那么向井是为了闯入乡土资料馆而打碎玻璃的吗？刚才已经推理过了，没有这种可能性。当然他也可以打破窗户进入走廊，但如果这样，就会在地板上留下足迹。既然现在找不到足迹，可以认为窗户是由山上的落石打碎的。

那么这块石头是什么时候打碎玻璃的呢？古城被砍是在六点四十分，向井至少要在六点二十分拿到赤子杀。落石砸碎玻璃应该是在那之前发生的。

乡土资料馆的工作人员仁科一直在办公室里工作到闭馆，从六点开始看电视剧《八墓村》。先不管落石在电视播放之前还是正在播放时打破窗户，但肯定发生在仁科还在办公室的时候，如果她注意到了，应该就会用纸板塞住窗户上的破洞，收拾起散落一地的玻璃碎片了。但是她听力有障碍，加上那天雨声很大，还有电视的声音，这些都抵消了窗玻璃破碎的声音，她应该没有注意到石头打碎了玻璃。

就在这时，向井来了，这个时候他手里还没有刀。向井过桥时应该注意到了资料馆面向河的一侧的玻璃碎了，资料馆还亮着灯，说明里面还有工作人员。他注意到落石就这样摆着没有人收拾，就知道工作人员听力不好。朝里看一下就能知道有一扇门上贴着"资料保管室"的牌子，那间屋子的门敞开着，这对于强盗来说太过幸运。比起莽撞地从正门闯入，从窗户进去更加安全。

但是向井没有从窗户进而选择从正门进，这其中应该有什么理由。比如像刑部九条那样，向井的视力极其差。但是如果视力差到那种程度，在日落后的大雨中，很难想象他能够成功袭击古城。原田想到这里突然心跳加速，汗流浃背。

他身上可能有其他的问题，比如腿脚不便，不能翻过窗户。如果拄着拐杖就能走路的话，把雨声作为掩护突然砍杀人也是可能的。

对，就是拐杖，资料保管室里的那根拐杖不是仁科的，而是向井的。收到刀鞘里的刀可以代替拐杖，所以向井才会把拐杖丢在那里。

想到这一点，原田的兴奋变成了一种恐惧。

木慈谷里有一个腿脚不方便的年轻人，那就是锡村蓝志。犬丸说，锡村出院后，无法独自生活，就住在卫生所里，由若本医生照顾他。

原田偏偏让美代子赶到卫生所去避难,他抑制住焦急的心情,给美代子打了电话。

"您所拨打的电话暂时无法接通……"

完了,原田脑中浮现出美代子头颅被砍下的景象,她脸上痛苦的表情定格在那一刻,原田飞奔出乡土资料馆。

6

村子里根本感受不到人的气息。

手机显示已经晚上九点半了,却没有一家开灯。耳边只有雨声,原田用手机照路,急忙向卫生所赶去。

难道是村里人都被杀了吗?他拼命地想摆脱这涌上心头的不安。明明还没到半夜,却完全看不到光亮,真是奇怪。其实是停电了。停电是因为暴雨毁坏了电力设备,还是像七十八年前一样,向井切断了电线呢?

原田赶到了卫生所,走上石阶,拧了拧门把手,门上了锁,纹丝不动。他按了门铃,但是也没有声音。

他抑制住自己焦急的心情,开始敲门。

几秒钟的沉默后,门锁咔嚓解开了。

抬头的一瞬间,鼻子受到了强烈的冲击,跌落石阶,后脑勺撞到了砂石上。

他连忙想要站起身来,但是脸再一次受到冲击。特别痛,以至于他无法呼吸。

他慌乱地用脚向黑暗中踢去。

"啊！"

原田感觉自己踢到了柔软的东西，同时听到粗哑的哀鸣。不是锡村蓝志，这声音很熟悉。

"古城先生吗？"

原田捡起手机向玄关处照去，古城抱着肚子蹲在地上，绷带从他的胸膛缠到了屁股，就像茧一样，手边的TOKIO陶土人偶掉在了地上。

"是阿亘吧，你干什么？我可是个伤员。"

古城上气不接下气地喊道，他流了许多汗。皮肤像爬虫类动物一样闪闪发光。

"我还想问你呢，你可以下床走动？医生都说你不输血有危险。"

"名侦探有不死之身，那个庸医老爷子还在治疗室里打呼噜呢。"

"莫非你又让阎王把你的伤治好了？"

"不是，是特效药发挥了作用，而且用了药之后，我的脑子转得更快了。"

古城张了张发青的嘴唇，从黑色盒子里拿出了注射器。

就是解决了"DUTCHESS"发生的案件后，刑部组长送的提神药品。

"这东西可真厉害，就像大力水手的菠菜一样。"

古城挤眉弄眼，就像是看到了稀有动物一样。

"你不会以为黑社会组长送我的饯别礼品真的就只是提神药品？"

原田也不知道那是什么东西，现在他最关心的是美代子。他看到候诊室里没有人。门口摆着美代子的运动鞋和上了石膏的病人专用的黑色拖鞋。看来美代子和锡村都在屋子里。原田想要上楼梯却被古城抓住了手腕。

"美代子在二楼，她现在很危险。"

原田抑制住自己的心情。详细地说明了美代子躲在卫生所、乡土资料馆的工作人员被杀以及向井可能依附到锡村蓝志身上的情况。

"原来如此，你推理得不错，虽然有些地方你想得过于简单，但对你来说已经很不错了，剩下的就交给我吧。"

古城"啪"的一下拍了原田的肩膀，从原田手里抢过了手机和手枪，跑上了楼梯。原田也捡起了TOKIO陶土人偶跟在古城后面。

二楼的走廊里有四扇门，右侧三个是小房间，左侧的一个是大房间。

七十八年前杀害村子里三十个人的男子就藏在某个房间里。原田咽了口唾沫，屏住呼吸。

"把耳朵捂上。"古城紧握手枪，弯下腰，拉开了右手边第一个小房间的门。

哗啦一声响，房间里没有人。

古城轻轻地关上了门。向第二间走去，他用同样的姿势拉开了门把手。门开的一瞬间,刺眼的光射向瞳孔,有人打手电筒照了过来。古城在挡住脸的时候,从屋子里闯出了一个身份不明的人。

"去死吧!"

古城叫喊道。

原田半睁着眼睛,挥动 TOKIO 人偶,感觉击中了什么东西,人偶的脖子以上部位被击得粉碎,手电筒也掉落到地板上。

古城揪住那个人的头发,把头按在了墙上,用枪把击打那个人的脸,紧接着就是一声皮肉破裂的声音。

"你的生命到此为止了。"

古城把枪口塞进了那个人的嘴里,那个人一动不动。

原田捡起了手电照向那个人的脸,他不觉屏住了呼吸。

"等等,你抓错人了!"

"我要找的就是这个家伙。"

原田惊讶得不知说什么是好,怎么会这样?

手电筒照亮了那个人的脸,那个人竟然就是美代子。

"你去死吧!"古城打开了枪的保险装置,准备要扣动扳机。

原田撞飞了古城,枪响了。头上的玻璃被击碎掉了下来,古城摔倒在地,这一瞬间原田用身体挡住了美代子,古城立刻起身,枪口对准了原田。

"危险啊!要是我伤口崩开了怎么办?"

"对不起。"

"让开,我要杀了她!"枪口碰到原田的双眉之间,原田的眼珠紧张地滴溜溜地转,心脏像是要从喉咙里跳出来一样。

"你在说什么啊!向井现在就是锡村蓝志。"

"不对,我给你看证据。"

古城用左手打开了第三扇门,用手电照向里面,锡村背靠着墙壁坐在地上,半透明的输液管绑住了他的手脚,嘴里塞着毛巾,鼻子塞着绷带,脸像气球一样肿,喉咙上还有浦野用钢笔刺出的伤痕。

"真是不巧,尸体是不会杀人的,你的推理是错的。"

锡村被人掐死了,这和向井的杀人手法明显不同,也就是说……

"他是你杀的?"

"对,我们两个在派出所分开后,我马上就来杀了他。这家伙知道召雠的方法,要是他再召唤鬼出来就麻烦了。"

原田想起来了,当听说向井赶往木慈谷时,古城说过他也刚好要到村子里办事。

"我最后再说一次,你给我让开!"

古城的眼神是认真的,他真的打算杀掉美代子。

"我不让,你是侦探,那就把事情说清楚。"原田不肯妥协地瞪着古城,紧张得要死但他不能退缩。

几秒钟的沉默,周围只有雨声。

古城呼了一口气,苦笑着放下了枪。

"真拿你没办法,那我就说说,我有理由必须杀死你的女人。"

7

古城让美代子坐到房间的椅子上,自己拿着枪坐在了病床上。美代子嘴唇紧闭,弯着身子。原田站在门前,用身体护住美代子,等着古城说话。

"你的推理没有温度。"

古城开始说话,他的语气就像老师一样。时钟的短针响了一下,墙上的时钟显示时间是九点四十分。

"我们看不见人鬼的脸,听不见他们的呼吸,但他们曾经也是人。你觉得向井杀人的理由是什么?好好想想。"

古城看着原田,左手伸出了三根手指。

"召傩之后,向井犯下了三起命案。第一起是十二月二十七日,他在大阪市中央区的宇贺神医院杀死了三十个人。第二起是一月二十日,他在京都府长冈京市的常叶馆高中杀害了二十六个人。第三起是二月六日,他在兵库县加东市的露营地杀害了二十四个人。

"值得注意的是每起案件的幸存者。第一起命案中,医院内的所有人都被杀了,没有生还者。第二起命案中,三年A班只有一名生还者。全校有三百五十多名生还者。第三起命案中,有八名露营客活了下来。

"最令我在意的是第三起,露营客一共有三十二个人,如果向井有意,应该能够全部杀掉。这样一来,死者就和津山案中的死者人数相近。那么向井为什么只杀掉二十四个人就住手了呢?"

古城缩了缩肩膀，用挑衅的目光看着原田。

人鬼犯下的罪越接近他们生前的手法，就会获得越强的快感。杀掉比津山案还少的人，让眼前的幸存者逃跑这一点确实令人在意。

"就是说杀人人数没有那么重要吗？"

"柴郡在夜店的饮品里混入农药，让年轻人惶恐，就是为了让最后的死亡人数接近青银堂案中的。如果杀人人数没有意义的话，那他也不会下这么大的功夫去作案。"

古城左右摇晃枪口，嘲弄原田。

"那么向井为什么放跑了露营客呢？"

"线索就在这件事上。"古城从口袋里拿出手机。

"手机？"

"对，第一起案件中，有三十个人被杀，没有手机被损坏。第三起案件中，有二十四个人被杀，有六部手机被毁。每一起案件的死亡人数和被毁的手机数相加刚好是三十。"

"第二起的常叶馆高中案中，被害人是二十六个人，被毁的手机是三部，加起来不到三十。"

"确实这样，但是把电视加上就够了。向井进到教室里时，学生们在观看防止乱用药物的影像。案发后，教室里的电视屏幕也被损坏了。死者有二十六个人，三部手机被毁，再加上一台电视刚好三十。"

"这不是巧合吗？"

"不是。了解向井内心想法的线索就藏在他留下的文章里，那家伙写得最好的东西就是《恐怖振子人》了。"

在秘密手术中获得机械心脏的少年犯下惊世骇俗的案件震惊全日本。这种烂俗的故事和案件又会有怎样的关系?

"你是说向井把自己当成了振子人吗?"

"差一点你就说对了,有点遗憾,你还记得故事的结局吗?意识被移植到振子时钟的时男将永远随着时间转动。

"当然,向井活着的时候就说机械有意识,这是小说中的夸张桥段。在深山村庄里长大的向井应该都没有好好看过一场电影。最终坠入地狱成为人鬼,一直在折磨死者。

"很少有人会像我一样,喜欢从地狱观察人间。向井不知道技术的进步,而现在已经过去了七十八年。然后某一天他就被突然拉回到人间,看到机器在不停地发出人的说话声,你觉得他会怎么想?"

原田不由得屏住呼吸,古城得意地笑着。

"向井毁坏手机,不是为了阻止被害人求救,而是他听到手机里的声音,看到电视上播放的人物形象,误认为这些是变成机器的真人。这家伙在三起案件中原本都打算杀掉三十个人。放跑了露营场的生存者,是因为再杀下去的话,就超过津山案的死者人数了。"

之前古城高兴地对尾原町的老虎机和涩谷车站地下街的大型电子屏上的女子影像搭话。对于喜欢从地狱观察人间的古城来说尚且如此,向井无法区别声音影像与真人也无可厚非。

"向井误以为手机和电视中的人是活着的,这是看穿向井真实面目的重要线索。"

古城把手机放在桌子上，跷起了腿，他再一次举起了手枪。

"我们来回顾一下向井杀死仁科的过程，你的推理到中途为止还很合理，但是根据他没有从走廊的窗户进入资料馆就判断他附身的人腿脚不便就过于跳跃了。向井未必一定经过粗木桥，和你与犬丸一样，他是绕路从天狗腹山去资料馆的。"

原田和犬丸进入乡土资料馆之前确实没有注意到窗户已经破碎了。

"那他为什么要故意绕远路？"

"我想有两种可能。第一种就是向井不知道资料馆附近就有粗木桥。七十八年前向井死的时候，这座桥还没有建成，当然，向井知道天狗腹山上有一架桥可以过河。"

古城挑衅地看着原田。不知道资料馆是什么时候建成的，但是百百目庄的老板说，粗木桥和乡土资料馆是同时建成的。

"向井知道乡土资料馆保管着赤子杀。也就是说在向井死去的一九二六年，乡土资料馆已经建成了。粗木桥和乡土资料馆是同一年建成的，那么向井就应该也知道粗木桥。"

"不愧是我的随从。"古城露出了不合时宜的微笑。

"这样一来，第二种可能性就是正确的，这是一个从物理角度解释的可能性。向井赶往资料馆的时候，粗木桥已经没了。所以想要过河就只能去天狗腹山上的那座桥。"

原田的脑中浮现出时针转动的画面，粗木桥被河水冲走是在晚上六点。古城被砍是在六点四十分。发现粗木桥不能过河，绕路天狗腹山到达资料馆要十分钟，杀害仁科拿出赤子杀需要十分钟。再下山回村需要二十分钟，在那之后袭击古城，时间比较紧，但符合逻辑。

"这么做十分凶险啊！"

"没有其他可能性了，向井去乡土资料馆的时候，木桥已经被河水冲走，但刚才的推理连起来就会得出奇怪的结论。"

"刚才的推理？"

"就是向井会把能发出声音的机器当作人。仁科喜欢看电视，晚上六点到七点之间在办公室看《八墓村》。如果在这个时间段内，向井来到了乡土资料馆的话，那么会发生什么事呢？如果仁科发现有人来了，会关掉电视。不巧，她听力不是很好。向井来到窗边，仁科还在看电视。这样一来，向井会觉得屋子里还有一个人，他杀了仁科之后没有毁掉电视就是疑点。办公室的电视有被损坏吗？"

"没有。"

如果电视被毁，原田在资料馆从窗口朝办公室里看的时候就会注意到。

"这也就是说，当向井闯入资料馆的时候，仁科并没有在看电视，仁科是在晚上六点之前或者晚上七点之后被杀掉的。"

"嗯？"

原田不解地皱起了眉毛，这样一来时间就对不上了。

"很奇怪啊！既然向井没有渡过木慈川，那么他来到资料馆的时候，必定是在晚上六点之后。如果和《八墓村》的播放时间不重合的话，仁科被杀就是在晚上七点之后了。

"但我是六点四十分被他砍中的，比仁科被杀要早。这样一来，向井是先袭击了我，然后才在资料馆杀害仁科。"

"那就奇怪了，因为赤子杀保管在乡土资料馆。"

"赤子杀被封存在木箱里已经是一百多年前的事了。现在村子里没有人见过它，也没有人能够分清赤子杀和其他刀的区别。向井用来袭击我的不是赤子杀。"

让古城身受重伤的刀和杀害仁科后到手的刀竟然是两把刀？

"那向井是如何得到第一把刀的？"

"这是一个问题。从姬路出发坐姬新线列车的时候，被向井附身的葛西还两手空空。如果是短刀还好说，带着长刀走是不可能不被人看到的。而且警察严阵以待，他不可能从刀剑专卖店买刀。所以他是在到达木慈谷之后才把刀弄到手的。

"但是上周五村里进行了治安突击检查，犬丸巡警他们并没有发现有人藏可疑物品，截至那时为止还没有人在村里发现长刀。而且因为不知道什么时候又会突击检查，所以应该没有人会在周末去买刀。"

"那这么说，砍伤你的不是赤子杀吗？"

"不是。在截至突击调查前，村里确实没有人藏刀，但是突击调查之后，有人从别处进村，就是她！"

古城把枪口抵在美代子的额头上。美代子的眼睛布满血丝，痛苦地看着原田。

"你是说美代子通过某些手段得到了刀？"

"这你都不知道,刚才你的聪明劲儿到哪儿去了?我来问问你,你觉得现在哪些人能够有一把武士刀?也就是演员、刀剑发烧友和黑社会这些人吧。"

原田吓得面如土色,他想起了和美代子一起去松脂组事务所被她父亲用刀背敲脖子的事情。黑社会中也有相当一部分组织会像过去的黑道一样,刀不离身。

"她是松脂组组长松脂念雀的女儿,轻而易举就能弄到刀。"

"你把美代子当什么了?大学生不可能随身佩刀吧。"

"现在松脂组和刑部组之间的战争一触即发,松脂组的组长当然会考虑到两帮争斗对自己女儿的危害。但是如果派手下来保护女儿,反而会暴露女儿的位置,为了以防万一,就让自己的女儿随身携带武器。"

确实,对曾是剑道部主力队员的美代子来说,刀是最适合不过的武器了。

"就算美代子有刀,那向井应该也不知道这件事。因为向井根本就不知道美代子父亲的事情。"

"这是当然,不是向井主动的,而是这个女人把刀交给了向井。"

古城好像在说理所应当的事情。原田在脑子里想象出美代子把刀交出去的场景,但是他马上就打消了这个念头。

"村民本来不知道去年年末神咒寺的召傩,但是你把人鬼的存在告诉了她,所以她能够识破向井就是嘴里含着钉子的人。"

"那美代子为什么要把刀交给向井?"

"这还用说？因为她想让向井杀了我。"

原田不知道古城的这句话是什么意思。难道他是在说美代子想让向井杀了他吗？

"松脂组和刑部组之前在夜店发生了枪击事件，双方都说是对方先开的枪。就在这期间，松脂组组长听说了有一个能力卓越的侦探，也就是我，出入刑部组。如果被我找到了松脂组先开枪的证据，那么松脂组的上级组织松功会在交涉中就不得不道歉。所以对于松脂组来说，我是他们的眼中钉。

"就在这个时候，松脂发现女儿的男友认识我。于是父亲命令女儿除掉我或者是女儿自告奋勇——这我就不得而知了。这个女人把刀交给向井，作为交换，要求向井杀掉我。"

原田像是给自己打气一样，摇了摇头。这肯定是假的，就算退一万步来讲，美代子真的把刀交给了向井，理由也绝对不是这样的。

美代子打算在东京过好自己的人生，不可能为了父亲而杀掉古城。

"这不是你能不能接受的问题。"

古城的语气满是责备，他从病床上站起身来。

"所谓动机本来就是暧昧不明的，人的感情事后怎么都可以解释，重要的是事实。在袭击我的时候，向井的那把刀是在突击调查之后到手的，能够带刀来村子里的就只有她。也就是说是她把刀交给了向井，这就是事实。"

古城的推理符合逻辑，但是原田并不认为美代子会在这件事情上帮助父亲。

美代子一动不动地低着头，睫毛颤动，她隐瞒了什么呢？

这时候原田想起了几个小时前自己听到的一句话。

"如果真要发生这样的事，我还是觉得转生的是金田一耕助比较好。"

太荒唐了，如果就因为这个事杀人的话，那真是太不正常了。

原田虽然这么想，但他已经有了确定无疑的答案。

阎王可以让死者死而复生，如果古城伦道失败的话，那么就可能选别的侦探复活，第二选择很可能就是金田一耕助。

就像过去，古城伦道是原田的精神支柱一样，金田一耕助也是美代子心中的英雄。让去世的侦探复活，与他见面说话，向他道谢，被这种想法冲昏了头脑也不为奇。

美代子是想让古城死，然后让金田一耕助复活。

"喂，混蛋，如果你不想死的话就告诉我向井在哪儿。"

古城换了只手拿起手枪，把枪口压在了美代子的头顶上，他打开枪的保险装置，把食指放在了扳机上，这家伙与浦野不同，他是真的会下杀手。

"我不知道。"

"你听不懂我说话吗？"古城声音低沉，语气愈发强烈，"快告诉我向井附到了谁的身上！如果你不说的话，我就杀了你！"

"我真的什么也不知道，请相信我。"

古城把枪竖过来，用枪托殴打美代子的头。椅子倒了，美代子的鼻子撞到了病床的床沿上。趴倒在地的美代子抬起头，发狂似的用手来回摸自己的头顶，她在确认了自己的头顶没有枪伤后松了口气，脑袋垂了下去。

古城粗野地抓住美代子的头发，把她的头按在了病床上，美代子的鼻子流出许多血。古城把枪口压在了美代子头发的旋儿上。

"我最后问你一次，向井是谁？"

美代子半张着嘴，像是在看救命稻草一样看着原田。

原田没有什么能做的了，古城的推理是对的，美代子帮了人鬼，即使原田求情，古城也会毫不犹豫地杀掉她。

看到原田什么也没有说，美代子脸上的表情消失了。她十分失望，眼神迷离，抬头看着古城。支撑美代子内心的最后支柱也倒下了。

"对不起。"

"快回答我的问题。"古城的表情丝毫没有变化。

"我把刀给了……"美代子的嘴角微微上扬，露出讨好的微笑。

原田想起了自己小时候经历过的事情，自己也曾经被迫经历过与现在相似的场面。

前盖凹陷的小汽车，路人冷漠的眼神，爷爷与平时判若两人的铿锵有力的声音，还有那粗壮警察狐狸似的奸诈的脸。仿佛时间倒流了一样，原田想起了十年前夏天发生的那件事。

——莫非你脸上的伤是自己弄的？

壮汉巡警问道，原田当时打算谎称是自己弄的糊弄过去。想要好好活下去就要善于躲避。比起和警察起冲突，说是自己打的更能收拾当时的局面，这就是原田当时的想法。

但是浦野不允许撒谎。

——阿亘啊，你应该说出真相。

当年浦野看穿了真相，没有让原田蒙冤。

现在美代子的处境与那一天原田的处境相似，但是原田打算放弃美代子。

——松脂家的人绝不撒谎。

原田又想到了一连串的事，耳边响起了松脂念雀的这句话。

如果美代子真的把刀给了向井，那么被古城识破时就会承认是自己做的，但美代子说她自己什么也不知道。

——要多去怀疑。

确实如此，这是古城在尾原町与八重定对质时说的话。

——保留下来的记录未必是真的。

八重定案的真相与资料记载的内容完全不同，同样的事情也可能发生在这一起案子里。

不知不觉间，原田的脑子里浮现出一种假说。

津山案真的像是后世流传的那样，有三十个人被杀吗？

脑中散乱的许多线索整合到一起，指向事实。

啊，原来是这样！

"等一下！"

两个人同时向原田看去，古城虽然一脸平静，但是美代子的脸上已经是泪水、汗水和鼻血一团糟了。

"你又怎么了？"古城不耐烦地舔了舔嘴唇。

原田沉默不语，思考了一分钟左右，确认了自己的推理没有漏洞之后才慢慢开口。

"你的推理中有错误。"

原田本打算厉声说道，但是从喉咙里发出的声音像是金属被压过一样。

古城沉默了几秒钟，用枪口在美代子的侧后脑处咚咚地敲着。

"你脑子没毛病吧？"

"没毛病，美代子没有把刀给向井。"

原田不敢相信会与自己崇拜的侦探针锋相对，但是如果不这么做，美代子就会承认自己没做过的事，他必须这样做。

——别有顾虑，我相信你可以的。

原田仿佛又听到了浦野在弥留之际对自己的鼓励。

8

"要想知道向井是如何把刀弄到手的，就要正确理解七十八年前的案子。"

原田从背包里拿出报告书，把报告书在病床旁边的桌子上铺开。

古城从美代子身边离开，向前弯着身子坐在了病床上，他的右手还拿着手枪。

"你是说当年津山案实际上另有凶手？"

"不，向井就是罪犯，这一点毫无疑问。但是向井的一系列行为中有两个疑点，首先就是遗书。"

原田翻动报告书，打开了遗书复印件的那一页。

"向井留下了三封遗书，第一封详细介绍了自己走向犯罪的经过，第二封遗书是写给他姐姐的，第三封是犯罪后草草写下的。为了写第三封遗书，向井在河上游的一处人家的少年那里要来了铅笔和记事本。那时候向井已经身负重伤，这伤是他在杀到第九家时被池谷继男刺中了后背所致的。那么向井为什么身受重伤还要写下遗书呢？"

"这是因为他的犯罪并不像他想象中那样顺利，就是他说在遗书中写到的，该杀的人没杀掉，却杀了不该杀的人。"

古城背出了遗书中的一段话。

"向井在开始屠杀之前，进行了近乎偏执的认真准备。他推算村民去求救时警察赶到村子里的时间，还把备用猎枪藏在空房子里以备枪支故障。准备得如此周全的向井却在犯罪后才想着去要铅笔和纸来写遗书，不奇怪吗？"

"或许是他杀了三十个人之后，突然有许多想要写的东西吧。"

"不是这样的，"原田用力地摇头，"向井在给他姐姐的那封遗书的结尾处写到'我还会留下一封遗书，请你也看看那封遗书'。他在犯罪前就下决心要在犯罪后再写一封遗书了。"

"嗯？他所说的再写一封不是在犯罪后写下的那封，而是事前写好的最长的那一封遗书吧。"

"从内容上来看怎么解释都可以，但是请看这个，"原田把第二封遗书的复印件展示给古城看，"这是他写给姐姐的遗书，一共有五张信纸。每张信纸的右侧空白处都是乌黑的。"

古城皱起眉头，凝视那些信纸。原田把第一封遗书放在这些纸的旁边。

"这是介绍他走向犯罪详细经过的那封遗书，一共有十二页纸。内容越靠后，纸上的污渍就越多。"

古城认真地对比了纸张之后说道："确实如此。"

他似乎与原田得出了同样的结论，摸了摸自己上颚的胡子，点了点头。

"越写污渍越多，是因为这些污渍是铅笔与纸张摩擦后产生的污渍。惯用手是右手的人竖着写字时，手掌会摩擦纸张，小指指根到手腕附近都会变黑。我认为信纸右侧的污渍是变黑的右手蹭上去的。

"在他写给姐姐的遗书中，第一张到第五张信纸都有黑色污渍。应该是向井写了相当多的字之后才写的这封遗书。所以向井先写的是那封介绍犯罪的详细经过的遗书，之后才写给姐姐的遗书。

"'我还会留下一封遗书'，这句话出现在他写给姐姐的那封遗书的结尾。写下这封遗书时，向井已经写完了介绍犯罪详细经过的那封遗书。就是说，还会留下的一封遗书就是指在犯罪后写下的遗书。"

"原来如此。"古城再一次点头。

"让我们回到原来的话题，向井明明准备得如此周到，那为什么却没给自己准备笔和纸来写最后一封遗书呢？这是第一个疑点。

"在距离木慈谷二里半的真芳村向井家老屋发现了他写遗书用

的笔和纸。人们一直认为他是因为不想让自己的祖母发现自己写遗书才到那里去写的。

"但是他把好几支猎枪藏在了不同的空房子里。他能够让孩子们到空房子里来听自己的小说,所以当时村里有许多空房子。要想偷偷写下遗书,没有必要特意翻过天狗腹山去隔壁的村子写。真方村向井家老屋发现的笔和纸,不是他忘记拿走放在那里的,而是他为了准备来写第三封遗书时用的。"

古城的表情明显发生了变化,他惊讶地张开嘴,而眼睛却闪烁着惊喜的光芒。

"因为计划被打乱,向井没能用上准备好的笔和纸,这才是真相。

"在杀掉木慈谷的所有居民后,他还想杀掉真方村的所有人,之后再写下遗书自杀,这才是向井的计划。他切断电线时不仅打算让木慈谷停电,还想让真方村停电。由此可见,他一开始就打算袭击两个村子。但是他杀入第九家时,被池谷继男刺中后背,身负重伤,才不得不放弃屠杀真方村村民的计划。"

在第一封遗书中也写道,向井虽然满心期待搬到真方村开始新生活,但是真方村村民完全不和他说话,他在那里的遭遇比在木慈谷村更惨。向井不仅憎恨有子直良夫妇,而且还憎恨所有相信流言的真方村村民。

"事情不如意。"

古城背诵了向井在最后一封遗书中的一句话,他的表情像是从噩梦中醒来的孩子一样。

"你是说向井的复仇只完成了一半吗?"

原田用力地点头。

"杀了三十个人,这只是案发后见过现场的人说的噱头而已。"

向井心中的计划远比这个大。

"不对,等等,如果他这么恨真方村的话,那么在他犯罪后的遗书中没有提到真方村,这难道不奇怪吗?"

古城翻开报告书,打开了第三封遗书的那一页。

"你看,这里写着'我放跑了有子,还让直芳活了下来,真是不应该!'"

在向井最后一封遗书中,记录了他认为没有如期完成的事情,如果他打算袭击真方村的话,那么遗书中没有提及这件事就很不自然。

"是的,所以这封遗书被篡改过。"

"篡改?"

古城认真地盯着遗书看。

"那个叫作筑后郁的年轻巡警最先发现向井尸体的时候,篡改了遗书的内容。真方村的村民疏远向井把他逼向了犯罪,但是村里没有一个人受伤,大家都活了下来。如果遗书如实被报道出来的话,那么真方也会像木慈谷一样,或许,还会受到比木慈谷更为严重的诅咒,于是,这位出生于真方的巡警就立刻在遗书上动了手脚,封印了这个诅咒。"

古城拿起资料盯着看,像是要把它看出窟窿一样。

"这张纸上没有被撕去的痕迹,而且也没有出现从内容连续的信纸中抽出一张而导致前后文不连贯的情况。那他是如何篡改的呢？"

"线索就在错别字上，这封遗书中出现了'直方'的名字。木慈谷中并没有人叫这个名字。人们一直认为是屯仓直良这个名字的错别字。但是第一封遗书上正确地写着'良'。虽然当时可能比较着急，但把'良'写错成使用频率较低的'芳'就有一种违和感。"

古城突然屏住呼吸，惊讶地叫出声来。

"你也注意到了吧，筑后巡警当时捡起笔在遗书中加了笔画，遗书中原来的这句话写的应该是'还让真方活了下来'。"在"真方"两个字之间加一横一竖，就变成了"直芳"。

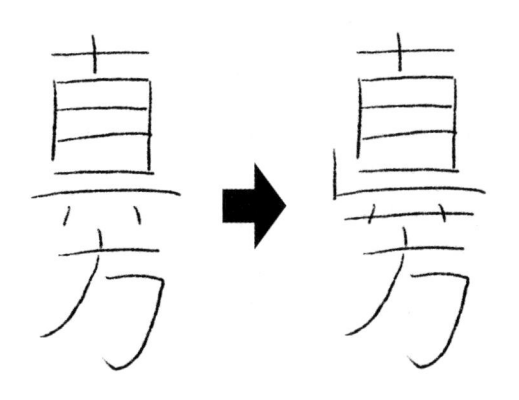

"真是个机灵的家伙，在乡下当警察都屈才了。"

原田也用力地点头。

"我们据此再来分析另一个疑点，津山案中向井是如何得到凶器武士刀的。"

"就是没能查清向井从哪得到凶器那件事？"

"对，他在遗书中说是从熟识的刀剑爱好者那里得到的武士刀，我们就把这个人称作 X。有两个人被怀疑是 X，一个是犬丸巡警的曾外祖父、园丁番场敏夫，另一个就是品行不端的牙科医生石神英二。

"警察局在结案时也没能弄清楚到底谁是 X。我第一次阅读办案记录时，就觉得 X 是顾及自己的体面没有承认把刀送给了向井。

"但是犬丸巡警说他的曾外祖父不是撒谎的人，在警方的调查中也承认是自己把武士刀给了向井。即使与黑道有来往，石神如果坚称自己没有把刀给向井的话，那么警察局也会判定 X 就是番场。警察局没能确定 X 的真实身份，只有一种可能，那就是不仅番场，石神也承认了自己的嫌疑。

"明明只发现了一把刀，但是有两个人承认，所以没能确定 X 的真实身份。"

古城的喉结上下滚动。

"向井为了作案而准备了两把刀吗？"

"对，警察局最后没能够确定 X 的真实身份是因为两个人都没有撒谎，全说了真话。

"向井准备两把刀是为了袭击木慈谷和真方两个村子。报告书中提到向井自杀的时候，他袭击木慈谷所使用的刀已经严重卷刃，不可能再去真方村大开杀戒了。向井应该已经预测到了这件事，所以他准备了第二把刀。

"虽说如此，但同时把两把刀挂在腰上杀人十分困难，所以就像在空房子里藏猎枪和子弹一样,他有可能把刀藏在了树洞里,但具体情况不得而知。但是他没能够去真方村屠杀,后来只发现了一把刀。再加上他的遗书被筑后巡警篡改,他打算袭击真方的意图也被隐藏。警察局就没有注意到另一把刀的存在。"

一切都已经真相大白,古城长长地叹了一口气,把手枪放到了床边的桌子上,松开了手。

"我们再回到原来的话题,向井成为人鬼复活,再一次来到了木慈谷,取出了藏在山里的刀,袭击了你。他的刀不是美代子交给他的,而是七十八年前从熟人那里得到的。

"这把刀现在什么样,我们不得而知。虽然应该是收在刀鞘或者布袋子里,但无疑的是刀刃已经生锈,刀柄已经腐烂。他袭击你就是想试试这把刀。"

而古城后背的伤也确实像是一沓厚纸被撕破一样,皮肤翻卷。

"真够呛,我成罪人了。"

古城脸色一变,小声嘟囔道。

"如果按照你的推理,那么乡土资料馆的仁科被杀的实际情况也和之前的推理相差甚远。

"向井去乡土资料馆是为了拿到赤子杀,他并不满足在山里找到的那把钝刀,所以想在天黑之前拿到另一把刀。

"七点多一点,仁科看完了电视剧准备回家,这时拿着武士刀的向井突然出现,砍伤了她。面对突如其来的袭击,仁科可能还在想是不是落魄武士的怨灵袭击了自己。当时她的伤还不是很重,于是跑到走廊,向资料保管室逃去,在这过程中走廊里留下了血迹。

"资料馆的收藏品中能够当作防身武器的就只有赤子杀了。为了反抗向井,她打开木箱上的封条,但是打开盖子发现里面只有一根旧拐杖。"

古城露出讽刺般的笑容:"看来赤子杀很早以前就被偷走了。"

"对,而且我觉得很可能是松脂一家偷走的。赤子杀被封存在木盒里,盗贼就用一个外形相同的木盒来替换真正的木盒。把拐杖放到里面是因为如果木盒里没有东西,摇晃木盒时声音和重量都不对,那就露馅儿了。

"当仁科发现木盒里没有刀的时候一定十分绝望,然后向井出现,用刀刺死了她。向井也尝试着找赤子杀,但也没有找到,最后留下一具尸体离开了资料馆。就是这样,所以现场才会像是向井从资料保管室把赤子杀拿走了一样。"

虽然没有证据,但七十八年前石神给向井的那把刀应该就是赤子杀,这把被木慈谷村民封印的刀蛰伏山中,等待着再次吞噬鲜血的时机。

古城抬头看墙上挂的钟表,时针指向了十。

"那这样的话,向井的真实身份是那个男人啊。"

"对,七十八年前向井计划从木慈谷前往真方的路上换刀,所以他把赤子杀藏在了木慈谷西北方向的天狗腹山山中。

"今天下了这么大的雨,正常是不会有村民想要进山的,但是有一个人进山以后背着很大的行李下山。"

原田耳边仿佛响起犬丸喊停老人的声音。

"我们到达木慈谷的时候,犬丸巡警去树林里接回来的老猎户猪口美津雄就是向井现在的宿主。"

古城弯下上半身,把额头贴到地板上:"对不起!"

原田感觉用尽了浑身的力气,瘫坐在地板上。他为自己阐明真相而骄傲、为古城道歉而惊讶、为美代子免于冤死松了一口气,这些情感如潮水般涌来,一时间他的内心无法平静。

转眼看美代子,她满脸鼻血,呆呆地靠在床脚边。她差点被杀,神情恍惚也可以理解,原田正想一把抱住她。

"现在可没工夫激动地深情拥抱。"

古城伸手拿起桌子上的手枪,递到了原田的眼前。

"你去杀了那个老家伙。"

原田以为古城又在开玩笑,可他脸上的表情却是认真的。

"你的推理,你要负责。"

原田咽下了口水。确实如他所说,是自己的责任。

"好,我去。"

原田接过了手枪,古城嘴角上扬问道:"你要打一针吗?"

"不用了。"

原田深呼吸后,转身离开了病房。

9

原田打电话给犬丸巡警,得知猪口的家在村子的东边,离卫生所二十米远。

那是间木制平房,房顶的瓦片有三分之一剥落,野草茂盛,盖过了裸露部分的房顶。门柱上挂着"猪口美津雄"的门牌。

原田右手把手枪举到面前,用左手按门柱上的门铃,二十秒过去了却没人应门。

他穿过大门,伸手拽了一下拉门,发现没有上锁,原田没有用力,慢慢地拉开拉门。

屋子里有个人影。

原田在他意识到发生什么之前已经扣动了扳机,枪身剧烈晃动,枪声刺痛耳膜。

一个等身大的TOKIO人偶像的头部被子弹击碎,像破裂的气球一样,碎片散落一地。

原田出了一身冷汗,深呼吸后用双手拿好了枪。

地板上去就是细长的走廊,没有光亮,几步外就被黑暗吞没。

向井是出门了还是躲在黑暗之中?不管如何,听到了刚才的枪声,应该已经意识到有人要杀他,今天原田和向井之间,只有一个人能活下来。

原田突然想到一个好主意,向井会把手机声当成人声,如果把手机放到门口就会让他误以为自己在那里,原田打开手机上的视频软件,点开了宿刈横惠接受采访的视频,随后把手机放到了门口。

原田关上拉门,等着眼睛适应黑暗。他没打开手电筒,怕如果向井在屋内,打手电就会把自己的位置暴露给他。

脱下运动鞋,原田从玄关走上了地板,举着枪慢慢地前进。借助窗外的微弱光线可以看到右手边有个拉门,为了不发出声音,原田轻轻地拉开了门，有一股腐烂水果的味道。房间里有电视、被炉桌，墙里还有收纳柜子，这是一间起居室。

里面还有一间屋子，可以在黑暗中隐约看到电子表显示的数字，地上铺着被子，那是卧室。

原田注意着周遭的声音，慢慢地穿过房间，他能闻到被子上的汗味和霉味。

再向里走，又回到了走廊，是浴室、厨房和厕所，原田逐一检查，都没发现人。

向井应该是出去了，原田松了口气，一时脚软，快要跌倒。

他快步穿过卧室和起居室，回到了玄关处。

穿上运动鞋，原田用左手拉开了门，听见屋外的雨声。

他发现了奇怪的事：自己播放的视频声音停了。

他看向玄关处的手机，屏幕上有放射状的裂纹，不是不小心摔在地上形成的裂纹，而是有人用力击打屏幕形成的。

原田浑身的汗毛都竖了起来，马上环顾左右。

门柱那里有个挥刀的老人身影。

原田退回屋里的同时，门被砍破。原田想要逃进屋里却被绊倒，一屁股坐在地上。

向井走进屋子，挥舞着手里的武士刀，他穿着不合身的学生服，额头绑着头巾。

"找俺干什么？"

他的声音像是从洞穴中传来。

原田想举枪，但是手腕麻住，举不起来。

呼的一声刀劈了过来,原田感到脖子后面一阵疼痛,原来向井只是用刀背打了他一下。但是原田视线模糊,呼吸困难起来。

"找俺没事?"

向井横刀而立。

原田舌头打结,什么也没说出来。

"那你去死吧!"

向井挥腕,原田的喉咙就在他这一刀的轨迹上。

原田家的人总因为掉了脑袋而死。

原田可不想像父母一样惨死,他缩了缩脖子。

向井这一刀砍中了原田的前胸。

原田不禁闭上了眼睛。

外面的雨声没有停。

原田感受到前胸的压迫感,但是并不疼痛。

他微微睁开眼睛,看见向井握着刀,便咬紧牙关,战战兢兢地看了看自己的胸口,原来刀锋只是砍破了衬衫。

"混蛋!"

向井收刀。原田立刻举起枪,瞄准向井的脑袋扣动了扳机。他把枪里的子弹全都打光了。

向井手中的刀掉在地上,身体晃动了几下,仰面倒在地上。

原田把手枪丢到地上,解开纽扣脱下了衬衫,看见浦野给他的防刃背心上有着浅浅的刀痕。

他站起身来低头看了一眼被向井附身的猪口的尸体,嘴里还有一颗铁钉。

尾　声

1

"真是不像话。"

松脂念雀把吸到一半的烟压在烟灰缸底掐灭。

在大阪市中央区的猫柳组事务所二楼，松脂念雀和刑部九条在密会上僵持不下。

"松脂组长，给我个面子，你赔八百万日元，这事就过去了。"

说话的是猫柳组顾问猫柳又三，他今年九十岁了，原本就下垂的眉毛愈加低垂。

二月八日傍晚，松功会和荆木会的高层谈判，但是双方互不相让，谈判破裂。本来战争一触即发，但是那天深夜，与双方关系都不错的猫柳组出面当和事佬，松脂组和刑部组各自的组长直接谈判。

"猫柳先生，你也知道吧？我家昌三是不会喝多了就开枪的，这些都是刑部的阴谋，如果你们觉得我说得不对，直接拿出店里当时的录像不就行了。"

松脂挑起眉毛，把自己的话重复了好几次。

"你的小弟无缘无故就向我的弟兄开枪，这是事实。你们要是不先道歉，我想没什么好谈的。"

刑部的表情和他的拉布拉多一样凶狠，不打算妥协半步。

"你可真敢说，八年前，闯入我家老爷子家中抢劫的，不是你们？"

"你说这个我可想起来了，当时警察搜查我们的时机怎么会那么巧？"

"你是说我从中作梗？说什么混账话，我听够了！"

松脂拍案而起，刑部不屑地哼了一声。

这时，会客室的门开了，黑人烫发型的松脂组成员跑了进来。

"我在谈事，谁让你突然进来！"

"老大，不好了，若本打电话来说，有个男子在木慈谷杀伤多人。"

松脂面如土色。

"美……美代子没事吧？"

"应该没事，就是若本自己的脑子也乱作一团，我也不明白他说的是什么。"

"他怎么说的？"

"好像是小姐的男朋友击毙了罪犯，阻止了一场屠杀。"

松脂瘫坐在地板上，动作僵硬，回头看向刑部。

"美代子的男朋友是不是进出你家事务所的那小子？"

刑部被问到这事，脸上的表情比松脂还要惊讶。

"就是侦探事务所的那个小伙子吧，他竟然有这么大的胆量。"

"他不是你的小弟？"

"不是，其实他还帮过我。"

几秒钟的沉默后，松脂忍俊不禁，露出了放心的笑容。

"你们二位怎么办啊？"

猫柳觉得时机到了，向前挪动膝盖追问二人。

"那就看在那个小伙子的分上，两家讲和吧。"

2

湘南大学附属东京医院七楼的一间病房里充满了烟酒味，里面有一名伤员和两位老人。

"上次你来探望我，这次反过来了啊。"

坐在轮椅上的国中功也每说一个字，鼻子上的皱纹都会显现。他的儿子笃志觉得不应该在病房里吸烟，黑框眼镜下严肃的目光注视着古城。

"九十岁和七十岁的老爷子来医院看我，我也真是老了啊。"

古城闹起别扭，像老人一样打起了嗝。

"古城先生，我父亲是什么样的人呢？"

坐在轮椅上的国中功也向前凑了凑身子问道。

"你说国中亲晴啊，他是个孤独的男人，上学的时候被人怀疑偷东西，被警察一顿打。从那以后，那家伙就不再信任别人。即使成为一名出色刑警出名之后，也从不依靠同事。"

古城回忆起八十年前自己与这位狠角色刑警四处奔波查案的日子。自己根本没有想到这个沉默寡言的男人最后竟然能够成为警察局局长。

古城陷入伤感之中，功也却突然笑出声来。

"怎么了？哪里好笑？"

"不不，不好意思，实际上我父亲对我说你也是那样的人。"

也就是说古城看起来也很孤独吗？

只要干这一行，无论如何都不能相信人。古城在他侦探生涯的十五年间一直都是独自工作的，但就在他死的前一年，身边出现了一个说是想要成为他助手的厨师。

古城曾经选择相信这个男人。不，实际上他就是想试着相信他，但是这个男人最后背叛了古城，想在桥上杀掉古城。结果却被古城夺去了性命，古城也跳入隅田川自尽，真是符合古城形象的惨烈人生。

"但是古城先生你现在看上去并不孤单啊。"

功也的神情像是慈祥地看着孩子。古城心想：这家伙怎么回事，明明辈分比自己小，还这么张狂。不，还是别执拗了，为了让阎王能对自己抱有好感，还是勤奋工作吧，或许自己的运气还能变好一些。

"话说回来，你的助手还好吧？之前有过一面之缘，听说他也一起去了木慈谷。"笃志想起了这件事，就问起古城来。

"不，他不是我的助手，"古城当即就纠正笃志的话，"他是我的同事。"

3

三月的一天，刚过晌午，阳光正足。原田和美代子在东中野的迷你剧场里，看完一部名叫《鬼玩人》的电影后来到"猪百戒"

吃起了盐味拉面。

"你当时真认为我会因为崇拜金田一耕助而想要杀掉古城伦道吗？"

话题不知不觉间就从观看那部讲述年轻人恐怖一夜的电影的感想，转到了木慈谷案。美代子被古城冤枉的时候，原田也差一点就信了，美代子对这件事耿耿于怀。

"对不起，我知道你是不会杀人的。"

原田深深地低下了头表示歉意。

"不，如果真的能见到金田一耕助的话，我会那么做哦，"美代子若无其事地说道，"但是如果阎王没有复活金田一耕助，只有我下地狱，那就亏大了。不用做什么只要活到寿终正寝，肯定会在极乐世界与他相遇的。"

确实，她说的可能是对的。原田想吃下最后一口面，这个时候他听到了刹车声，声音刺耳，仿佛要刺破耳膜。原田不由得闭上了眼睛。

"这次又是什么事？"

美代子耸了耸肩，向门帘外看去。那声音是从大道方向传来的，可能是交通事故。

"我出去看看。"原田走出了餐馆，朝十多米外的马路走去。

一辆漆黑的厢式轿车撞进了仓库的百叶门中。路上的自行车倒在地上，旁边蹲着一个穿着校服的少女。

仓库的百叶门里有一个男子倒在地上，车的挡风玻璃碎落一地。男子的脸撞到了墙上，已经没有了气息。

看眼前的情况，似乎是这辆车在快要撞到自行车的时候，司机猛打方向盘撞进了仓库里。

"嗯？"翻倒在地的自行车的前框里有一个空的可乐罐，少女浑身剧烈颤抖，吐到了辅道上。

"啊，阿亘先生。"

车站方向跑来了两名警察，年轻的那个看着脸熟，年长的那个是第一次见到。年轻警官确认男子已经死亡。年长警官把少女搀扶到人行道后叫了救护车。

"阿亘先生，你目睹了事故吗？"年轻警官问道。

原田摇了摇头。

"这位是……"年长警官吃惊地看着同事问道。

"啊，就是浦野侦探事务所的……"

原田举起手打断他的话。

要正确地说出自己的身份。虽然觉得有些不好意思，但还是充满自信地张开了嘴。

"我是侦探原田亘。"

参考文献

伊佐千寻	《因为爱 阿部定的性与爱》	文春文库
和多田进	《帝银事件纪实》	晚声社
筑波昭	《三十冤魂津山案 日本犯罪史空前惨剧》	新潮文库
石川清	《三十冤魂津山案 最终真相》	百万出版社
事件研究所	《津山案的真相 三十冤魂津山案》	流动管理出版社
松本清张	《松本清张全集》	中公文库
横沟正史	《八墓村》	角川文库

本书是虚构作品,内容与现实中的人物、组织无关。

本书参考了真实事件的一部分,但都已进行大幅度改编,与事实不同。